옥토끼

어머니는 얼른 두 손을 화로 위에 부비면서 무척 기뻐하셨다. 그 말씀이 우리가 이 신당리로 떠나온 뒤로는 이날까지 지지리 지지리 고생만 하였다. 이렇게 옥토끼가, 그것도 이 집에 네 가구가 있으련만 그 중에서 우리를 찾아왔을 적에는 새해부터는 아마 운수가 좀 피려는 거나 아닐까 하며 고생살이에 찌들은 한숨을 내쉬고 하셨다.

베스트셀러 한국문학선 32

김유정 · 채만식 · 이효석 단편선

펴낸날 | 2002년 9월 15일 초판 1쇄

지은이 | 김유정 · 채만식 · 이효석
펴낸이 | 이태권
펴낸곳 | 소담출판사
　　　　서울시 성북구 성북동 178-2 (우)136-020
　　　　전화 | 745-8566　팩스 | 747-3238
　　　　E-mail | sodam@dreamsodam.co.kr
　　　　등록번호 | 제2-42호(1979년 11월 14일)
기　획 | 박지근 이장선
편　집 | 김효진 가정실 구경진 마현숙
미　술 | 김미란 김정희
본부장 | 홍순형
영　업 | 박종천 박성건 이도림
관　리 | 유지윤 안찬숙 장명자

ISBN 89-7381-497-4 03810
● 책 가격은 뒤표지에 있습니다.

www.dreamsodam.co.kr

베스트셀러한국문학선 32

김유정·채만식·이효석 단편선

소담출판사

책을 펴내며

  문학작품이란 한 시대의 삶의 모습이자 당대인의 정신 기록이다. 가장 대표적인 것이 산문과 서사장르라 할 수 있는 바, 이번에 새로운 기획과 편집으로 엮은 〈베스트셀러 한국문학선〉은 오늘의 우리가 읽어야 할 한국의 주요 작품들을 골라 한데 모아본 것이다.

  〈베스트셀러 한국문학선〉은 그 분량이나 작품 수준에서나 한국소설의 어제와 오늘을 함께 아우르고 내일의 우리 소설이 가야 할 길을 모색해 보는 뜻깊은 여행이 될 것이다. 또한 이 전집은 지난 한 세기 동안의 우리 소설의 아름다움은 물론 그 사회적 의미를 함께 생각하게 하는, 이른바 읽는 재미와 생각할 수 있는 기회를 함께 제공하는 진정한 독서 체험이 될 것이다.

  이 전집에는 개화기에서 현대에 이르기까지의 다양한 주제와 형태의 작품들이 수록되어 있으며, 작품의 문학적·시대적 가치는 물론 새로이 읽혀져야 할 작품들의 소개에도 또한 유의하였다. 〈베스트셀러 한국문학선〉이 우리 독자들에게 사고력을 키워주고 정서를 풍부하게 해 줄 뿐만 아니라 우리가 살고 있는 사회, 우리가 참여하지 않으면 안 될 역사에 대한 새로운 자질과 안목을 갖추는 데 유익한 길잡이가 되기를 바란다.

서종택

일러두기
1. 선정된 작품은 1920년대부터 현대에 이르기까지 한국 근·현대 소설사의 대표적 작품들로서 현행 고등학교 검인정 문학 8종 교과서에 실린 작품 외 개별 작가의 대표적 작품을 중심으로 엮었다.
2. 표기는 원문의 효과를 고려하여 발표 당시의 표기를 중시했으나, 방언은 살리되 의미 전달을 위해 되도록 현대표기법을 따랐다.
3. 띄어쓰기는 개정된 한글맞춤법에 따랐다.
4. 외래어는 현행 외래어 표기법을 따랐다.
5. 대화나 인용은 " "로, 생각이나 독백 및 강조하는 말은 ' '로 표시하였다.
6. 본 도서는 대입수능시험은 물론 중·고교생의 문학적 소양 및 교양의 함양을 위해 참고서식 발췌 수록이 아닌 모든 작품의 전문을 수록하였음을 밝혀둔다.

차례

책을 펴내며　5

김유정
옥토끼 _ 11　　정조(貞操) _ 18　　슬픈 이야기 _ 33
봄과 따라지 _ 45　　두꺼비 _ 53　　형 _ 67

채만식
논 이야기 _ 85　　민족의 죄인 _ 115　　미스터 방 _ 175

이효석
도시와 유령 _ 197　　노령 근해 _ 218
오리온과 임금(林檎) _ 231　　해바라기 _ 244

작품 해설 · 작가 연보
김유정 편 _ 267　　채만식 편 _ 283　　이효석 편 _ 296

김유정

/ 옥토끼 / 정조$_{貞操}$ / 슬픈 이야기 / 봄과 따라지 / 두꺼비 / 형 /

김유정의 소설 속에서 우리는 웃음과 울음이라는
상반된 감정을 동시에 느끼게 된다.
우리는 김유정 소설의 성격을 둘 중 어느 한 쪽에
더 힘을 실어 강조하고 단정지을 필요는 없다.
그 웃음과 울음은 같이 있어 더욱 빛나기 때문이다.

〈작품 해설 중에서〉

옥토끼

나는 한 마리 토끼 때문에 자나깨나 생각하였다. 어떻게 하면 요 놈을 얼른 키워서 새끼를 낳게 할 수 있을까 이것이었다.

이 토끼는 하나님이 나에게 내려주신 보물이었다.

몹시 춥던 어느 날 아침이었다. 내가 아직 꿈속에서 놀고 있을 때 어머니가 팔을 흔들어 깨우셨다. 아침잠이 번히 늦은 데다가 자는데 깨우면 괜스레 약이 오르는 나였다. 팔꿈치로 그 손을 툭 털어 버리고,

"아이 참 죽겠네."

골을 이렇게 내자니까,

"너 이 토끼 싫으냐?"

하고 그럼 그만두란 듯이 은근히 나를 당기고 계신 것이다.

나는 잠결에 그럼 아버지가 아마 오랜만에 고기 생각이 나서 토끼 고기를 사오셨나, 그래 어머니가 나를 먹이려구 깨우시는 것이 아닐까, 하였다. 그리고 고개를 돌려 뻑뻑한 눈을 떠보니 이게 다 뭐냐, 조막만하고도 아주 하얀 옥토끼 한 마리가 어머니 치마 앞에 폭 싸여 있는 것이 아닌가.

나는 눈곱을 부비고 허둥지둥 다가앉으며,

"이거 어서 났수?"

"이쁘지?"

"글쎄 어서 났냔 말이야?"

하고 조급히 물으니까,

"아침에 쌀을 씻으러 나가니까 우리 부뚜막 위에 올라앉아서 웅크리고 있더라. 아마 누 집에서 기르는 토낀데 빠져나왔나 봐."

어머니는 얼른 두 손을 화로 위에 부비면서 무척 기뻐하셨다. 그 말씀이 우리가 이 신당리로 떠나온 뒤로는 이날까지 지지리 지지리 고생만 하였다. 이렇게 옥토끼가, 그것도 이 집에 네 가구가 있으련만 그 중에서 우리를 찾아왔을 적에는 새해부터는 아마 운수가 좀 피려는 거나 아닐까 하며 고생살이에 찌들은 한숨을 내쉬고 하셨다. 그러나 나는 나대로의 딴 희망이 있지 않아선 안 될 것이다. 이런 귀여운 옥토끼가 뭇 사람을 제치고 나를 찾아왔음에는 아마 나의 심평이 차차 피려나 보다 하였다. 그리고 어머니 치마 앞에서 옥도끼를 끄집어내 들고 고 놈을 입에 대보고 뺨에 문질러 보고 턱에다 받쳐도 보고 하였다.

참으로 귀엽고도 아름다운 동물이었다. 나는 아침밥도 먹을 새 없이 그리고 어머니가 팔을 붙잡고,

"너 숙이 갖다 주려구 그러니? 내 집에 들어온 복은 남 안 주는 법이야. 인내라 인내."

이렇게 굳이 말리는 것도 듣지 않고 덜렁거리고 문 밖으로 나섰다. 뒷골목으로 들어가 숙이를 문간으로—불러 만나보면 물론 둘이 떨고 섰는 것이나, 그 부모가 무서워서 방에는 못 들어가고—넌지시 불러내다가,

"이 옥토끼 잘 길루."

하고 두루마기 속에서 고 놈을 꺼내 주었다.

나의 예상대로 숙이는 가손진 그 눈을 똥그랗게 뜨더니 두 손으로 담싹 집어다가는 저도 역시 입을 맞추고 뺨을 대보고 하는 것이 아닌가. 하지만 가슴에다 막 부둥켜안는 데는 나는 고만 질색을 하며,

"아, 아, 그렇게 하면 뼈가 부서져 죽우. 토끼는 두 귀를 붙들고 이렇게……."

하고 토끼 다루는 법까지 가르쳐 주지 않을 수 없었다. 하라는 대로 두 귀를 붙잡고 섰는 숙이를 가만히 바라보며 나는 이 집이 내 집이라 하고 또 숙이가 내 아내라 하면 얼마나 좋을까 하였다. 숙이가 여자 양말 하나 사 달라고 부탁하고 내가 그래, 라고 승낙한 지가 달장근이 되련만 그것도 못하는 걸 생각하니 내 자신이 불쌍도 하였다.

"요놈이 크거든 짝을 채워서 우리 새끼를 자꾸 받읍시다. 그 새끼를 팔구 팔구 하면 나중에는 큰 돈이……."

그러고 토끼를 처들고 암만 들여다보니 대체 수놈인지 암놈인지 분간을 모르겠다. 이게 저으기 근심이 되어,

"그런데 뭔지 알아야 짝을 채지!"

하고 혼자 투덜거리니까,

"그건 인제……."

숙이는 이렇게 낯을 약간 붉히더니 어색한 표정을 웃음으로 버무리며,

"낭중 커야 알지요!"

"그렇지! 그럼 잘 길루."

하고 집으로 돌아와서는 그 담날부터 매일 한 번씩 토끼 문안을 가고 하였다.

토끼가 나날이 달라진다는 숙이의 말을 듣고 나는 퍽 좋았다.

"요새두 잘 먹우?"

하고 물으면,

"네, 무 찌꺼기만 주다가 오늘은 배추를 주었더니 아주 잘 먹어요."

하고 숙이도 대견한 대답이었다. 나는 이렇게 병이나 없이 잘만 먹으면 다 되려니 생각하였다. 아니나 다르랴, 숙이가,

"인젠 막 뛰다니구 똥두 밖에 가 누구 들어와요."

하고 까만 눈알을 굴릴 적에는 아주 훤칠한 어른 토끼가 다 되었다.

인세는 짝을 채워줘야 할 티인데, 하고 나는 돈 없음을 걱정하며 집으로 돌아왔다.

그러나 아무리 생각하여도 돈을 변통할 길이 없어서 내가 입고 있

는 두루마기를 잡힐까, 그러면 뭘 입고 나가냐, 이렇게 양단을 망설이다가 한 댓새 동안 토끼에게 가질 못하였다. 그러나 하루는 저녁을 먹다가 어머니가,

"금철이에게 들으니까 숙이가 그 토끼를 잡아 먹었다더구나!"
하고 역정을 내는 바람에 깜짝 놀랐다.

우리 어머니는 싫다는 걸 내가 디리 졸라서 한 번 숙이네한테 통혼을 넣다가 거절당한 일이 있었다. 겉으로는 아직 어리다는 것이나 그 속살은 돈 있는 집으로 딸을 내놓겠다는 내숭이었다. 이걸 어머니가 아시고 모욕을 당한 듯이 그들을 극히 미워하므로,

"그럼 그렇지! 그것들이 짐생 구어운 줄이나 알겠니?"
"그래 토끼를 먹었어?"

나는 이렇게 눈에 불이 번쩍 나서 밖으로 뛰어나왔으나 암만해도 알 수 없는 일이다. 제 손으로 색동 조끼까지 해 입힌 그 토끼를 설마 숙이가 잡아먹을 성싶지는 않았다.

그러나 숙이를 불러내다가 그 토끼를 좀 잠깐만 보여 달라 하여도 아무 대답이 없이 얼굴만 빨개져서 서 있는 걸 보면 잡아먹은 것이 확실하였다. 이렇게 되면 이 놈의 계집애가 나에게 벌써 맘이 변한 것은 넉넉히 알 수 있다. 나중에는 같이 살자고 우리끼리 맺은 그 언약을 잊지 않았다면 내가 위하는 그 토끼를 제가 감히 잡아먹을 리가 없지 않는가.

나는 한참 도끼눈으로 노려보다가,

"토끼 가지러 왔수, 내 토끼 도루 내주."

"없어요."

숙이는 거반 울 듯한 상이더니 이내 고개를 떨구며,

"아버지가 나두 모르게……."

하고는 무안에 취하여 말끝도 다 못 맺는다.

실상은 이때 숙이가 한 사날 동안이나 밥도 안 먹고 대단히 앓고 있었다. 연초 회사에 다니며 벌어들이는 딸이 이렇게 밥도 안 먹고 앓으므로 그 아버지가 겁이 버쩍 났다. 그렇다고 고기를 사다가 몸 보신시킬 형편도 못 되고 하여 결국에는 딸도 모르게 그 옥토끼를 잡아서 먹여버리고 말았던 것이다.

그러나 나는 그런 속은 모르니까 남의 토끼를 잡아먹고 할 말이 없어서 벙벙히 섰는 숙이가 다만 미웠다. 뭘 못 먹어서 옥토끼를, 하고 다시,

"옥토끼 내놓우, 가져갈 테니."

하니까,

"잡아먹었어요."

그제서야 바로 말하고 언제 그렇게 고였는지 눈물이 뚝 떨어진다. 그리고 무엇을 생각했음인지 허리춤을 뒤지더니 그 지갑 ― 우리가 둘이 남 몰래 약혼을 하였을 때 금반지 살 돈은 없고 급하긴 하고 해서 내가 야시에서 십오 전 주고 사 넣고 다니던 돈지갑을 대신 주었는데 그깃―올 내놓으며 새침히 고개를 트는 것이다.

망할 계집애, 남의 옥토끼를 먹고 요렇게 토라지면 나는 어떡하란 말인가. 허나 여기서 더 지껄였다는 나만 앵한 것을 알았다. 숙이의

옷가슴을 부랴사랴 헤치고 허리춤에다 그 지갑을 도로 꾹 찔러주고는 쫓아올까 봐 집으로 횡하게 달아왔다. 제가 내 옥토끼를 먹었으니까 암만 즈 아버지가 반대를 한다더라도, 그리고 제가 설혹 마음이 없더라도 인제는 하릴없이 나의 아내가 꼭 되어주지 않을 수 없을 것이다.

이렇게 나는 생각하고 이불 속에서 잘 따져보다 그 옥토끼가 나에게 참으로 고마운 동물임을 비로소 깨달았다.

— 인제는 틀림없이 너는 내 거다.

정조 貞操

주인 아씨는 행랑어멈 때문에 속이 썩을 대로 썩었다. 나가래자니 그것이 고분히 나갈 것도 아니거니와 그렇다고 두고 보자니 괘씸스러운 것이 하루가 다 민망하다.

어멈의 버릇은 서방님이 버려놓은 것이 분명하였다.

아씨는 아직 이불 속에 들어 있는 남편 앞에 도사리고 앉아서는 아침마다 졸랐다. 왜냐하면 아침때가 아니곤 늘 난봉 피러 쏘다니는 남편을 언제 한 번 조용히 대해 볼 기회가 없었다. 그나마도 어제 밤이 새도록 취한 술이 미처 깨질 못하여 얼굴이 벌거니 늘어진 사람을 흔들며,

"여보! 자우? 벌써 열 점 반이 넘었수. 기운 좀 채리우."

하고 말을 붙이는 것은 그리 정다운 일이 아니었다.

그러면 서방님은 그 속이 무엇임을 지레 채고 눈 하나 떠보려고 하지 않았다. 물론 술에 곯아서 못 들은 적도 태반이지만 간혹 가다간 듣지 않을 수 없을 만한 그렇게 큰 음성임에도 불구하고 역시 못 들은 척하였다.

이렇게 되면 아내는 제물에 더 약이 올라서 이번에도 설마 하고는,

"아니 여보! 일을 저질러 놨으면 당신이 어떻게 처릴 하든지 해야지 않소."

"글쎄 관둬 다 듣기 싫으니."

하고 그제서야 어리눅는 소리로 눈살을 찌푸리다가,

"듣기 싫으면 어떡하우? 그 꼴은 눈허리가 시어서 두고 볼 수가 없으니 일이나 허면 했지 그래 쥔을 손아귀에 넣고 휘두르려는 이따위 행랑 것두 있단 말이유?"

"글쎄 듣기 싫어."

이렇게 된통 호령은 하였으나 원체 뒤가 딸리고 보니 슬쩍 돌리고,

"어서 나가 아침이나 채려 오."

"난 세상없어도 어떻게 할 수 없으니 당신이 내쫓든지 치갈하든지……."

하고 말끝이 그만 살며시 뒤둥그러지며,

"어쩌자구 글쎄 행랑 걸!"

"주둥아리 좀 못 닥쳐?"

여기에서 드디어 남편은 열병 든 사람처럼 벌떡 일어나 앉지 않을 수가 없었다. 그와 동시에 놋재털이가 공중을 날아와 벽에 부딪고 떨

어지며 쟁그렁, 하고 요란스러운 소리를 낸다.

　이렇게까지 하지 않으면 서방님은 머리에 떠오르는 그 징글징글한 기억을 어떻게 털어버릴 도리가 없는 것이다. 하기는 아내를 더 지껄이게 하였다가는 그 입에서 무슨 소리가 나올지 모르니 겁도 나거니와 만일에 행랑어멈이 미닫이 밖에서 엿듣고 섰다가 이 기맥을 눈치 챈다면 그는 더욱 우자스러운 저의 몸을 발견함에 틀림없을 것이다.

　아내가 밖으로 나간 뒤 서방님은 멀뚱히 앉아서 쓴 침을 한 번 삼키려 하였으나 그것도 잘 넘어가질 않는다. 수전증 들린 손으로 머리맡에 냉수를 쭈욱 켜고는 이불 속으로 들어가 다시 눈을 감아 보려 한다. 잠이 들면 불쾌한 생각이 좀 덜어질 듯싶어서이다.

　그러나 눈만 뽀송뽀송할 뿐 아니라 감은 눈 속으로 온갖 잡귀가 다 나타난다. 머리를 풀어헤치고 손톱을 길게 늘인 거지 귀신, 뿔 돋친 사자 귀신, 치렁치렁한 꼬리를 휘저으며 낄낄거리는 여우 귀신. 그 중 어떤 것은 한쪽 눈깔이 물커졌건만 그래도 좋다고 아양을 부리며 '아이 서방님.' 하고 달겨들면 이번에는 다리 팔 없는 오뚝 귀신이 저쪽에 올롱히 앉아서 '요녀석!' 하고 눈을 똑바로 뜬다. 이것들이 모양은 다르다 할지라도 원 바탕은 한 바탕이리라.

　'에이 망할 년들!'

　서방님은 진저리를 치며 벌떡 일어나 앉아서는 궐련에 불을 붙인다. 등줄기가 선뜩하며 식은땀이 홍건히 내솟는다.

　그것도 좋으련만 부엌에서는 그릇 깨지는 소리와 함께 아내가 악을 쓰는 걸 보면 행랑어멈과 또 말사단이 되는 듯싶다. 무슨 일인지 자세

히는 알 수 없으나,

"자넨 그래 기어다니나?"

하니까,

"전 빨리 다니진 못해요."

하고 행랑어멈의 데퉁스러운 그 대답…….

　서방님도 행랑어멈의 음성만 들어도 몸서리를 치며 사지가 졸아드는 듯하였다. 그리고,

'아 아! 내 뭘 보구 그랬던가? 검붉은 그 얼굴, 푸르딩딩 하고 꺼칠한 그 입술, 그건 그렇다 하곤 찝찔한 짠지 냄새가 홱 끼치는, 그리고 생후 목물 한 번도 못해 봤을 듯싶은 때꼽낀 그 몸뚱아리는? 에잇 추해! 추해, 내 뭘 보구? 술이다. 술, 분명히 술의 작용이었다.'

하고 또다시 애꿎은 술만 탓하지 않을 수 없다. 아무리 생각을 안 하려 하여도 그날 밤 지냈던 일이, 추악한 그 일이 저절로 머릿속에서 빙글빙글 도는 것이다.

　과연 새벽녘 집에 다다랐을 때쯤 하여서는 하늘 땅이 움직이도록 술이 잠뿍 올랐다. 택시에서 내려 엎어지고 다시 일어나다가 옆집 돌담에 부딪쳐 면상을 깐 것만 보아도 취한 것이 확실하였다. 그러나 대문을 열어주고 눈을 부비고 섰는 어멈더러,

"왔나?"

하다가,

"아직 안 왔어요. 아마 며칠 묵어서 올 모양인가 봐요."

　그제야 안심하고 그 허리를 꽉 부둥켜안고 행랑방으로 들어간 걸

보면 전혀 정신이 없던 것도 아니었다. 왜냐하면 아침나절 아범이 들어와 저 살던 고향에 좀 다녀오겠다고 인사를 하고 나간 것을 정말 취한 사람이면 생각해 냈을 리가 있겠는가.

허나 년의 행실이 더 고약했는지도 모른다. 전일부터 맥없이 빙글빙글 웃으며 눈을 찌긋이 꼬리를 치던 것은 그만두고라도 방에서 그 알량한 낯판대기를 갖다 부비며,

"전 서방님하구 살구 싶어요. 웬일인지 전 서방님만 뵈면 괜스레 좋아요."

"그래 그래 살아보자꾸나!"

"전 뭐 많이도 바라지 않아요, 그저 집 한 채만 사 주시면 얼마든지 살림하겠어요."

그리고 가장 이쁜 듯이 팔로 그 목을 얽어들이며,

"그렇지 않아요? 서방님! 제가 뭐 기생 첩인가요, 색시 첩인가요, 더 바라게?"

더욱이 앙큼스러운 것은 나중에 발뺌하는 그 태도이었다. 안에서 이 눈치를 채고 아내가 기겁을 하여 뛰어나와서 그를 끌어낼 때 어멈은 뭐랬던가. 아내보다도 더 분한 듯이 쌔근거리고 서서는 그리고 눈을 사박스레 홉뜨고는,

"행랑어멈은 일 시키자는 행랑어멈이지 이러래는 거예요?"

이렇게 바로 호령하지 않았던가. 뿐만 아니라 고대 자기를 보면 괜스레 좋아서 죽겠다는 년이 딴통같이,

"아범이 없길래 망정이지 이걸 아범이 안다면 그냥 안 있어요. 없

는 사람이라구 너무 업신여기진 마세요."

물론 이것이 쥔 아씨에게 대하여 저의 면목을 세우려는 뜻도 되려니와 하여튼 넌도 무던히 앙큼스러운 계집이었다. 그리고 나서도 그 다음날 밤중에는 자기가 대문을 들어서자마자 술 취한 사람을 되는 대로 잡아끌고서 행랑방으로 들어간 것도 역시 그 년이 아니었던가. 허지만 잘 따져보면 모두가 자기의 불건실한 탓으로 돌릴밖에 없고.

'문지방 하나만 넘어서면 곱고 깨끗한 아내가 있으련만 그걸 뭘 보구?'

이렇게 생각해 보니 곧 창자가 뒤집힐 듯이 속이 아니꼽다.

그러나 이미 엎질러진 물이니 주워담을 수도 없는 노릇이고 어째 볼래야 어째 볼 엄두조차 나질 않는다.

서방님은 생각다 못하여 하릴없이 궁한 음성으로 아씨를 넌지시 도로 불러들였다. 그리고 거진 울퉁한 표정으로,

"여보, 설혹 내가 잘못했다 합시다. 이왕 이렇게 되고 난 걸 노하면 뭘 하오?"

하고 속썩는 한숨을 휘 돌리고는,

"그렇다고 내가 나서서 나가라 마라 할 면목은 없고 허니 당신이 날 살리는 셈치고 그걸 조용히 불러서 돈 십 원이나 주어서 나가게 하도록 해보우."

"당신이 못 내보내는 걸 내 말은 듣겠소?"

아씨는 아까 윽박질렀던 앙갚음으로 이렇게 톡 쏘아붙이긴 했으나,

"만일 친구들에게 이런 걸 발설한다면 내가 이 낯을 들고 문 밖엘

못 나설 터이니 당신이 잘 생각해서 해주."
하고 풀이 죽어서 빌붙는 이 마당에는,

"그 년에게 그래 괜히 돈을 준담!"
하고 혼자소리로 쫑알거리고는 밖으로 나오지 않을 수 없다.

더 비위를 긁었다가는 다시 재떨이가 공중을 나를 것이고 그러면 집안만 소란할 뿐 외려 더욱 창피한 일이었다.

아씨는 마루 끝에 와 웅크리고 앉아서 심부름하는 계집애를 시켜 어멈을 부르게 하고 그리고 다시 생각해 보니 어멈도 물론 괘씸하거니와 계집이면 덮어놓고 맥을 못 쓰는 남편도 남편이었다. 그의 본처라는 자기말고도 수하동에 기생첩을 치가하였고, 또는 청진동에 쌀 나무만 대고 드나드는 여학생 첩도 있는 것이다. 꽃 같은 계집들이 이렇게 앞에 놓였으련만 무슨 까닭에 행랑어멈을 그랬는지 그 속을 모르겠고,

'그것두 외양이나 잘났음 몰라두 그 상판대기를 뭘 보구? 에, 추해!'
하고 아씨는 자기가 치른 것같이 메스꺼운 생각이 안 날 수 없었다.

그러나 이런 일이란 언제든지 계집이 먼저 꼬리를 치는 법이었다. 그렇게 생각하면 우선 행랑어멈 이 년이 더욱 숭칙스러운 굴치라 안 할 수 없다.

처음 올 적만 해도 시골서 살다 쫓겨 올라온 지 며칠 안 되는데 방이 없어서 이러구 다닌다고 하며 궁상을 떠는 것이 좀 측은히 본 것이 아니었던가. 한편 시골 거라 부려먹기에 힘이 덜 드나 하고 둔 것이

단 열흘도 못 되어 까만 낯바닥에 분배기를 칠한다, 머리에 기름을 바른다, 치마를 외로 돌려 입는다 하며 휘두르고 다니는 걸 보니 서울서 자라도 어지간히 닳아먹은 계집이었다.

그렇다 치더라도 일을 시켜보면 뒷간까지도 죽어가는 시늉으로 하고 하던 것이 행실을 버려놓은 다음부터는 제가 마땅히 해야 할 걸레질까지도 순순히 하려 하질 않는다. 그리고 고기 한 메를 사러 보내도 일부러 주인의 안을 치기 위하여 열나절이나 있다 오는 이 년이 아니었던가.

"자네 대리는 오곰이 붙었나?"

아씨가 하 기가 막혀서 이렇게 꾸중을 하면,

"저는 세상없는 일이라도 빨리는 못 다녀요!"

하고 시퉁그러진 소리로 눈귀가 실룩이 올라가는 이 년이 아니었던가.

그나 그뿐이랴. 아씨가 서방님과 어쩌다 같이 자게 되면 시키지도 않으련만 아닌 밤중에 슬며시 들어와서 끓는 고래에다 불을 처지퍼서 요를 태우고 알몸을 구워놓는 이 년이었다.

그러나 이렇게 생각하면 막벌이를 한다는 그 남편 놈이 더 숭악할는지 모른다.

이 년의 소견으로는 도저히 애 뱄다는 자세로 며칠씩 그대로 자빠져서 내다주는 밥이나 먹고 누웠을 그런 배짱이 못 될 것이다. 아씨가 화가 치밀어서 어멈을 불러들여,

"자네는 어떻게 된 사람이길래 그리 도도한가, 아프다고 누웠고 애

뱄다고 누웠고 졸립다고 누웠고 이러니 대체 일은 누가 할 건가?"

이렇게 눈이 빠지라고 톡톡히 역정을 내었을 제,

"애 밴 사람이 어떻게 일을 해요? 아이 별일두! 아씨는 홀몸으로도 일 안 하시지 않아요?"

하고 저도 마주 대고 눈을 똑바로 뜬 걸 보더라도 제 속에서 우러나온 소리는 아닐 듯싶었다.

순사가 인구 조사를 나왔다가 제 성명을 물어도 벌벌 떨며 더듬거리는 이 년이 아니었던가. 이렇게 생각하면 아씨는 두 연놈에게 쥐어 그 농간에 노는 것이 고만 절통하여,

"그럼 자네가 퀀 아씨 대우로 받쳐 달란 말인가?"

"온 별말씀을 다하셔요, 누가 아씨로 받쳐 달랬어요?"

어멈은 저도 엄청나게 기가 막힌지 콧등을 한 번 씽긋하다가,

"애 밴 사람이 어떻게 몸을 움직이란 말씀이야요? 아씨두 원 심하시지!"

"애 애 허니 뉘 눔의 앨 뱄길래 밤낮 그렇게 우자스레 대드나?"

하고 불같이 골을 팩 내니까,

"뉘 눔의 애라니요? 아씨두! 그렇게 막 말씀할 게 아니야요. 애가 커서 이담에 데련님이 될지 서방님이 될지 사람의 일을 누가 알아요?"

하고 저도 모욕이나 당한 듯이 아씨 못지않게 큰 소리로 대들었다.

아씨는 이 말에 가슴뿐만 아니라 온 전신이 그만 뜨끔하였다. 터놓고 말은 없어도 년의 어투가 서방님의 앨지도 모른다는 음흉이리라.

마는 설혹 그렇다면 실지 지금쯤은 만삭이 되어 배가 태독 같아야 될 것이다. 부른 배를 보면 댓 달밖에 안 되는 쥐새끼를 가지고도 틀림없이 서방님 애인 듯이 이렇게 숭중을 떠는 것을 생각하니 곧 달려들어 뺨 한 대를 갈기고도 싶고 그러면서도 일변 후환될까 하여 가슴이 죄어지지 않을 수도 없는 노릇이었다.

"오늘은 이 년을 대뜸……."

아씨는 이렇게 맘을 다부지게 먹고 중문을 들어서는 어멈에게 매서운 시선을 보내었다.

그러나 그렇다고 얼러 딱딱거렸다가는 더욱 내보낼 가망이 없을 터이므로 결국 좋은 소리로,

"여보게, 자네에게 이런 소리를 하는 것은 좀 뭣하나."

하고 점잖이 기침을 한 번 하고는,

"자네더러 나가라는 건 나부터 좀 섭섭한데 말이야. 자네가 뭐 밉다든가 해서 내쫓는 게 아닐세. 그러면 자네 대신 딴 사람을 들여야 할 게 아닌가? 그런 게 아니라 자네도 아다시피 저 마당에 쌓인 저 세간을 보지? 인제 눈은 내릴 터이고 저걸 어떻게 주체하나? 그래 생각다 못해 행랑방으로 척척 디려 쌀려고 하니까 미안하지만 자네더러 방을 내달라는 말일세."

"그러나 차차 추워질 텐데 갑작스레 나가요?"

행랑어멈은 짐작하지 않았던 그 명령에 얼떨떨하여 질척한 두 눈이 휘둥그랬으나,

"그래서 말이지, 이런 일은 번히 없는 법이지만 내가 돈 십 원을 줄

테니 이걸로 앞다리를 구해 나가게."
하고 큰 지전장을 생색 있게 내줌에는,

"글쎄요, 그렇지만 그렇게 곧 나갈 수는 없는걸요."
하고 주밋주밋 돈을 받아들고는 좋아서 행랑방으로 뻥 나가지 않을 수 없었다.

아씨도 이만하면 네년이 떨어졌구나 하고 비로소 안심이 되었다. 마는 단 5분이 못 되어 어멈이 부리나케 들어오더니 그 돈을 내어놓으며,

"다시 생각해 보니까 못 떠나겠어요. 어떻게 몸이나 풀구 한 뒤 달지나야 움직일 게 아냐요? 이 몸으로 어떻게 이사를 해요."
하고 또라지게 딴청을 부리는 데는 아씨는 고만 가슴이 다시 달롱하였다. 이 년이 필연코 행랑방에 나갔다가 서방놈의 훈수를 듣고 들어와서 이러는 것이 분명하였다.

아씨는 더 말할 형편이 아님을 알고 돈을 받아든 채 그대로 벙벙히 섰지 않을 수 없었다.

그러나 한참 지난 뒤에야 안방으로 들어가서 서방님에게 일일이 고해바치고,

"나는 더 할 수 없소. 당신이 내쫓든지 어떡허든지 해 보우!"
하고 속썩는 한숨을 쉬니까,

"오죽 뱅충맞게 해야 돈을 주고도 못 내보낸담? 쩨! 쩨! 쩨!"
하고 서방님은 도끼눈으로 혀를 찬다. 어멈을 못 내보내는 것이 마치 아씨의 말주변이 부족해 그런 듯싶어서이다. 그는 무언으로 아씨를

이윽히 노려보다가,

"나가! 보기 싫어!"

하고 공연스레 역정을 벌컥 내었다. 마는 역정은 역정이로되 그나마 행랑방에 들릴까 봐 겁을 집어먹은 소리로 큰 소리의 행세를 하려니까 서방님은 자기 속만 부쩍부쩍 탈 뿐이었다.

그것도 그럴 것이 서방님은 이걸로 말미암아 사날 동안이나 밖으로 낯을 들고 나오지 못하였다. 자기를 보고 실적게 씽긋씽긋 웃는 년도 년이려니와 자기의 앞에 나서서 멋없이 굽실굽실하는 그 서방놈이 더 능글차고 숭악한 것이 보기조차 두려웠다.

서방님은 이불을 머리까지 들쓰고는 여러 가지 귀신을 손으로 털어 가며,

"끙! 끙!"

하고 앓는 소리를 치고 있었다. 그리고 밥도 잘 안 자시고는 무턱대고 죄 없는 아씨만 들볶아대었다.

"물이 왜 이렇게 차? 아주 얼음을 떠오지 그래."

어떤 때에는,

"방에 누가 불을 때랬어? 끓여 죽일 테야?"

이렇게 까닭 모를 불평이 자꾸만 나오기 시작하였다.

아씨는 전에도 서방님이 이렇게 앓은 경험이 여러 번 있으므로 이번에는 며칠 밤을 새우고 술을 먹더니 주체가 났나 보다고 생각할 것이 도리였다. 부모가 물려준 재산을 잘 온전히 못 쓰고 저러나 싶어서 딱한 생각을 먹었으나 그래도 서방님의 몸이 축갈까 염려가 되어 풍

로에 약을 쑤고 있노라니까,

"아씨, 전 오늘 이사를 가겠어요."

하고 어멈이 앞으로 다가선다. 아씨는 어떻게 되는 속인지 몰라서 떨떠름한 낯으로,

"어떻게 그렇게 곧 떠나게 됐나?"

"네! 앞다리도 다 정하고 해서 지금 이삿짐을 옮기려구 그래요."

하고 어멈은 안마당에 놓였던 새끼뭉텅이를 가지고 나간다.

그 모양이 어떻게 신이 났는지 치마 뒤도 여밀 줄 모르고 미친 년같이 허벙거리며 나간 것이었다.

아씨는 이 꼴을 가만히 보고 하여튼 앓던 이 빠진 것처럼 시원하긴 하나 그러나 년이 갑자기 떠난다고 서두르는 그 속이 한편 이상도 스러웠다. 좀체로 해서 앉은 방석을 아니 털던 이 년이 제법 훌훌이 털고 일어설 적에는 여기에 딴 속이 있지 않으면 안 될 것이다.

얼마 후 아씨는 궁금한 생각을 먹고 문간까지 나와 보니 어멈네 두 내외는 리어카에 짐을 다 실었다. 그리고 바구니에 잔세간을 넣어 손에 들고는 작별까지 하고 가려는 어멈을 보고,

"자네, 또 행랑살이로 가나?"

하고 물으니까,

"저는 뭐 행랑살이만 밤낮 하는 줄 아세요?"

하고 그전부터 눌려왔던 그 아씨에게 주짜를 뽑는 것이다.

"그럼 사글세루?"

"사글세는 왜 또 사글세야요? 장사하러 가는데요!"

하고 나도 인제는 너만하단 듯이 비웃는 눈치이다.

"장사라니 밑천이 있어야 하지 않나?"

"고뿌술집 할 테니까 한 이백 원이면 되겠지요. 더는 해 뭘 하게요?"

하고 네 보란 듯 토심스레 내뱉고는 리어카의 뒤를 따라 골목 밖으로 나간다.

아씨는 가만히 눈치를 봐하니 저 년이 정녕코 이백 원쯤은 수중에 가지고 희자를 빼는 모양이었다. 그렇다면 어제 저녁 자기가 뒤란에서 한참 바쁘게 약을 끓이고 있을 제 년이 안방을 친다고 들어가서 오래 있었는데 아마 그때 서방님과 수작이 되고 돈도 그때 주고받은 것이 확적하였다. 그렇지 않으면 고분고분히 떠날 리도 없거니와 그 년이 생파같이 돈 이백 원이 어서 생기겠는가. 그렇게 따지고 보면 벌써부터 칠팔십 원이면 사 줄 그 신식 의걸이 하나 사 달라고 그리 졸랐건만도 못 들은 척하던 그가 어멈은 항상 뭐길래 이백 원씩 희떱게 내주나 싶어서 곧 분하고 원통하였다.

아씨는 새빨간 눈을 뜨고 안방으로 부르르 들어와서,

"그 년에게 돈 이백 원 주었수?"

하고 날카로운 소리를 내었다. 그러나 서방님은 암말 없이 드러누워서 입맛만 다시니 아씨는 더욱더 열에 띠어,

"글쎄 이백 원이 얼마란 말이오? 그 년에게 왜 주는 거요? 그런 돈 나에겐 못 주?"

이렇게 포악을 쏟아놓다가 급기야는 눈에 눈물이 맺힌다.

그래도 서방님은 입을 꽉 다물고는 대답 대신,
"끙! 끙!"
하고 신음하는 소리만 낼 뿐이다.

슬픈 이야기

암 만 때렸다 해도 내 계집을 내가 쳤는 데야 네가, 하고 덤비면 나는 참으로 할 말이 없다. 허지만 아무리 제 계집이기로 개잡는 소리를 가끔 치게 해 가지고 옆집 사람까지 불안스럽게 구는 이것은 넉넉히 내가 꾸짖을 수 있다는 말이다. 그것도 일테면 내가 아내를 가졌다 하고 그리고 나도 저와 같이 아내와 툭툭거릴 수 있다면 혹 모르겠다. 장가를 들었어도 얼마든지 좋을 수 있을 만치 나이가 그토록 지났는데도 어쩌는 수 없이 사글세방에서 이렇게 홀로 둥글둥글 지내는 놈을 옆방에다 두고 저희끼리만 내외가 투닥투닥, 하고 또 끼익끼익, 하고 이러는 것은 썩 잘못된 생각이다.

요즈음 같은 쓸쓸한 가을철에는 웬 셈인지 자꾸만 슬퍼지고 외로워지고 이래서 밤잠이 제대로 와주지 않는 것이 결코 나의 죄는 아니다.

자정을 넘어서 새로 두 점이나 바라보련만도 그대로 고생고생하다가 이제야 겨우 눈꺼풀이 어지간히 맞아 들어오려 하는 데다 갑작스레 쿵, 하고 방이 울리는 서슬에 잠을 고만 놓치고 마는 것이다. 이것은 재론할 필요없이 요 뒷집의 건넌방과 세들어 있는 이 내 방과를 구분하기 위하여 떡 막아놓은 벽이라기보다는 차라리 울섶으로 보아 좋을 듯싶은 그 벽에 필연 육중한 몸이 되는 대로 들이받고 나가떨어지는 소리일 것이 분명하다. 이렇게 벽을 들이받고 떨어지고, 하는 것은 일상 맡아놓고 그 아내가 해주므로 이번에도 그랬었음에 별로 틀리지 않을 것이다. 그러기에 들릴까 말까한 나직한, 그러면서도 잡아먹을 듯이 앙크러뜯는 소리로 그 남편이 중얼거리다 픽, 하는 이것은 발길이 허구리로 들어온 게고, 그래 아내가 어구구, 하니까 그 바람에 옆에서 자던 세 살 짜리 아들이 어아, 하고 놀라 깨는 것이 두루 불안스럽다. 허 이 놈 또 했구나 싶어서 나는 약이 안 오를 수 없으니까 벌떡 일어나서 큰일을 칠 거라도 같이 제법 눈을 부라린 것만은 됐으나 그렇다고 벽 너머 저쪽을 향하여 꾸중을 한다든가 하는 것이 점잖은 나의 체면을 상하는 것쯤은 모를 리 없을 것이다.

이렇게 되면 잠자기는 영 그른 공사인 고로 궐련 하나를 피워 물었던 것이나 아무리 생각하여도 놈의 소행이 괘씸하여 그냥 배기기 어려우므로 캐액, 하고 요강 뚜껑을 괜스레 열었다가 깨지지 않을 만큼 아무렇게나 내리닫으며 역정을 내 본다 해도 저놈이 이것쯤으로 끄떡할 놈이 아닌 것은 전에 여러 번 겪었으니 소용없다. 마땅치 않게 골피를 접고 혼자서 꺽꺽거리고 앉아 있자니까 아이 놈이 깬 듯싶어서

점점 더 하는 것이 급기야엔 아내가 아마 옷궤짝에나 혹은 책상 모서리에나 그런 데다 머리를 부딪는 것 같더니 얼마든지 마냥 울 수 있는 그 설움이 남의 이목에 걸려 겨우 목젖 밑에서만 끅, 끅, 하도록 만들어 놓았다.

이 놈이 사람을 잡을 작정인가, 하고 그대로 있기가 안심치가 않아서 내가 역정난 몸을 불쑥 일으켜 가지고 벽과 기둥이 맞붙은 쪽으로 한 지 오래 된 도배지가 너털너털 쪼개지고, 그래서 어쩌다 뽕 뚫린 하잘것없는 구멍으로 내외간의 싸움을 들여다보는 것은 좀 나의 실수도 되겠지만 이 놈과 나와 예의니 뭐니 하고 찾기에는 제가 벌써 다 처신은 잃어 났거니와 그건 말고라도 이렇게 남 자는 걸 깨놓았으니까 나 좀 보는데 누가 뭐랄 테냐. 너털대는 벽지를 가만히 떠들고 들여다보니까 외양이 불밤송이같이 단작맞게 생긴 놈이 전기 회사의 양복을 입은 채 또는 모자도 벗는 법 없이 그대로 쪼그리고 앉아서 저보담 엄장도 훨씬 크고 투실투실히 벌은 아내의 머리를 어떻게 하다 그리도 묘하게스레 좁은 책상 밑구멍에다 틀어박았는지 궁둥이만이 위로 불끈 솟은 이걸 노리고 미리 쥐고 있었던 황밤주먹으로 한 번 콕 쥐어박고는, 이 년아 네가 어쩌구 중얼거리다 또 한 번 콕 쥐어박고 하는 것이다.

아내로 논지면 울려 들었다면 벌써도 꽤 많이 울어 두었겠지만 아마 시골서 조촐히 자란 계집인 듯싶어 여필종부의 매운 절개를 변치 않으려고 애초부터 남편 노는 대로만 맡겨 두고 다만 가끔 가다 조금씩 끅, 끅, 할 뿐이었으나 한편에 울룽히 놀라서 앉았는 어린 아들은 저의 아버지가 어머니를 잡는 줄 알고 때릴 때마다 소리를 빽빽 질러 우는 것이다. 그러면 놈은 송구스러운 그 악정에 다른 사람들이 깰까 봐 겁 집어먹은 눈을 이리로 돌려 아들을 된통 쏘아보고는 이 자식 울면 죽인다, 하고 제 깐에는 위협을 하는 것이나 그래도 조금 있으면 또 끼익, 하는 데는 어쩔 수 없이 입을 막고서 따귀 한 개를 먹여 놓았던 것이 그 반대로 더욱 난장판이 되니까 저도 어처구니없는지 멀거니 바라보며, 뒤통수를 긁는다.

놈이 워낙 대담치가 못해서 낮 같은 때 여러 사람이 있는 앞에서는 제가 감히 아내를 치기커녕 외출에서 들어올 적마다 가장 금실이나 두터운 듯이 애기 엄마 저녁 자셨소 어쩌오 하고 낯간지러운 소리를 해두었다가, 다들 자고 난 뒤 잠잠한 꼭 요맘때 야근에서 돌아와서는 무슨 대천지 원수나 품은 듯이 울지 못하도록 미리 위협해 놓고는 은근히 치고, 차고, 이러는 이 놈이다. 허기야 제 아내 제가 잡아먹는데 그야 뭐랄 게 아니겠지.

그렇지만 놈이 주먹으로 얼마고 콕콕 쥐어박아도 아내의 살 잘 찐 투실투실한 궁둥이에는 좀처럼 아플 성싶지 않으니까 이번에는 두 손가락을 집게같이 꼬부려 가지고 그 허구리를 꼬집기 시작하는 것인데 아픈 것은 참아 왔더라도 채신이 없이 요렇게 꼬집어뜯는 데 있어서야 제아무리 춘향이기로 간지럼을 아니 타는 법이 없을 게다. 손가락이 들어올 적마다 구부려 있던 커단 몸집이 우지끈하고 노는 바람에 머리 위에 거반 엎히다시피 된 조그만 책상마저 들먹들먹하는 걸 보면 저 괴로워도 요만조만한 괴로움이 아닐 텐데 저런 저런. 계집을 친다기로 숫제 뺨 한 번을 보기 좋게 쩔꺽 하고 치면 쳤지 나는 참으로 저럴 수는 없으리라고, 아아 나쁜 놈, 하고 남의 일 같지 않게 울화가 터지려고 하였던 것이다. 그보다도 우선 아무리 남편이란데도 이토록 되면 그 뭐 낼쯤 두고 보아 괜찮으니까 그까짓 거 실팍한 살집에다 근력 좋겠다 달랑 들고 나와서 뒷간 같은 데다 틀어박고는 되는 대로 투드려 주어도 아내가 두려워서 제가 감히 찍소리 한 번 못할 텐데 그걸 못하고 저런 저런, 에이 분하다.

그럼 그것은 내외간의 찌들은 정이 막는다 하기로니 당장 그 무서운 궁둥이만 위로 번쩍 들 지경이면 그 통에 놈의 턱주가리가 치받쳐서 뒤로 벌렁 나가떨어지는 꼴이 그런 대로 해롭지 않을 텐데 글쎄 어쩌자고, 그러나 좀더 분을 돋워 놓으면 혹 그럴는지도 모를 듯해서 놈의 무참한 꼴을 상상하며 이제나 저제나 하고 은근히 조를 부볐던 것이 이내 경만 치고 말므로 저런, 저런 하다가 부지중 주먹이 불끈 쥐어졌던 것이나 놈이 휘둥그런 눈을 들어 이쪽을 바라볼 때에 비로소 내 주먹이 벽을 올려친 걸 알고 깜짝 놀랐다.

허물 벗겨진 주먹을 황망히 입에 들이대고 엉거주춤히 입김을 쏘이고 섰노라니까 잠 안 자고 게 서서 뭘 하오, 하고 변소에를 다녀가는 듯싶은 심술궂은 쥔 노파가 긴치 않게 바라보더니 내 방 앞으로 주춤주춤 다가와서 눈을 찌긋하고 하는 소리가 왜 남의 계집을 자꾸 들여다보고 그류, 괜히 맘이 동하면 잠도 못 자고, 하고 거지반 비웃는 것이 아닌가. 내가 나이 찬 홀몸이고 또 저쪽이 남편에게 소박받는 계집이고 하니까 이런 경우에는 남 모르게 이러구저러구 하는 것이 사차

불피의 일이라고 제멋대로 이렇게 생각한 그는 요즘으로 들어서 나의 일거일동, 일테면 뒷간에서 뒤를 보고 나온다든가 하는 쓸 데 적은 그런 행동에나마 유난히 주목하여 두는 버릇이 생겨서 가끔 내가 어마어마하게 눈총을 겨누는 것도 무서운 줄 모르고 나중에는 심지어 저놈이 계집을 떼던지려고 지금 저렇게 못 살게 구는 거라우, 이혼만 하거든 그저 두말 말고 데껵 꿰차면 고만 아니오, 하며 그러니 얼마나 좋으냐고 나는 별로 좋을 것이 없는 것 같은데 아주 좋다고 깔깔 웃는 것이다.

이 노파의 말을 들어보면 저 놈이 13년 동안이나 전차 운전수로 있다가 올에서야 겨우 감독이 된 것이라는데 그까짓 걸 바루 무슨 정승판서나 한 것같이 곤댓질을 하며 동리로 돌아치는 건 그런 대로 봐준다 하더라도 갑작스레 무슨 지랄병이 났는지 여학생 장가 좀 들겠다고 아내보고 너 같은 시골뜨기하고 살면 내 낯이 깎인다, 하며 어서 친정으로 가라고 줄창같이 들볶는 모양이니 이건 짜장 괘씸하다. 제가 시골서 처음 올라와서 전차 운전수가 되어 가지고, 지금 사람이 원체 착실해서 돈도 무던히 모였다고 요 통안서 소문이 자자하게 난 그 저금 팔백 원이라요 얼마나를 모으기 시작할 때 어떻게 생각하면 밤일에서 늦게 돌아오다가 속이 후출하여 다른 동무들은 냉면을 먹고, 설렁탕을 먹고, 하는 것을 놈은 홀로 집으로 돌아와 이불 속에서 언제나 잊지 않고 꼭 대추 두개로만 요기를 하고는 그대로 자고 자고 한 그 덕도 있거니와 엄동에 목도리, 장갑 하나 없이 그리고 겹저고리로 떨면서 아침저녁 겨끔내기로 변또를 부치러 다니던 그 아내의 피땀이 안 들고야 그 칠팔백 원 돈이 어디서 떨어지는가.

 그런 공로를 모르고 똥깨 떨 거 다 떨고 나니까 놈이 계집을 내차는 것이지만 그렇게 되면 제놈 신세는 볼 일 다 볼 게라고 입을 삐쭉이다가 아무튼 이혼만 하였다면야 내가 새에서 중신을 서주기라도 할 게니 어디 한번 데리고 살아 보구려, 하며 그 아내의 얼마큼이든지 남편에게 충실할 수 있는 미점을 들기에 야윈 손가락이 부질없이 폈다 접었다, 이리 수선이다. 이 신당리라는 데는 본시가 푼푼치 못한 잡동사니만이 옹기종기 몰린 곳으로 점잖은 짓이라고는 전에 한 번도 해본 일 없이 오직 저 잘난 놈이 태반일진댄, 감독 됐으니까 여학생 장가 좀 들어 보자고 본처더러 물러서 달라는 것이 이상할 게 없고, 또 한편 거리에서 말똥만 굴러도 동리로 돌아다니며 말을 드는 수다쟁이들이 매 밤마다 내가 벽 틈으로 눈을 들여놓고 정신없이 서 있어서 저 남의 계집보고 조갈이 나서 저런다는 것쯤 노해서는 아니 되겠지만 그래도 조금 심한 것 같다.

 이 놈의 늙은이가 남 곧잘 있는 놈 바람맞히지 않나 싶어서 할머니 나 그리루 장가 가시구려, 하고 소리를 빽 질렀던 것이나 실상은 밤낮 남편에게 주리경을 치는 그 아내가 가엾은 생각이 들길래 그럴 양이면 애초에 갈라서는 것이 좋지 않을까 보냐. 마는 부부간의 정이란 그 무엔지 짧지 않은 세월에 찔기둥찔기둥히 맺어진 정은 일조일석에 못 끊는 듯싶어 저러고 있는 것을 요즈음에는 그 동생으로 말미암아 더 매를 맞는다는 소문이었다. 한편에다 여학생 신가정을 꿈꾸는 놈에게 본처라는 것이 눈의 가시만치나 미운 데다가 한 열흘 전에는 시골

처가에서 처남이 올라와서 농사 못 짓겠으니 나 월급자리에 좀 넣어 달라고 언내 알라 세 사람을 재우기에도 옹색한 셋방에 깍지똥 같은 커단 몸집이 널찍하게 터를 잡고는 늘큰히 묵새기고 있다면 그야 화도 조금 나겠지. 허지만 놈에게는 그게 아니라 하루에 세 그릇씩 없어지는 그 밥쌀에 필연 겁이 버럭 났을 것이다.

그렇다고 처남을 면대놓고 밥쌀이 아까우니 너 갈 데로 가라고 내쫓을 수는 없을 만큼 놈도 소견이 되었던 것이다. 이것은 적실히 놈의 불행이라 안 할 수 없는 것으로 상 앞에서는, 아 여보게 고만 자시나, 물에 말아서 천천히 더 들어봐, 하고 겉면을 꾸리다가 밤에 들어와서는 이러면 저두 생각이 있으려니, 확신하고 아내를 생트집으로 뚜드려 패자니 몇 푼 어치 못 되는 근력에 허덕허덕 고만 지고 마는 것이다. 그러면 처남은 누이 맞는 것이 가엾기는 하나 그렇다고 어쩌는 수는 없는 고로 무색하여 밖으로 비슬비슬 피해 나가는 것이다. 이래도 맞고 저래도 맞는 그 아내의 처지는 실로 딱한 것으로 이대로 내가 두고보는 것은 인륜에 벗어나는 일이라 생각하고, 그 담날 부리나케 찾아가 놈을 꾸짖었단대도 그리 어줍잖은 일은 아닐 것이다. 내가 대문간에 가 서서 그 집 아이에게 건넌방에 세들은 키 쪼고만 감독 좀 나오래라, 해가지고 그동안 곁방에서 살았고 또 전자부터 잘났다는 성식은 익히 들었건만 내가 못나서 인사가 이렇게 늦었다고 나의 이름을 대니까 놈도 좋은 낯으로 피차 없노라고 달랑달랑 쏟으며 멋없이 빙긋 웃는 양이 내 무슨 저에게 소청이라도 있어 간 것 같이 생각하는 듯하여 불쾌한 마음으로 나는 뭐 전기 회사에서 오란대두 안 갈 사람이라고 오해를 풀어주고는 그 면상판을 이윽히 들여다보며, 오 네가 매밤의 대추 두 개로 돈 팔백 원을 모은 놈이냐, 하고는 그 지극한 정성에 다시금 감탄하지 않을 수가 없었다. 비록 낯짝이 쪼그라들어 코, 눈, 입이 번뜻하게 제자리에 못 뇌고는 넝마전 물건같이 시들번히 게 붙고 게 붙고 하였을망정 제법 총기 있어 보이는 맑은 두 눈이며 깝신깝신 굴러나오는 쇠명된 그 음성, 아하 돈은 결국 이런 사람이 갖는 게로구나, 하고 고개를 끄덕거리다 그럼 무슨 일로 오셨습니까? 하는 바람에 그제서야 나의 이 심방의 목적을 다시금 깨닫게 되었다.

허나 그대로 네 계집 치지 말라고 할 수는 없는 게니까 아참 전기 회사의 감독 되기가 무척 힘드나 보던데, 하며 그걸 어떻게 그다지도 쉽사리 네가 영예를 얻었느냐고 놈을 한참 구슬리다가, 뭐 그야 노력하면 될 수 있겠지요, 하며 흥청흥청 뻐기는 이때가 좋을 듯싶어서 그렇지만 그런 감독님의 체면으로 부인을 콕콕 쥐어박는 것은 좀 덜 된 생각이니까 아예 그러지 마슈, 하니까 놈이 남의 충고는 듣는 법 없이 대번에 낯을 붉히더니 댁이 누굴 교훈하는 거요, 하고 볼멘소리를 치며 나를 얼마간 노리다가 남의 내간사에 웬 참견이요, 하는 데는 고만 어이가 없어서 벙벙히 서 있었던 것이나 암만해도 놈에게 호령을 당한 것은 분한 듯싶어 그럼 계집을 쳐서 개잡는 소리를 끼익끼익 내게 해가지고 옆집 사람도 못 자게 하는 것이 잘했소, 하고 놈보다 좀더 크게 질렀다. 그랬더니 놈이 빤히 쳐다보다가 이건 또 무슨 의미인지 잠자코 한옆으로 침을 탁 뱉어던지기가 무섭게, 이것이 필연 즈 여편네의 신이겠지, 커다란 고무신을 짤짤 끌며 안으로 들어갔으니 놈이

나를 모욕했는가 혹은 내가 무서워서 피했는가, 그걸 알 수가 없으니까 옆에서 구경하고 서 있던 아이에게 다시 한번 그 감독을 나오라고 시켜 보았던 것이나 인제 안 나온대요, 하고 전갈만 해오는데야 난들 어떻게 하겠는가. 망할 놈, 아주 겁쟁이로구나, 하고 입속으로 중얼거리며 좀더 행위가 방정토록 꾸짖어주지 못한 것이 유한이 되는 그대로 별수 없이 집으로 돌아왔던 것이나 밤이 이슥하여 잠결에 두 내외의 소곤소곤 하는 소리가 벽너머로 들려올 적에는 아하 그래도 나의 꾸중이 제법 컸구나, 싶어 맘으로 흡족했던 것이 웬일인가.

차츰차츰 어세가 돋아져서 결국에는 이 년, 하는 엄포와 아울러 제꺽, 하고 김치 항아리라도 깨지는 소리가 요란히 나는 것이 아닌가. 이 놈이 또 무슨 방정이 나 이러나 싶어 성가스레 눈을 부비고 일어나서 벽 틈으로 조사해 보았더니 놈이 방바닥에다 아내를 엎어놓고 그리고 그 허리를 깡충 타고 올라앉아서 이 년아 말해, 바른 대로 말해 이 년아, 하며 그 팔 한 짝을 뒤로 꺾어 올리는 그런 기술이었으나 어쩌면 제 다리보다도 더 굵은지 모르는 그 팔목이 호락호락히 꺾일 것도 아니거니와, 또 거기에 열을 내가지고 목침으로 뒤통수를 콕콕 쥐어박다가 그것도 힘에 부치어 결국에는 양 옆구리를 두 손으로 꼬집는다 하더라도 그것쯤에 뭣할 아내가 아닐 텐데 오늘은 목을 놓아 울 수 있었던 만치 남다른 벅찬 설움이 있는 모양이다.

그렇게 늘을 만치 타일렀선만 이 놈이 또 초라니 방징을 띠는 것이 패씸도 하고 일방 뭘 대라 하고 또 울고 하는 것이 심상치 않은 일인 듯도 하고 이래서 괜스레 언짢은 생각을 하느라고 새로 넉 점에서야 눈을 좀 붙인 것이 한나절쯤 일어났을 때에는 얻어맞은 몸같이 휘휘 둘러 얼떨김에 세수를 하고 있노라니까 쥔 노파가 부리나케 다가와서 내 귀에 입을 들이대고는 글쎄 어쩌자고 남 매를 맞히우. 무슨 매를 맞혀요, 하고 고개를 돌리니까 당신이 어제 감독보고 뭐래지 않았소. 그리 저의 아내 역성을 들 때에는 필시 무슨 관계가 있을 게니 이 년 서방질한 거 냉큼 대라고 어젯밤은 매로 밝혔다는 것인데, 아까 아침에 그 처남이 와서 몇 번이나 당부하기를 내가 찾아와 그런 짓을 하면 저 누님의 신세는 영영 망쳐 놓는 것이니 앞으론 아예 그러한 일이 없도록 삼가 달라고 하였으니 글쎄 반했으면 속으로나 반했지 제 남편보고 때리지 말라는 법이 어디 있소, 하고 매우 딱하게 눈살을 접는 것이다. 그리고 보니 그 아내를 동정한 것이 도리어 매를 맞기에 똑 알맞도록 만들어놓은 폭이라 미안도 하려니와 한편 모든 걸 그렇게도 알알이 아내에게로만 들씌우려 드는 놈의 소행에는 참으로 의분심이 안 일 수 없으니까, 수건으로 낯도 씻을 줄 모르고 두 주먹만 불끈 쥐고는 그냥 뛰어나갔다. 가로지든 세로지든 이 놈과 단판 씨름을 하리라고 곁을 하고는 대문간에 가 서서 커다랗게 박 감독, 하고 한 서너 번 불렀던 것이나 놈은 아니 나오고, 한 삼십여 세 가량의 가슴이 떡 벌어지고 우람스런 것이 필연 이것이 그 처남일 듯싶은 시골 친구가 나와서 뻔히 쳐다보더니 마침내 말 없이도 제대로 알아차렸는지 어리눅는 어조로, 아 이거 글쎄 왜 이러십니까, 하며 답답한 상을 지어 보이는 것이 아닌가. 그리고 넌지시 하는 사정의 말이 이러시면 우리 누님의 전정은 아주 망쳐 놓으시는 겝니다. 그러니 아무쪼록 생각을 고

치라고 촌뜨기의 분수로는 너무 능숙하게 넓적한 손뼉을 펴들고 안 간다고 뻗디디는 나의 어깨를 왜 이러십니까, 하고 골문 밖으로 슬근슬근 밀어 내오는 것이었으나 주춤주춤 밀려나오며 가만히 생각해 보니 변변히 초면 인사도 없는 이 놈에게마저 내가 어린애로 대접을 받는 것은 참 너무도 슬픈 일이었다.

  나중에는 약이 바짝 올라서 어깨로 그 손을 뿌리치며 휙 돌아선 것만은 썩 잘된 것 같은데 시커먼 낯판대기와 떡 벌은 그 엄장에 이건 나하고 맞닥트릴 자리가 아님을 깨닫고는 어째보는 수 없이 그대로 돌아서고 마는 자신이 너무도 야속할 뿐으로 이렇게 밀려오느니 차라리 내 발로 걷는 것이 나을 듯 싶어 집을 향하여 삐잉 오는 것이다. 내가 아내를 갖든지 그렇지 않으면 이 놈의 신당리를 떠나든지 이러는 수밖에 별도리가 없으리라고 마음을 먹고는 내 방으로 부루루 들어와 이부자리며 옷가지를 거듬거듬 뭉치고 있는 것을 한옆에서 수상히 보고 서 있던 주인 노파가 눈을 찌긋이 그 왜 짐을 묶소, 하고 묻는 것까지도 내 맘을 제대로 몰라주는 듯하여 오직 야속한 생각만이 들 뿐이므로 난 오늘 떠납니다, 하고 투박한 한마디로 끊어버렸다.

봄과 따라지

지루한 한겨울 동안 꼭 옴츠려졌던 몸뚱이가 이제야 좀 녹고 보니 여기가 근질근질, 저기가 근질근질, 등어리는 대구 군실거린다. 행길에 삐죽 섰는 전봇대에다 비스듬히 등을 비껴대고 쓰적쓰적 부벼도 좋고, 왼팔에 걸친 밥통을 땅에 내려논 다음 그 팔을 뒤로 젖혀 올리고 바른팔로 발꿈치를 들어올리고 그리고 긁죽긁죽 긁어도 좋다. 번히는 이래야 원 격식은 격식이로되 그러나 하고 보자면 손톱 하나 놀리기가 성가신 노릇. 누가 일일이 그러고만 있는가. 장삼인지 저고린지 알 수 없는 앞자락이 척 나간 학생복 저고리. 허나 3년 간을 내리 입은 덕택에 속껍데기가 꺼칠하도록 때에 절었다. 그대로 선 채 어깨만 한 번 으쓱 올렸다. 툭 내려치면 그뿐. 옷에 몽콜린 때꼽은 등어리를 슬쩍 긁어주고 내려가지 않는가. 한 번 해보니 재미가 있고 두 번을 하여도 또한 재미가 있다. 조그만 어깻죽지를 그는 기계같이 놀리며 올렸다 내렸다, 내렸다 올렸다 그럴 적마다 쿨렁쿨렁한 저고리는 공중에서 나비춤, 지나가던 행인이 걸음을 멈추고 가만히 눈을 둥글린다. 한참 후에야 비로소 성한 놈으로 깨달았음인지 피익 웃어 던지고 다시 내걷는다. 어깨가 느런하도록 수없이 그러고 나니 나중에는 그것도 흥이 지인다. 그는 너털거리는 소맷동으로 코밑을 쓱 훔치고 고개를 돌려 위아래로 야시를 훑어본다. 날이 풀리니 거리에 사람도 풀린다. 싸구려 싸구려 에잇 싸구려, 십오 전에 두 가지, 십오 전에 두 가지씩. 인두 비누를 한 손에 번쩍 쳐들고 젱그렁 젱그렁 신이 올라 흔드는 요령 소리. 땅바닥에 널따란 종잇장을 펼쳐 놓고 안경쟁이는 입에 게거품이 흐르도록 떠들어댄다. 일 전 한 푼을 내놓고 1년 동안의 운수를 보시오. 먹찌를 던져서 칸에 들면 미루꾸 한 갑을 주고 금에 걸치면 운수가 나쁘니까 그냥 가라고. 저편 한구석에서는 코먹은 바이올린이 닐리리를 부른다. 신통 방통 꼬부랑통 남대문통 쓰레기통, 자아 이리 오시오. 암사둔 숫사둔 다 이리 오시오. 장기판을 에워싸고 다투는 무리. 그 사이로 사람들은 이리 몰리고 저리 몰리고 발 가는 대로 서성거린다. 짝을 짓고 산보를 나온 젊은 남녀들, 구지레한 두루마기에 뒷짐진 갓쟁이. 예제없이 가서 덤벙거리는 학생들도 있고, 그리고 어린 아들의 손을 잡고 구경을 나온 어머니의 치맛자락을 잡아채며 뭘 사내라고 부지런히 보챈다. 배도 좋고 사과도 좋고 또 김이 무럭무럭 오르는 국화만두는 누가 싫다나. 그 놈의 김을 이윽히 바라보다가 그는 고만 하품인지 한숨인지 분간 못할 날숨이 길게 터져

오른다. 아침에 찬밥 덩이 좀 얻어먹고는 온종일 그대로 지친 몸. 군침을 꿀떡 삼키고 종로를 향하여 무거운 다리를 내딛자니 앞에 몰려 선 사람 떼를 비집고 한 양복이 튀어나온다. 얼굴에는 꽃이 잠뿍 피고 고개를 내흔들며 이리 비틀 저리 비틀. 목노에서 얻은 안주이겠지, 사과 하나를 입에 들이대고 어기어기 꾸겨넣는다. 이거나 좀 개평 뗄까. 세루 바지에 바짝 붙어 서서 같이 비틀거리며 나리 한 푼 줍쇼, 나리. 이 소리는 들은 척 만 척 양복은 제멋대로 갈 길만 비틀거린다. 엣다 이거나 먹어라, 하고 선뜻 내주었으면 얼마나 좋으랴만, 에이 자식두. 사과는 쉬지 않고 점점 줄어든다. 턱살을 추켜대고 눈독을 잔뜩 들여가며 따르자니 나중에는 안달이 난다. 나리, 나리, 한 푼 주세요, 하고 거듭 재우치다 그래도 괘가 그르매, 나리 그럼 사과나 좀. 무어 이 자식아 남 먹는 사과를 좀. 혀 꼬부라진 소리가 이렇게 중얼거리자 정작 사과는 땅으로 가고 긴치 않은 주먹이 뒤통수를 딱. 금세 땅에 엎어질 듯이 정신이 고만 아찔했으나 그래도 사과, 사과다. 얼른 덤벼들어 집어들고는 소맷자락에 흙을 쓱쓱 씻어서 한 입 덥석 물어 뗀다. 창자가 녹아내리는 듯 향긋하고도 보드라운 그 맛이야. 그러나 세 번을 물어뜯고 나니 딱딱한 씨만 남는다. 다시 고개를 들고 그 담 사람을 잡고자 눈을 희번덕인다. 큰길에는 동무 깍쟁이들이 가로 뛰며 세로 뛰며 낄낄거리고 한창 야단이다. 밥통들은 한 손에 든 채 달리는 전차 자동차를 이리저리 호아가며 저희간에 술래잡기 봄이라고 맘껏 즐긴다. 이걸 멀거니 바라보고 그는 저절로 어깨가 실룩실룩하기는 하나 근력이 없다. 따스한 햇볕에서 낮잠을 잔 것도 좋기는 하다마는

봄과 따라지 47

그보담 밥을 좀 얻어먹었다면 지금쯤은 같이 뛰고 놀고 하련만. 큰길로 내려서서 이럴까 저럴까 망설일 즈음 갑자기 따르르응 이 자식아. 이크 쟁교로구나, 등줄기가 선뜩해서 기급으로 물러서다가 얼결에 또 하나 잡았다. 이번에는 트레머리에 얕은 향내가 말캉말캉 나는 뾰족 구두다. 얼른 봐한즉 하르르한 비단 치마에 옆에 낀 몇 권의 책, 그리고 아리잠직한 그 얼굴. 외모로 따져보면 돈푼이나 좋이 던져 줄 법한 고운 아씨다. 대뜸 물고 나서며 아씨 한 푼 줍쇼, 아씨 한 푼 줍쇼. 가는 아씨는 암만 불러도 귀가 먹은 듯 혼자 풍월로 얼마를 따르다 보니 이제는 하릴없다. 그 다음 비상수단이 아니 나올 수 없는 노릇. 체면불구하고 그 까마귀발로다 신성한 치맛자락을 덥석 잡아챘다. 홀로 가는 계집쯤 어떻게 다루든 이쪽 생각. 한 번 더 채여라. 아씨 한 푼 줍쇼. 아씨도 여기에는 어이가 없는지 발을 멈추고 말똥히 바라본다. 한참 노려보고 그리고 생각을 돌렸는지 허리를 구부려 친절히 달랜다. 내 지금 가진 돈이 없으니 집에 가 줄게 이거 놓고 따라오너라. 너무나 뜻밖의 일이다. 기쁠 뿐더러 놀라운 은혜다. 따라만 가면 밥이 나올지 모르고 혹은 먹다 남은 빵조각이 나올는지도 모른다. 이건 아마 보통 갈보와는 다른 예수를 믿는 착한 아씬가 보다.

　치마를 놓고 좀 떨어져서 이번에는 점잖이 따라간다. 우미관 옆골목으로 들어서서 몇 번이나 좌우로 꼬불꼬불 돌았다. 아씨가 들어간 집은 새로 지은, 그리고 전등 달린 번듯한 기와집이다. 잠깐만 기다려라, 하고 아씨가 들어갈 제 그는 눈을 똥그랗게 뜨고 기대가 컸다. 밥이냐, 빵이냐, 잔치를 지내고 나서 먹다 남은 떡부스러기를 처치 못하여 데리고 왔을지도 모른다. 떡고물도 좋고 저냐도 좋고 시큼하게 쉰 콩나물, 무나물, 아무 거나 되는 대로. 설마 예까지 데리고 와서 돈 한 푼 주고 가라진 않겠지. 허기와 기대가 갈증이 나서 은근히 침을 삼키고 있을 때 대문이 다시 삐꺽 열린다. 아마 주인 서방님이리라. 조선옷에 말쑥한 얼굴로 한 사나이가 나타났다. 네가 따라온 놈이냐, 하고 한 손으로 목덜미를 꼭 붙들고 그러더니 벌써 어느 틈에 네 번이나 머리를 주먹이 우렸다. 그러면 아가파 소리를 지른 것은 다섯 번째부터요 눈물은 또 그 담에 나온 것이다. 악장을 너무 치니까 귀가 아팠음인지 요자식 다시 그래 봐라 다리를 꺾어놀 테니. 힘 약한 독사와 도야지는 맞대항은 안 된다. 비실비실 조 골목 어귀까지 와서 이제야 막 대문 안으로 들어가려는 서방님을 돌려대고, 요 자식아 네 다릴 꺾어놀 테야, 용용 죽겠지. 엄지손가락으로 볼따귀를 후벼 보이곤 다리야 날 살리라고 그냥 뺑소니다. 다리가 짧은 것도 이런 때에는 한 욕일지도 모른다. 여남은 칸도 채 못 가서 벽돌담에 가 잔뜩 엎눌렸다. 그리고 허구리 등어리 어깻죽지 할 것 없이 요모조모 골고루 주먹이 들어온다. 때려라, 그래도 네가 차마 죽이진 못하겠지. 주먹이 들어올 적마다 서방님의 처신으로 듣기 어려운 욕 한마디씩 해가며 분통만 폭폭 찔러논다. 죽여 봐 이 자식아. 요런 챌푼이 같으니, 네가 애편쟁이지 애편쟁이. 울고 불고 요란한 소리에 근방에서는 쭉 구경을 나왔다. 입때까지는 서방님은 약이 올라서 죽을 둥 살 둥 몰랐으나 이제 와서는 결국 저의 체면 손상임을 깨달은 모양이다. 등뒤에서 애편쟁이, 챌푼이, 하는 욕이 빗발치듯 하련만 서방님은 돌아다도 안 보고 똥이 더러워서 피하지 무섭지 않다는 증거로 침 한 번을 탁 뱉고는 제법 골목으로 들어간다. 이렇게 되면 맡아놓고 깍쟁이의 승리다.

그는 담밑에 쪼그리고 앉아서 울고 있으나 실상은 모욕당했던 깍쟁이의 자존심을 회복시킨 데 큰 우월감을 느낀다, 염병을 할 자식, 하고 눈물을 닦고 골목 밖으로 나왔을 때엔 얼굴에 만족한 웃음이 떠오른다. 야시에는 여전히 뭇 사람이 흐르고 있다. 동무들은 큰길에서 밥통을 두들기며 날뛰고 있다. 우두커니 보고 섰다가 결리는 등어리도 잊고 배고픈 생각도 스르르 사라지니 예라 나두 한 번 끼자. 불시로 건기운이 뻗쳐 야시에서 큰길로 내려선다. 달음질을 쳐서 전찻길을 가로지르려 할 제 맞닥뜨린 것이 마주 건너오던 한 신여성이다. 한 손에 대여섯 살 된 계집애를 이끌고 야시로 나오는 모양. 이건 키가 후리후리하고 걸쩍하게 생긴 것이 어디인가 맘새가 좋아 보인다. 대뜸 손을 내밀고 아씨 한 푼 줍쇼. 얘 지금 돈 한 푼 없다. 이렇게 한마디 하고는 이것도 돌아다보는 법 없다. 야시에 물건을 흥정하며 태연히 저 할 노릇만 한다. 이내 치마까지 끄들리게 되니까 이제야 걸음을 딱 멈추고 눈을 똑바로 뜨고 노려본다. 그리고 소리를 지르되 옆의 사람이나 들으란 듯이 얘가 왜 이리 남의 옷을 잡아당겨. 오가던 사람들이 구경이나 난 듯이 모두 쳐다보고 웃는다. 본 바와는 딴판 돈푼커녕 코딱지도 글렀다. 눈꼴이 사나워서 그도 마주 대고 뻥뻥히 쳐다보고 있노라니 웬 담배가 발 앞으로 툭 떨어진다. 매우 길음한 꽁초. 얼른 집어서 땅바닥에 쓱쓱 문대어 불을 끄고는 호주머니에 넣는다. 이따는 좁쌀 친구끼리 뒷골목 담밑에 모여 앉아서 번갈아 한 모금씩 빨아

가며 잡상스런 이야기로 즐길 걸 생각하니 미리 재미롭다. 적어도 여남은 개 주워야 할 텐데 인제서 겨우 꽁초 네 개니, 요즘에는 참 담배 맛도 제법 늘어가고 재채기하던 괴로움도 훨씬 줄었다. 이만하면 영철이의 담배쯤은 감히 덤비지 못하리라. 제 따위가 앉은 자리에 꽁초 일곱 개를 다 피울 텐가, 온 어림없지. 열 살밖에 안 되었건만 이만치도 담배를 잘 필 수 있도록 훌륭히 됨을 깨달으니 또한 기꺼운 현상, 호주머니에서 손을 빼고 고개를 들어보니 계집은 어느덧 멀리 앞섰다. 벌에 쐬었느냐, 왜 이리 달아나니. 이것은 암만 따라가야 돈 한푼 막무가낼 줄은 번연히 알지만 소행이 밉다. 에라, 빌어먹을 거, 조금 느므러나 주어라, 횡 허게 쫓아가서 팔꿈치로다 그 궁둥이를 퍽 한 번 지르고는 아씨 한 푼 주세요. 돌려대고 또 소리를 지를 줄 알았더니 고개만 흘낏 돌려보고는 잠자코 간다. 그럼 그렇지 네가 어디라구 깍쟁이에게 덤비리. 또 한 번 질러라. 바른편 어깨로다 이번엔 넓적한 궁둥이를 정면으로 들이받으며 아씨 한 푼 주세요. 그래도 아무 반응이 없다. 이 계집이 행길 바닥에 나가자빠지면 그 꼴이 볼 만도 하련만 제아무리 들이받아도 힘을 들이면 들일수록 이쪽이 도리어 퉁겨져 나올 뿐 좀체로 삐꿋 없음에는 에라 빌어먹을 거. 치맛자락을 냉큼 집어다 입에 들이대고는 질겅질겅 씹는다. 으흐홍 아씨 돈 한 푼. 그제야 독이 바짝 오른 법한 표독스러운 계집의 목소리가, 이 자식아 할 때는 왼몸이 다 짜릿하고 좋았으나 난데없는 고래 소리가 벽력같이 들리는 데는 정신이 그만 아찔하다. 뿐만 아니라 그 순간 새삼스레 주림과 아울러 아픔이 눈을 뜬다. 머리를 얻어맞고 아이쿠, 하고 몸이 비틀할 제 집게 같은 손이 들어와 왼편 귓바퀴를 잔뜩 집어든다. 이왕 이렇게 된 바에야 끌리는 대로 따라만 가면 고만이다. 붐비는 사람 틈으로 검불같이 힘없이 딸려 가며 그러나 속으로는 허지만 뭐. 처음에는 꽤도 겁도 집어먹었으나 인제는 하도 여러 번 겪고 난 몸이라 두려움보다 오히려 실없는 우정까지 느끼게 된다. 이쪽이 저를 미워도 안하려만 공연스레 제가 씹고 덤비는 걸 생각하면 짜장 밉기도 하려니와 그럴수록 야릇한 정이 드는 것만은 사실이다. 오늘은 또 무슨 일을 시키려는가. 유리창을 닦느냐, 뒷간을 치느냐, 타구쯤 정하게 부서주면 그대로 나가라 하겠지. 하여튼 가자는 건 좋으나 원체 잔뜩 집어당기는 바람에 이건 너무 아프다. 구두보담 조금만 뒤졌다는 갈 데 없이 귀는 떨어질 형편. 구두가 한 발을 내걷는 동안 두 발 세 발 잽싸게 옮겨놓으며 통통 걸음으로 아니 따라갈 수 없다. 발이 반밖에 안 차는 커다란 운동화를 칠떡칠떡 끌며 얼른얼른 앞에 나서거라. 재쳐라, 재쳐라, 얼른 재쳐라. 그러나 문득 기억나는 것이 있으니 그 언제인가 우미관 옆골목에서 몰래 들창으로 들여다보던 아슬아슬하고 인상 깊던 그 장면. 위험을 무릅쓰고 악한을 추격하되 텀블링도 잘하고 사람도 잘 집어세고 막 이러는 용감한 그 청년과 이때 청년이 하던 목잠긴 그 해설. 그리고 땅땅 따아리 땅땅 따아리 띵띵 띠이 하던 멋있는 그 반주. 봄바람은 살랑살랑 불어오는 큰 거리, 이때 청년이 목숨을 무릅쓰고 구두를 재치는 광경이라 하고 보니 하면 할수록 무척 신이 난다. 아아 아구 아프다. 재쳐라, 재쳐라, 얼른 재쳐라, 이때 청년이 땅땅 따아리 땅땅 따아리 띵띵 띠이 띵띵 띠이.

두꺼비

내가 학교에 다니는 것은 혹 시험 전날 밤새는 맛에 들렸는지 모른다. 내일이 영어 시험이므로 그렇다고 하룻밤에 다 안다는 수도 없고 시험에 날 듯한 놈 몇 대문 새겨나 볼까, 하는 생각으로 책을 뒤지고 있을 때 절컥, 하고 바깥에서 자전거 세워놓는 소리가 난다. 그리고 행길로 난 유리창을 두드리며 이상, 하는 것이다. 밤중에 웬놈인가 하고 찌뿌둥히 고리를 따보니 캡을 모로 눌러붙인 두꺼비눈이 아닌가. 또 무얼, 하고 좀 떠름했으나 그래도 한 달포 만에 만나니 우선 반갑다. 손을 내밀어 악수를 하고 어서 들어오슈, 하니까 바빠서 그럴 여유가 없다, 하고 오늘 의논할 이야기가 있으니 한 시간쯤 뒤에 저의 집으로 꼭 좀 와주십시오, 한다. 그뿐으로 내가 무슨 의논일까, 해서 얼떨떨할 사이도 없이 허둥지둥 자전거 종을 울리며 골목으로 사라진다. 궐련 하나를 피워도 멋만 찾는 놈이 자전거를 타고 나를 찾아왔을 때에는 일도 어지간히 급한 모양이나 그러나 제 말이면 으레 복종할 걸로 알고 나의 대답도 기다리기 전에 달아나는 건 쌕 불쾌하였다. 이것은 놈이 아직도 나에게 대하여 기생오라비로서의 특권을 가지려는 것이 분명하다. 나는 사실 놈이 필요한 데까지 이용당할 대로 다 당하였다. 더는 싫다, 생각하고 애꿎은 창문을 딱 닫은 다음 다시 앉아서 책을 뒤지자니 속이 부걱부걱 고인다. 하지만 실상 생각하면 놈만 탓할 것도 아니요, 어디 사람이 동이 났다고 거리에서 한 번 흘깃 스쳐 본, 그나마 잘났으면이어니와, 쭈그렁 밤송이 같은 기생에게 정신이 팔린 나도 나렷다. 그것도 서로 눈이 맞아서 들떴다면야 누가 뭐래랴마는 저쪽에선 나의 존재를 그리 대단히 여겨 주지 않으려는데 나만 몸이 달아서 답장 못 받는 엽서를 매일같이 석 달 동안 썼다. 하니까 놈이 이 기미를 알고 나를 찾아와 인사를 떡 붙이고는 하는 소리가 기생을 사랑하려면 그 오라비부터 잘 얼러야 된다는 것을 명백히 설명하고, 또 그리고 옥화가 저의 누이지만 제 말이면 대개 들을 것이니 그건 안심하라 한다. 나도 옳게 여기고 그 다음부터 학비가 올라오면 상전같이 놈을 모시고 다니며 뒤치다꺼리하기에 볼일을 못 본다. 이게 버릇이 돼서 툭하면 놈이 찾아와서 산보나 가자고 끌어내서는 극장으로 카페로 혹은 저 좋아하는 기생집으로 데리고 다니며 밤을 새기가 일쑤다. 물론 그 비용은 성냥 사는 일전까지 내가 내야 되니 얼른 보기에 누가 데리고 다니는 건지 영문을 모른다. 게다가 제 누님의 답장을 얻어올 테니 한 번 보라고 연일 장담은 하면서도 나의 편지만 가져가고는 꿩 구워먹은 소식이다. 편지도 우편보다는 그 동생에게 전하니까 마음에 좀 든든할 뿐이지 사실 바로 가는지 혹은 공동변소에서 콧노래로 뒤지가 되는지 그것도 자세히 모른다. 하루는 놈이 찾아와서 방바닥에 가 벌룽 자빠져 콧노래를 하다가 무얼 생각했음인지 다시 벌떡 일어나 앉는다. 올롱한 낯짝에 그 두꺼비눈을 한 서너 번 끔뻑거리다 나에게 훈계가, 너는 학생이라서 아직 화류계를 모른다, 멀리 앉아서 편지만 자꾸 띄우면 그게 뭐냐고 톡톡히 나무라더니 기생은 여학생과 달라서 그저 맞붙잡고 주물러야 정을 쏟는데, 하고 사정이 딱한 듯이 입맛을 다신다. 첫사랑이 무언지 무던히 후려맞은 몸이라 나는 귀가 번쩍 뜨여 그럼 어떻게 좋은 도리가 없을까요, 하고 다가서서 물어보니까 잠시 입을 다물고 주저하더니 그럼 내 직접 인사를 시켜줄 테니 우선 누님 마음에 드는 걸로 한 이삼십 원어치 선물을 하슈, 화류계 사랑이란 돈이 좀 듭니다, 하고 전일 기생을 사랑하던 저의 체험담을 쫙 이야기한다. 돈을 먹이는 데 싫다고 할 계집은 없으려니 깨닫고, 나의 정성을 눈앞에 보이기 위하여 놈을 데리고 다니며 동무에게 돈을 구걸한다, 양복을 잡힌다, 하여 덩어리 돈을 만들어서는 우선 백화점에 들어가 같이 점심을 먹고 나오는 길에 사십이 원짜리 순금 트레반지를 놈의 의견대로 사서 부디 잘해 달라고 놈에게 들려 보냈다. 그리고 약속대로 그 이튿날 밤이 늦어서 찾아가니 놈이 자다 나왔는지 눈을 부비며 제가 쓰는 중문간방으로 맞아들이는 그 태도가 어쩐지 어제보다 탐탁치가 못하다. 반지를 전하다 퇴짜나 맞지 않았나 하고 속으로 초를 부비며 앉았으니까 놈이 거기 관하여는 일체 말 없고 딴통같이 앨범 하나를 꺼내어 여러 기생의 사진을 보여주며 객쩍은 소리를 한참 지껄이더니 우리 누님이 이상 오시길 여태 기다리다가 고대 막 노름 나갔습니다, 낼은 요보다 좀 일찍 오셔요, 하고 주먹으로 하품을 막는 것이다. 조금만 일찍 왔더라면 좋을 걸 안됐다 생각하고, 그럼 반지를 전하니까 뭐라더냐 하니까 누이가 퍽 기뻐하며 그 말이 초면 인사도 없이 선물을 받는 것은 실례되는 일이매 직접 만나면 돌려보내겠다 하더란다. 이만 하면 일은 잘 얼렸구나, 안심하고 하숙으로 돌아오며 생각해 보니 반지를 돌려보낸다면 나는 언턱거리를 아주 잃을 터라 될 수 있다면 만나지 말고 편지로만 나에게 마음이 동하도록 하는 것도 좋겠지만 그래도 옥화가 실례롭다 생각할 만치 그만치 나에게 관심을 가졌음에는 그 다음은 내가 가서 붙잡고 조르기에 달렸다. 궁리한 것도 무리는 아닐 것이다. 마는 그 다음날 약 한 시간을 일찍 찾아가니 놈은 여전히 귀찮은 하품을 터뜨리며 좀더 일찍 오라 하고, 그 담날 찾아가니 역시 좀더 일찍 오라 하고, 이렇게 연 나흘을 했을 때에는 놈이 괜스레 제가 골을 내가지고 불안스럽게 굴므로 내 자신 너무 우습게 대접을 받는 것도 같고 아니꼬워서 망할 자식, 이젠 너와 안 놀겠다 결심하고 부리나케 하숙으로 돌아와 이불전에 눈물을 씻으며 지나온 지 달포나 된 오늘날 의논이 무슨 의논일까. 시험은 급하고 과정 낙제나 면할까 하여 눈을 까뒤집고 책을 뒤지자니 그렇게 똑똑하던 글자가 어느덧 먹줄로 변하니 글렀고, 게다 아련히 나타나는 옥화의 얼굴을 보면 볼수록 속만 탈 뿐이다. 몇 번 고개를 흔들어 정신을 바로잡아 가지고 들여다보나 아무 효과가 없음에는 이건 공부가 아니라, 생각하고 한구석으로 책을 내던지 뒤 일어서서 들창을 열어놓고 개운한 공기를 마셔본다. 저 건너 서양집 위층에서는 붉은 빛이 흘러나오고 어디선지 울려드는 가냘픈 육자배기, 그러자 문득 생각나느니 계집이란 때없이 잘 느끼는 동물이다. 어쩌면 옥화가 그 동안 매일같이 띄운 나의 편지에 정이 들어서 한 번 만나고자 불렀는지 모르고, 혹은 놈이 나에게 끼친 실례를 깨닫고 전일의 약속을 이행하고자 오랬는지도 모른다. 하여튼 양단간에 한 시간 후라고 시간까지 지정하고 갔을 때에는 되도록 나에게 좋은 기회를 주려는 게 틀림이 없고 이렇게 내가 옥화를 얻는다면 학교쯤은 내일 집어치워도 좋다 생각하고, 외투와 더불어 허둥지둥 거리로 나선다. 광화문통 큰 거리에는 목덜미로 스며드는 싸늘한 바람이 가을도 이미 늦었고 청진동 어귀로 꼽아들어 길옆 이발소를 들여다보니 여덟 시 사십오 분, 한 시간이 되려면 아직도 이십 분이 남았다. 전봇대에 기대어 궐련 하나를 피우고 나서 그래도 시간이 남으매 군밤 몇 개를 사서 들고는 이 분에 하나씩 씹기로 하고 서성거리자니 대체 오늘 일이 하회가 어떻게 되려는가 성화도 나고 계집에게 첫인사를 하는데 뭐라 해야 좋을는지, 그러나 저에게 대한 내 열정의 총양만 보여주면 그만이니까 만일 네가 나와 살아준다면, 그리고 네가 원한다면 내 너를 등에 업고 백 리를 가겠다, 이렇게 다짐을 두면 그뿐일 듯도 싶다. 그 외에는 아버지가 보내주는 흙 묻은 돈으로 근근히 공부하는 나에게 별 도리가 없고, 아, 아, 이런 때 아버지가 돈 한 뭉텅이 소포로 부쳐줄 수 있으면, 하고 한탄이 절로 날 때 국숫집 시계가 늙은 소리로 아홉 시를 울린다. 지금쯤은 가도 되려니, 하고 옆골목으로 들어섰으나 옥화의 집 대문 앞에 딱 발을 멈출 때에는 까닭 없이 가슴이 두근거리고, 그것도 좋으련만 목청을 가다듬어 두꺼비의 이름을 불러도 대답은 어디 갔는지 안채에서 계집 사내가 영문 모를 소리로 악장만 칠 뿐이고 그대로 난장판이다. 이게 웬일일까 얼떨하여 떨리는 음성으로 두서너 번 불러보니 그제야 문이 삐걱 열리고 뚱뚱한 안잠자기가 나를 쳐다보고 누구를 찾느냐 하기에 두꺼비를 보러 왔다 하니까 뾰족한 입으로 중문간방을 가리키며 행주치마로 코를 쓱 씻는 양이 긴치 않다는 표정이다. 전일 같으면 내가 저에게 편지를 전해 달라고 폐를 끼치는 일이 한두 번 아니라서 저를 만나면 담뱃값으로 몇 푼씩 집어주므로 저도 나를 늘 반기는 터이련만 왜 이리 기색이 틀렸는가. 오늘 밤 일도 아마 헛물켜나 보다. 그러나 우선 툇마루로 올라서서 방문을 쓰윽 열어보니 설혹 잤다 치더라도 그 소란 통에 놀라 깨기도 했으련만 두꺼비가 마치 떡메로 얻어맞은 놈처럼 방 한복판에 푹 엎어져 고개 하나 들 줄 모른다. 사람은 불러 놓고 이게 무슨 경운가 싶어서 눈살을 찌푸리려다 강형, 어디 편찮으슈, 하고 좋은 목소리로 그 어깨를 흔들어 보아도 눈 하나 뜰 줄 모르니 이 놈은 참 암만해도 알 수 없는 인물이다. 혹 내 일을 잘 되게 돌보아주다가 집안에 분란이 일고 그 끝에 이렇게 되지나 않았나 생각하면 못할 바도 아니려니와 그렇다 하더라도 두꺼비 등뒤에 똑같은 모양으로 엎어져 있는 채선이의 꼴을 보면 어떻게 추측해 볼 길이 없다. 누님이 수양딸로 사다가 가무를 가르치며 부려먹는다던 이 채선이가 자정도 되기 전에 제법 방바닥에 엎어졌을 리도 없겠고, 더구나 처음에는 몰랐던 것이나 두 사람의 입, 코에서 멀건 콧물과 게거품이 뺨 밑으로 흐르는 걸 본다면 웬만한 장난은 아닐 듯싶다.

 머리끝이 쭈뼛하도록 나는 겁을 집어먹고 이 머리를 흔들어 보고 저 머리를 흔들어 보고 이렇게 눈이 둥그랬을 때 별안간 미닫이가 딱, 하더니 필연 옥화의 어머니리라. 얼굴 강총한 늙은이가 표독스레 들어온다. 그 옆에 장승같이 섰는 나에게는 시선도 돌리려 않고 두꺼비 앞에 가 팔싹 앉아서는 도끼눈을 뜨고 대뜸 들고 들어온 장죽통으로 그 머리를 후려갈기니 팡, 하고 그 소리에 내 등이 다 선뜩하다. 배지가 터져 죽을 이 망할 자식, 집안을 이렇게 망해 놓은 놈, 죽을 테면 죽어라, 어서 죽어 이 자식. 이렇게 독살에 숨이 차도록 두 손으로 그 등을 마구 꼬집어뜯더니 그래도 꼼짝 않는 데는 할 수 없는지 결국 이 자식 너 잡아먹고 나 죽는다, 하고 목청이 찢어지게 발악을 치며 귓불을 물어뜯고자 매섭게 덤벼든다. 그러니 옆에 섰는 나도 덤벼들어 뜯어말리지 않을 수 없고 늙은이의 근력도 얕볼 게 아니라고 비로소 깨달았을 만치 이걸 붙잡고 한참 실랑이를 할 즈음, 그 자식 죽여버리지 그냥 둬, 하고 천둥 같은 호령을 하며 이번에는 늙은 마가목이 마치 저와 같이 생긴 투박한 장작개비 하나를 들고 신발째 방으로 뛰어든다. 그 서두는 품이 가만두면 사람 몇쯤은 넉넉히 잡아놓을 듯하므로, 이런 때에는 어머니가 말리는 법인지는 모르나 내가 고대 붙들고 힐난을 하던 안늙은이가 기겁을 하여 일어나서는 영감 참으슈, 영감 참으슈, 연실 이렇게 달래며 허겁지겁 밖으로 끌고 나가기에 좋이 골도

빠진다. 마가목은 끌리는 대로 중문 안으로 들어가며 이 자식아 몇째냐, 벌써 일곱째 이래 놓질 않으니 이 주릴 틀 자식, 하고 씨근벌떡하더니 안 대청에서 뭐라고 주책없이 게걸거리며 발을 구르며 이렇게 집안을 떠엎는다. 가만히 눈치를 살펴보니 내가 오기 전에도 몇 번 이런 북새가 인 듯싶고 암만해도 내 자신이 헐없이 도깨비에게 홀린 듯싶어서 손을 넣고 멀뚱히 섰노라니까 빼꼼히 열린 미닫이 틈으로 살집 좋고 허여멀건 안잠자기의 얼굴이 남실거린다. 대관절 웬 속셈인지 좀 알고자 미닫이를 열고는 그 어깨를 넌지시 꾹 찍어 가지고 대문 밖으로 나와서 이게 어떻게 되는 일이냐고 물으니 이 망할 게 콧등만 찌긋할 뿐으로 전 흥미가 없단 듯이 고개를 돌려버리는 게 아닌가. 몇 번 물어도 입이 잘 안 떨어지므로 등을 뚜드려주며 그 입에다 궐련 하나 피워 물리지 않을 수 없고, 그제서야 녀석이 죽는다고 독약을 먹었지 뭘 그러슈, 하고 퉁명스레 봉을 떼자 나는 넌덕스러운 그의 소행을 아는지라 왜, 하고 성급히 그 뒤를 재우쳤다. 잠시 입을 삐죽이 내밀고 세상 다 더럽단 듯이 삐쭉거리더니 은근히 하는 그 말이 두꺼비놈이 제 수양 조카딸을 어느 틈엔가 꿰차고 돌아치므로 옥화가 이것을 알고는 눈에 쌍심지가 올라서 망할 자식, 나가 빌어나 먹으라고 방추로 뚜들겨 내쫓았더니 둘이 못 살면 차라리 죽는다고 저렇게 약을 먹은 것이라 하고, 에이 자식두 어디 없어서 그래 수양 조카딸을, 하기에 이왕 그런 걸 어떡하우 그대로 결혼이나 시켜주지, 하니까 그게 무슨 말쏨이유, 하고 바로 제 일같이 펄쩍 뛰더니 채선이 년의 몸뚱이가 인제 앞으로 몇천 원이 될지 몇만 원이 될지 모르는 금덩이 같은 계집인데 원, 하고 넉살을 부리다가 잠깐 침으로 목을 축이고 나서 그리고 또 일곱째야요, 모처럼 수양딸을 데려오면 놈이 꾀꾀로 주물러서 버려 놓고 하기를 이렇게 일곱, 하고 내 코밑에다 두 손을 들이대고 똑똑히 일곱 손가락을 펴보이는 것이다.

  그럼 무슨 약을 먹었느냐고 물으니까 그건 확실히 모르겠다 하고 아까 휭 하고 자전거를 타고 나가더니 아마 어디서 약을 사가지고 와 둘이 얼러먹고서 저렇게 자빠진 듯하다고, 그러다 내가 저게 정말 죽지나 않을까 겁을 집어먹고 사람의 수액이란 알 수 없는데, 하니까 뭘요, 먹긴 좀 먹은 듯하나 그러나 원체 알깍쟁이가 돼서 죽지 않을 만큼 먹었을 테니까 염려 없어요, 하고 아닌 밤중에 두들겨 깨워서 우동을 사오너라 호떡을 사오너라 하고 펄쩍나게 부려는 먹고 쓴 담배 하나 먹어보라는 법 없는 조 녀석이라고 오랄지게 욕을 퍼붓다. 나는 모두가 꿈을 보는 것 같고 어릿광대 같은 자신을 깨달았을 때 하 어처구니가 없어서 벙벙히 섰다가, 선생님 누굴 만나러 오셨수, 하고 대견히 묻기에 나도 펴놓고 옥화를 좀 만나볼까 해서 왔다니까 홍, 하고 콧등으로 한 번 웃더니 응 저희끼리 붙어먹는 그거 말씀이유, 이렇게 비웃으며 내 허구리를 쿡 찌르고 그리고 곁눈을 슬쩍 흘리고 어깨를 맞부비며 대드는 양이 바로 느물려든다. 사람이 볼까봐 내가 창피해서 쓰레기통께로 물러서니까 저도 무색한지 시무룩하여 노려만 보다가 다시 내 옆으로 다가서서는 제 뺨따귀를 손으로 잡아당겨 보이며 이래뵈도 이팔청춘에 한창 핀 살집이야요, 하고 또 넉살을 부리다가 거기에 아무 대답도 없으매 이 망할 것이 내 궁둥이를 꼬집고 제 얼굴이 뭐가 옥화년만 못하냐고 은근히 혹닥이며 대든다. 그러나 나는 너보다는 말라깽이라도 그래도 옥화가 좋다는 것을 명백히 알려주기 위하여 무언으로 땅에다 침 한 번을 탁 뱉아던지고 대문으로 들어서려 하니까 이게 소맷자락을 잡아당기며, 저 선생님 담배 하나만 더 주세요. 나는 또 느물려컸구나, 생각은 했으나 성가셔서 갑째로 내주고 방에 들어와 보니 아까와 그 풍경이 조금도 다름없고 안에서는 여전히 동이 깨지는 소리로 게걸게걸 떠들어댄다. 한 시간 후에 꼭 좀 오라던 놈의 행실을 생각하면 괘씸은 하나 체모에 몰려 두꺼비의 머리를 흔들며 강형, 정신을 좀 차리슈, 하여도 꼼짝 않더니 약 한 시간 반 가량 지남에 어깨를 우찔렁거리며 아이구 죽겠네, 아이구 죽겠네, 연해 소리를 지르며 입 코로 먹은 음식을 울컥울컥 게워 놓는다. 이 놈이 먹기는 좀 먹었구나, 생각하고 등어리를 두드려 주고 있노라니 얼마 뒤에는 윗목에서 채선이가 마저 똑같은 신음소리로 똑같이 게우고 있는 것이 아닌가. 이렇게 되면 나는 저들 치다꺼리하러 온 것도 아니겠고 너무 밸이 상해서 한구석에 서서 담배만 뻑뻑 피고 있자니 또 미닫이가 우람스레 열리고 이번에는 나들이옷을 입은 채 옥화가 들어온다. 아마 노름을 나갔다가 이 급보를 받고 달려온 듯싶고, 하도 그리던 차라 나는 복장이 두근거려 나도 모르게 한 걸음 앞으로 나갔으나 그는 나에게 관하여는 일체 본 척도 없다. 그리고 정분이란 어디다 정해 놓고 나는 것도 아니련만 앙칼스러운 음성으로, 이 놈아 어디 계집이 없어서 조카딸하고 정분이 나, 하고 발길로 두꺼비의 허구리를 활발히 퍽 지르고 나서 돌아서더니 이번에는 채선이의 머리채를 휘어잡는

다. 이 년 가랑머릴 찢어놀 년, 하고 그 머리채를 들었다놓았다를 몇 번 그러니 제물 코방아에 코피가 흐르는 것은 보기에 좀 심한 듯싶고 얼김에 달려들어 강 선생 좀 참으십시오, 하고 그 손을 꽉 잡으니까 대뜸 당신은 누구요, 하고 눈을 똑바로 뜬다. 뭐라 대답해야 좋을지 잠시 어리둥절하다가 이내 제가 이경흡니다, 하고 나의 정체를 밝히니까 그는 단마디로 저리 비키우, 당신은 참석할 자리가 아니오, 하고 내 손을 털고 눈을 흘기는 그 모양이 반지를 받고 실례롭다 생각한 사람은커녕 정성스레 띄운 나의 편지도 제법 똑바로 읽어준 사람이 아니다. 나는 그만 가슴이 섬뜩하여 뒤로 물러서서는 넋없이 바라만 보며 딴은 돈이 중하구나 깨닫고, 금덩어리 같은 몸뚱이를 망쳐논 채선이가 저렇게까지도 미울 것 같으나 그러나 그 큰 이유는 그담 일 년이 썩 지난 뒤에야 안 거지만 어느 날 신문에 옥화의 자살미수의 보도가 났고 그 까닭은 실연이라 해서 보기 숭굴숭굴한 기사였다. 마는 속살을 가만히 들여다보면 그렇게 간단한 실연이 아니었고 어떤 부자놈과 배가 맞아서 한창 세월이 좋을 때 이 놈이 그만 트림을 하고 버듬히 나둥그러지므로 계집이 나는 너와 못 살면 죽는다고 엄포로 약을 먹고 다시 물어들인 풍파였던 바 그때 내가 병원으로 문병을 가보니 독약을 먹었는지 보제를 먹었는지 분간을 못하도록 깨끗한 침대에 누워 발장단으로 담배를 피는 그 손등에 살의 윤택이 반드르르하였다. 그렇게 최후의 비상수단으로 써먹는 그 신승한 비결을 이런 누추한 행랑방에서 함부로 내굴리는 채선이의 소위를 생각하면 코방아는 말고 빨고 있던 궐련불로 그 등어리를 지진 그것도 무리는 아닐 것이다. 그

두꺼비 63

렇다 하더라도 자정이 썩 지나서 얼마치나 속이 볶이는지는 모르나 채선이가 앞가슴을 두 손으로 쥐뜯으며 입으로 피를 돌림에는 옥화는 허둥지둥 신발째 드나들며 일변 저의 부모를 부른다, 어멈을 시키어 인력거를 부른다, 이렇게 눈코 뜰 새 없이 들몰아서는 온 집안 식구가 병원으로 달려가기에 바빴다. 그나마 참례 못 가는 두꺼비는 빈방에서 개밥의 도토리로 꺽꺽거리고. 그 꼴을 봐하니 가엾은 생각이 안 나는 것도 아니다. 그러나 저의 집에서는 개돼지만도 못하게 여기는 이 놈이 제 말이면 누이가 끔뻑한다고 속인 것을 생각하면 곧 분하고, 나는 내 분에 못 이겨 속으로 개자식 그렇게 속인담, 하고 손등으로 눈물을 지우고 섰노라니까 여지껏 말 한마디 없던 이 놈이 고개를 쓰윽 들더니 이상, 의사 좀 불러주슈, 하고 슬픈 낯을 하는 것이다. 신음하는 품이 괴롭기도 어지간히 괴로운 모양이나 그보다도 외따로 떨어져서 천대를 받는 데 좀 야속하였음인지 잔뜩 우그린 그 울상을 보니 나도 동정이 안 가는 것은 아니다마는 그러나 내 생각에 두꺼비는 독약을 한 섬을 먹는대도 자살까지는 걱정 없다고 짐작도 하였고 또 한편 저의 부모, 누이가 가만 있는데 내가 어쭙잖게 의사를 불러댔다간 큰코를 다칠 듯도 하고 해서 어정어정하게 코대답만 해주고 그대로 섰지 않을 수 없다. 한 서너 번 그렇게 애원하여도 그냥만 섰으니까 나중에는 이 놈이 또 골을 벌컥 내 가지고 그리고 이건 엇다 쓰는 버릇인지 너는 소용없단 듯이 손을 내흔들며 가거라 가, 가, 하고 제법 해라로 혼동을 하는 데는 나는 그만 얼떨떨해서 간신히 눈만 끔뻑일 뿐이다. 잘 따져 보면 내가 제 손을 붙잡고 눈물을 흘려가면서 누이와 좀 만나게 해 달라고 애걸을 하였을 때 나의 처신은 있는 대로 다 잃은 듯도 싶으나 그 언제이던가 놈이 양돼지같이 뚱뚱한 그리고 알몸으로 찍은 제 사진 한 장을 내보이며 이래봬도 한때는 다아, 하고 슬며시 뻐기던 그것과 겹쳐서 생각하면 놈의 행실이 번히 꿀적찌분한 것은 넉넉히 알 수 있다. 이때까지 있는 것도 한갓 저 때문인데 가라면 못 갈 줄 아냐 싶어서 나도 약이 좀 올랐으나 그렇다고 덜렁덜렁 그대로 나오기는 어렵고. 생각 끝에 모자를 엉거주춤히 잡자 의사를 부르러 가는 듯 뒤를 보러 가는 듯 그 새중간을 채리고 비슬비슬 대문 밖으로 나오니 망할 자식 이젠 참으로 너희하곤 안 논다, 하고 마치 호랑이굴에서 놓인 몸같이 두 어깨가 아주 거뜬하다. 밤 깊은 거리에 인적은 벌써 끊겼고 쓸쓸한 골목을 휘몰아 황급히 나오려 할 때 옆으로 뚫린 다른 골목에서 기껍지 않게 선생님, 하고 걸음을 방해한다. 주무시고 가지 벌써 가슈, 하고 엇먹는 거기에는 대답 않고 어떻게 됐느냐고 물으니까 뭘 호강이지 제깐 년이 그렇잖으면 병원엘 가보오, 하고 내던지는 소리를 하더니, 시방 약을 먹이고 물을 집어넣고 이렇게 법석들이라 하고 저는 집을 보러 가는 길인데 우리 빈집이니 같이 갑시다, 하고 망할 게 내 팔을 잡아끄는 것이다. 내가 모조리 처신을 잃었나, 생각하며 제풀에 화가 나서 그 손을 홱 뿌리치니 이게 재미있단 듯이 한 번 방긋 웃고, 그러나 팔꿈치로 나의 허구리를 쿡 찌르고 나서 사람 괄시 이렇게 하는 게 아니라고 괜스레 성을 내며 토라진다. 그래도 제가 아쉬운지 슬쩍 눙쳐 허리춤에서 아까 내가 준 담배를 꺼내어 제 입으로 한 개를 피워 물고는 그리고 그 잔소리가 선생님을 뚝 꺾어서 당신이라 부르며 옥화가 당신을 좋아할 줄 아우? 발 새에 낀 때만도 못하게 여겨요, 하고 나의 비위를 긁어놓고 나서 편지나 잘 받아봤으면 좋지만 그것도 체부가 가져오는 대로 무슨 편지고 간에 두꺼비가 먼저 받아 보고는 치고 치고 하는 것인데 왜 정신을 못 차리고 이리 병신짓이냐고 입을 내대고 분명히 빈정거린다. 그렇다 치면 내가 이제껏 옥화에게 한 것이 아니라 결국은 두꺼비한테 사랑 편지를 썼구나, 하고 비로소 깨달으니 아무것도 더 듣고 싶지 않아서 발길을 돌리려니까 이게 꽉 붙잡고 내 손에 있는 먹던 궐련을 쑥 뽑아 제 입으로 가져가며 언제 한 번 찾아갈 테니 노하지 않을 테냐, 묻는 것이다. 저분저분히 구는 것이 너무 성가셔서 대답 대신 주머니에 남았던 돈 삼십 전을 꺼내 주며 담뱃값이나 하라니까 또 골을 발끈 내더니 돈을 도로 내 양복주머니에 치뜨리고 다시 조련질을 하기 시작하는 것이 아닌가. 에이 그럼 맘대로 해라, 싶어서 그럼 꼭 한 번 오우 내 기다리리다, 하고 좋도록 떼놓은 다음 골목 밖으로 부리나케 나와 보니 목롯집 시계는 한 점이 훨씬 넘었다. 나는 얼빠진 등신처럼 정신없이 내려오다가 그러자 선뜻 잡히는 생각이, 기생이 늙으면 갈 데가 없을 것이다. 지금은 본 체도 안 하나 옥화도 늙는다면 내게밖에는 갈 데가 없으려니, 하고 조금 안심하고 늙어라, 늙어라, 하다가 뒤를 이어 영어, 영어, 영어 하고 나오나 그러나 내일 볼 영어시험도 곧 나의 연애의 연장일 것만 같아서 에라 될 대로 되겠지, 하고 집어치고는 휑한 광화문통 거리 한복판을 내려오며 늙어라, 늙어라고 만물이 늙기만 마음껏 기다린다.

형

아버지가 형님에게 칼을 던진 것이 정통을 때렸으면 그 자리에 엎어질 것을 요행 뜻밖에 몸을 비켜서 땅에 떨어질 제 나는 다르르 떨었다. 이것이 십오 성상을 지난 묵은 기억이다마는 그 인상은 언제나 나의 가슴에 새로웠다. 내가 슬플 때, 고적할 때, 제일 처음 나의 몸을 쏘아드는 화살이 이것이다. 이제로는 과거의 일이나 열 살이 채 못 된 어린 몸으로 목도하였을 제 나는 그 얼마나 간담을 졸였는가. 말뚝같이 그 옆에 서 있던 나는 이내 울음을 터뜨리고 말았다. 극도의 놀람과 아울러 애원을 표현하기에 나의 재주는 거기에서 넘지 못하였던 까닭이다.

부자간의 고롭지 못한 이 분쟁이 발생하긴 아버지의 허물인지 혹은 형님의 죄인지 나는 그것을 모른다. 그리고 알려 하지도 않았다. 한갓 짐작하는 건 형님이 난봉을 부렸고 아버지는 그 비용을 담당하고도 티나지 않을 만치 재산을 가졌건만 한 푼도 선심치 않았다. 우리 아버지, 그는 뚝뚝한 수전노였다. 또한 당대에 수십만 원을 이룩한 금만가였다. 자기의 사후 얼마 못 되어 그 재산이 맏아들 손에 탕진될 줄을 그도 대중은 하였으련만 생존시에는 한 푼을 아끼셨다. 제가 모은 돈 저 못 쓴다는 말이 이걸 이름이리라. 그는 형님의 생활비도 안 댈 뿐더러 갈아마실 듯이 미워하였다. 심지어 자기 눈앞에도 보이지 말라는 엄명까지 내렸다. 아들이라곤 그에게 둘이 있을 뿐이었다. 형님과 나—허나 나는 차자이고 그의 맏아들, 형님이 있을 것이다. 게다가 아버지는 애지중지하던 우리 어머니를 잃고는 터져오르는 심화를 뚝기로 누르며 어린 자식들을 홀손으로 길러오던 바 불행히도 떼치지 못할 신병으로 말미암아 몸져 누운 신세이었다. 그는 가끔 나를 품에 안고는 에미를 잃은 자식이라고 눈물을 뿌리다가는 "느 형님은 대리를 꺾어놀 놈이야." 하며 역정을 내곤 하였다. 어버이의 권위로 형님을 구박은 하였으나 속으로야 그리 좋을 리 없었다. 이 병이 낫도록 고수련만 잘하면 회복 후 토지를 얼마 주리라는 언약을 앞두고 나의 팔촌 형을 임시 양자로 데려온 그것만으로도 평온을 잃은 그의 심사를 알기에 족하리라. 친구들은 그를 대하여 자식을 박대함은 노후의 설움을 사는 것이라고 간곡히 충고하였으나 그의 태도는 여일 꼿꼿하였다. 다만 그 대답으로는 옆에 앉았는 나의 얼굴을 이윽히 바라보며 고소하는 것이었다. 나는 왜 떡 사먹을 돈이나 주려는가 하여 멋모르고 마주보고 웃어주었으나, 좀 영리하였던들 이 자식은 크면 나의 뒤를 받들어 주려니 하는 그의 애소임을 선뜻 알았으리라.

　효자와 불효를 동일시하는 나의 관념의 모순도 이때 생긴 것이었다. 형님이 아버지의 속을 썩였다고 그가 애초부터 망골은 아니다. 남 따르지 못할 만치 지극히 효성스러웠다. 아버지에겐 토지가 많았다. 여기저기 사면에 흩어진 전답을 답품하랴 추수를 하랴 하려면 그 노력이 적잖이 드는 것이었다. 병에 자유를 잃은 아버지는 모든 수고를 형님에게 맡겼다. 그리고 형님은 그의 뜻을 받들어 낙자 없이 일을 행하였다. 물론 이삼백 리씩 걸어가 달포씩이나 고생을 하며 알뜰히 가을하여 온들 보수의 돈 한푼 여벌로 생기는 건 아니었다. 아버지는 아들과 마주앉아 추수기를 대조하여 제대로 셈을 따질 만치 엄격하였던 까닭이다. 형님은 호주의 가무를 대신만 볼 뿐 아니라, 집에 들어서는 환자를 위하여 몸을 사리지 않았다. 환자의 곁을 떠날 새 없이 시중을 들었다. 밤에는 이슥토록 침울한 환자의 말벗이 되었고 또는 갖은 성의로 그를 위로하였다. 그는 이따금 깜박 졸다간 경풍을 하여 고개를 들고는 자기를 책하는 듯이 꼿꼿이 다시 무릎을 꿇었다. 그러나 밤거리에 인적이 끊일 때가 되면 그는 나를 데리고 수물통 우물을 향하여 밖으로 나섰다. 이 우물이 신성하다 하여 맑은 그 물을 떠다가 장독간에 올려놓고 정화수를 드렸다. 곧 아버지의 병환이 하루바삐 씻은 듯 나시도록 신령에게 비는 것이었다. 그리고 아침에 먼저 눈을 뜨는 것도 역시 형님이었다. 밝기 무섭게 일어나는 길로 배우개장으로 달려갔다. 구미에 딸리는 환자의 성미를 맞추어 야채랑 과일이랑, 젓갈 혹은 색다른 찬거리를 사들고 들어오는 것이었다. 언젠가 나는 혼이 난 적이 있다. 겨울인데 몹시 추웠다. 아침 일찍이 나는 뒤가 마려워 안방에서 나오려니까 형님이 그제서야 식식거리며 장에서 돌아오는 길이었다. 장놈과 다투었다고 중얼거리며 덜덜 떨더니 얼음이 제그럭거리는 종이 뭉치 하나를 마루에 놓는다. 펴보니 조기만한 이름 모를 생선. 그는 두루마기, 모자를 벗어부치곤 물을 떠오라, 칼을 가져 오라, 수선을 부리며 손수 배를 갈라 씻은 다음 석쇠에 올려놔 장을 발라가며 정성스레 구웠다. 누이동생들도 있고 그의 아내도 있건만 '느년들이 하면 집어먹기도 쉽고 데면데면히 하는 고로 환자가 못 자신다' 는 것이었다. 석쇠 위에서 지글지글 끓으며 구수한 냄새를 피우는 이름 모를 그 생선이 나의 입맛을 잔뜩 당겼다. 나는 언제나 아버지와 겸상을 하므로 좀 맛깔스러운 음식은 내 것이었다. 그날도 나는 상을 끼고 앉아 아버지도 잡숫기 전에 먼젓번부터 노려 두었던 그 생선에 선뜻 젓가락을 박고는 휘저어 놓았다. 그때 옆에서 따로 상을 받고 있던 형님의 죽일 듯이 쏘아보는 눈총을 곁눈으로 느끼고는 나는 멈칫하였다. 그러나 나를 싸주는 아버지가 앞에 있는 데야 설마 이쯤 생각하고는 서름서름 다시 집어들기 시작하였다. 좀 있더니 형님은 물을 쭉 들이켜고 나서 그 대접을 상위에 꽉 놓으며 일부러 소리를 된통 낸다. 어른이 계시므로 차마 야단은 못 치고 엄포로 욱기를 보이는 것이었다. 나는 무안도 하고 무섭기도 하여 들었던 생선을 입으로 채 넣지도 못하고 얼굴이 벌겋게 멍멍하였다. 이 눈치를 채고 아버지는 껄껄 웃더니, "어여 먹어라. 네가 잘 먹고 얼른 커야 내 배가 부르다." 하며 매우 만족한 낯이었다. 물론 내가 막내아들이라 귀엽기도 하였으려나 당신의 팔이 되고 다리가 되는 맏자식의 지극한 효성이 대견하단 웃음이리라.

　노는 돈에는 난봉 나기가 첩경 쉬운 일이다. 형님은 난봉이 났다. 난봉이라면 천한 것도 사랑이라 부르면 좀 고결하다. 그를 위하여 사랑이라 해두자. 열여덟, 열아홉 그맘 때 그는 지각없는 사랑에 빠지고 말았다. 장가는 열다섯에 들었으나 부모가 얻어준 아내일 뿐더러 그 얼굴이 마음에 안 들었다. 사랑에서 한문을 읽을 적이었다. 낮에는 방에 들어앉아서 아버지의 엄명이라 무서워서라도 공부를 하는 체하고 건성 왱왱거리다간 밤이 깊으면 슬며시 빠져나갔다. 그리고 새벽에 몰래 들어와 자고 하였다. 물론 돈은 평소 어른 주머니에서 조금씩 따끔질해 두었다 뭉텅이 돈을 만들어 쓰고 하는 것이었다. 아버지는 자식에게 도낏날같이 무서운 어른이었다. 이 기미를 눈치채고 아들을 붙잡아 놓고는 벼룻돌, 목침, 단소 할 것 없이 들어서는 거의 혼절할 만치 두들겨 팼다. 겸하여 다시는 출입을 못하게 하고자 그의 의관이며 신발 등을 사랑방에 넣고 쇠를 채워버렸다. 그래도 형님의 수단에는 교묘히 그 옷을 꺼내 입고 며칠 동안 밤거리를 다시 돌 수 있었으나 사랑하는 어머니를 잃고 또 얼마 안 되어 아버지마저 병환에 들매 그럴 여유가 없었다. 밖으로는 아버지의 일을 대신 보랴, 안으로는 그의 병구완을 하랴 눈코 뜰 새 없이 자식된 도리를 다하니, 문내에 없던 효자라고 칭찬이 자자하였다.

　병환은 날을 따라 깊었다. 자리에 든 지 한 돌이 지나고 가랑잎은 또다시 부스스 지니 환자도 간호인도 지리한 슬픔이 안 들 수 없었다.

그러자 하루는 형님이 자리곁에 공손히 무릎을 꿇으며 "아버님." 하고 입을 열었다. 지금의 처는 사람이 미련하고 게다가 시부모 섬길 줄 모르는 천치니 친정으로 돌려보내는 게 좋다, 그러니 아버지의 병환을 위해서라도 어차피 다시 장가를 들겠다는 그 필요를 말하였다. 그때 아버지는 정색하여 아들의 낯을 다시 한번 훑어보더니, 간단히 "안 된다." 하였다. "내가 살아 있는 동안엔 안 된다." 하였다. 아버지도 소싯적에는 뭇사랑에 몸을 헤었다마는 당신은 '빠땀뽕' 하였으되 널랑은 '바람풍' 하라 하였다. 나중에서야 알았지마는 이때 벌써 형님은 어느 집 처녀와 슬며시 약혼을 해놓고 틈틈이 드나들었다. 아직 총각이라고 속이는 바람에 부자의 자식이렷다, 문벌 좋겠다, 대뜸 훌쩍 넘은 모양이었다. 그리고 성례를 독촉하니 어른의 승낙도 승낙이려니와 첫째 돈이 없으매 형님은 몸이 달았다. 아버지는 자식을 사랑하였고 당신의 몸같이 부리긴 하였으나 돈에 들어선 아주 맑았다. 가용에 쓰는 일 전 일 푼이라도 당신의 손을 거쳐서야 들고났고, 자식이라고 푼푼한 돈을 맡겨 본 법이 없었다. 형님은 여기서 뱃심을 먹었다. 효성도 돈이 들어야 비로소 빛나는 듯싶다. 이날로부터 나흘 동안이나 형님은 집에서 얼굴을 볼 수 없었다. 똥오줌까지 방에서 가려주는 자식이 옆을 떠나니 환자는 불편하여 가끔 화를 내었고, 따라 어린 우리들은 미구에 불상사가 일 것을 기수 채고 은근히 가슴을 겸뜯었다. 다섯째 되던 날 어두울 무렵이었다. 나는 술이 취하여 비틀거리며 대문을 들어서는 형님을 보고는 이상히 놀랐다. 어른 앞에 그런 버릇은 연래에 보지 못한 까닭이었다. 환자는 큰사랑에 있는데 그는 안방으로 들어가서 엣가락엣가락 하며 주정을 부린다. 그런 뒤 집안 식구들을 자기 앞에 모아놓고는 약주술이 카랑카랑한 대접에다가 손에 들었던 아편을 타는 것이다. 누이 동생들은 기겁을 하여 덤벼들어 그 약을 뺏으려 했으나 무지스러운 그 주먹을 당치 못하여 몇 번씩 얻어맞고는 울며 서서 뻔히 볼 뿐이었다. 술에다 약을 말짱히 풀어놓더니, 그는 요강을 번쩍 들어 대청으로 던져서 요란히 하며 점잖이 아버지의 함자를 불렀다. 그리고 "나는 너 때문에 아까운 청춘을 죽는다."고 선언을 하고는 훌쩍 울었다. 전이면 두말 없이 도낏날에 횡사를 면치 못하리라마는 자유를 잃은 환자라 넘봤을 뿐더러 그 태도가 어른을 휘어잡을 맥이었다. 그러나 사랑에서도 문갑이 깨지는 제그럭 소리와 아울러 "이 놈, 얼찐 죽어라."는 호령이 폭발하였다. 이 음성이 취한 그에게도 위엄이 아직 남았는지 그는 눈을 둥글둥글 굴리고 있더니, 나중에는 동생들을 하나씩 붙잡아 가지곤 두들겨 주기 비롯하였다. "이 년들 느들 죽이고 나서 내가 죽겠다."고 이를 악물고 치니 울음소리는 집 안을 뒤집는다. 어른이 귀여워하는 딸일 뿐 아니라, 언제든 조용하길 원하는 환자에게 보복수단으로는 이만한 것이 다시없으리라. 그리고 이제 생각하면 어른에게 행한 매끝을 우리들이 받았는지도 모른다. 매질에 누이들이 머리가 터지고 옷이 찢기고 하는 서슬에 나는 두려워서 드르누운 아버지에게로 달아나 그 곁을 파고들며 떨고 있었다. 그는 상기하여 약오른 뱀눈이 되고 소리를 내도록 신음하였다. 앙상한 가슴을 벌떡였다. 병마에 시달리는 설움도 컸거늘 그 중에 하나같이 믿었던 자식마저 잃고 보니 비장한 그 심사는 이루 헤

아릴 수 없을 것이다. 눈물을 머금고 나의 손을 지그시 잡더니만 당신의 몸을 데려다 안방에 놓아 달라고 애원 비슷이 말하였다. 허지만 그러기에 나는 너무 조그맸다. 형님에게 매맞을 생각을 하고 다만 떨 뿐이었다. 그런대로 그날은 무사하였다. 맏아들의 자세로 돈이나 나올까 하여 얼러보았으나 이도 저도 생각과 틀림에 그는 실쭉하여 약사발을 발로 차버리고는 나가버렸다. 그 뒤 풍편에 들으매 그는 빚을 내어 저희끼리 어떻게 결혼이라고 해서는 자그마한 집을 얻어 신접살이를 나갔다는 것이었다. 그곳을 누님들은 가끔 찾아갔다. 그리고 병에 울고 계시는 아버님을 생각하여 다시 그 품으로 돌아오라고 간곡히 깨쳐주었다. 하지만 그는 종래 듣지를 않고 도리어 동기를 두들겨 보내고 보내고 하였다.

  아버지의 성미는 우리와 별것이었다. 그는 평소 바둑을 좋아하였다. 밤이면 친구를 조용히 데리고 앉아 몇백 원씩 돈을 걸고는 바둑을 두었다. 그렇지 않을 때에는 밤 출입이 잦았다. 말인즉은 오입을 즐겼고 그걸로 몸을 망쳤다 한다. 술도 많이 자셨다는데 나는 직접 보진 못한 바 아마 돈을 아껴서이리라. 또는 점이 특출하였다. 엽전 네 닢을 흔들어 떨어뜨려 가지고는 이걸 글로 풀어 앞에 닥쳐올 운명을 판단하는 수완이 능하여 나는 여러 번 신기한 일을 보았다. 그러나 일단 돈 모으는 데 있어서는 몸을 아낌이 없었다. 초작에는 물론이요, 돈을 쌓아논 뒤에도 비단 하나 몸에 걸칠 줄 몰랐고, 하루의 찬대로 몇십 전씩 내놓을 뿐 알짜 돈은 당신이 움켜쥐고는 혼자 주물렀다. 병이 들어서도 나는 데 없이 파먹기만 하는 건 망조라 하여 조석마다 칠 홉씩이나 잡곡을 섞도록 분부하여 조투성이를 만들었고 혹은 죽을 쑤게 하였다. 그리고 찬이라도 몇 가지 더 하면 그는 안 자시고 밥상을 그냥 내보내곤 하였다. 이렇게 뼈를 깎아 모은 그 돈으로 말미암아 시집을 보낼 적마다 딸들의 신세를 졸였고, 또 마지막엔 아들까지 잃었다. 이걸 알았는지 몰랐는지 그는 날마다 슬픈 빛으로 울었다. 아들이 가끔 와서 곁으로 돌며 북새를 부리다 갈 적마다 드러누운 채 야윈 주먹을 들어 공중을 내려치며 "죽일 놈, 죽일 놈." 하며 외마디 소리를 내었다. 따라 심화에 병은 날로 더쳤다. 이러길 반 해를 지나니 형님은 자기의 죄를 뉘우쳤는지 하루는 풀이 죽어서 왔다. 그리고 대접 하나를 손에서 내놓으며 병환에 신효한 보약이니 갖다 드리라 한다. 나는 그걸 받아 환자 앞에 놓으며 그 연유를 전하였다. 환자는 손에 들고 이윽히 보더니만 "그 놈이 날 먹고 죽으라고 독약을 타왔다." 하며 그대로 요강에 쏟아버렸다. 이 말을 듣고 아들은 울며 돌아갔다. 이것이 보약인지 혹은 독약인지 여지껏 나는 모른다. 마는 형님이 환자 때문에 알밴 자라 몇 마리를 우정 구하여 정성으로 고아온 것만은 사실이었다. 며칠 후 그는 죄진 낯으로 또다시 왔다. 부엌으로 들어가더니 부지깽이처럼 굵다란 몽둥이를 몇 자루 다듬어서는 그것을 두 손에 공손히 모아쥐고 아버지의 앞으로 갔다. 그러나 그 방에는 차마 못 들어가고 사랑방 문턱에 바싹 붙어서 머뭇거릴 뿐이었다. 결국 그러나 울음이 터졌다. "아버님, 이 매로 저를 죽여 줍소서." 하며 애걸애걸 빌었다. 답은 없다. 열 번을 하여도 스무 번을 하여도 아무 답이 없었다. 똑같은 소리를 외며 울며불기를 아마 한 시간쯤이나 하였을 게

다. 방에서 비로소 "보기 싫다, 물러가거라." 하고 환자는 거푸지게 한마디로 끊는다. 그러나 형님은 울음으로 섰다가 울음으로 물러갈 밖에 도리가 없었다. 그는 다시 오지 않았다. 자식을 사랑하는 마음이야 뉘라고 없었으랴마는 하는 그 행동이 너무 괘씸하였고 치가 떨렸다. 복받치는 분심과 아울러 한 팔을 잃은 그 슬픔이 이때에 양자를 하게 된 동기가 되었다. 그 양자란 시골서 데려온 농부로 후분에 부자 될 생각에 온갖 고생을 무릅쓰고 약을 달이랴, 오줌똥을 걷으랴, 잔심부름에 달리랴, 본 자식 저 이상의 효성으로 환자를 섬겼다. 물론 그때야 환자가 죽은 다음 그 아들에게 돈 한푼 변변히 못 받을 것을 꿈에도 생각지는 못하였으리라.

아직껏 총각이라고 속여 혼인이랍시고 저희끼리 부랴부랴 엉둥거리긴 하였으나 생활에 쪼들리니 형님은 뒤가 터질까 하여 애가 탔다. 물론 식량은 대었으되 아버지의 분부를 받아 입쌀 한 되면 좁쌀 한 되를 섞어서 보냈다. 그뿐으로 동전 한푼 현금은 무가내였다. 형님은 그 쌀을 받아서 체로 받치어 좁쌀은 뽑아버리곤 도로 입쌀을 만들어 팔았다. 그 돈으로 젊은 양주가 먹고 싶은 음식이며 담배, 잔용들에 소비하는 것이었다. 이 소문을 듣고 아버지는 그담부터 다시 보내지 말라고 꾸중하였다. 애비를 반역한 그 자식 괘씸한 품으로 따지면 당장 다리를 꺾어놀 것이나 그만이나마 하는 것도 당신이 아니면 어려울진대 항차 그 놈이 무슨 호강에 그러랴 싶어서 대로한 모양이었다. 부자간 살육전은 여기서 시작되었다. 밥줄이 끊어진 형님은 틈틈이 달려와서 나를 꾀었다. 담 모퉁이로 끌고 가서 내 귀에다 입을 대고는

"이따 왜떡을 사줄 테니 아버지 주무시는 머리맡에 가서 가방을 슬며시 열고 저금 통장과 도장을 꺼내 오라."고 소곤거리는 것이었다. 그 때 그는 의복이며 신색이 궁기에 끼어 출출하였다. 부자의 자식커녕 굴하방 친구로도 그 외양이 얼리지 못하였으니 마땅히 자기의 차지될 그 재산을 임의로 못하는 그 원한이야 이만저만 아니었으리라. 나는 그의 말대로 갖다 주면 그는 거나하여 나의 머리를 뚜덕이며 데리고 가서는 왜떡을 사주고 볼일을 다 본 통장과 도장은 도로 내놓으며 두었던 자리에 다시 몰래 갖다 두라 하였다. 그 왜떡이란 기름하고 검누른 바탕에 누비줄 몇 줄을 친 것인데 나는 그 놈을 퍽 좋아했다. 그 맛에 들러 종말에는 아버지에게 된통 혼이 났었다. 그담으로는 형님이 와서 누이동생들을 족대기었다. 주먹을 들어, 혹은 방망이를 들어 함부로 때려 울려놓고는 찬 대로 몇 푼 타두었던 돈을 다급하여 갖고 가고 하였다. 그는 원래 불량한 성질이 있었다. 자기만 얼러달라고 날뛰는 사품에 우리들은 그 주먹에 여러 번 혹을 달았다. 양자로 하여 자기에게 마땅히 대물려야 할 그 재산이 귀떨어질까 어른을 미워하는 중 하물며 식량까지 푼푼치 못하매 그는 독이 바짝 올랐다. 뜨거운 여름날이라 해질 임시하여 씩씩 땀을 흘리며 달려들었다. 환자는 안방에 드러누워 돌아가도 않고 뼈만 남은 산송장이 되어 해만 끄니, 그를 간호하는 산 사람 따라 늘어질 지경이다. 서슬이 시퍼렇게 들어오던 형님은 긴 병에 시달려 맥을 잃고는 마루에들 모여 앉았던 우리 앞에 딱 서더니 도끼눈으로 우리를 하나씩 훑어주고는 코웃음을 친다. 우리는 또 매맞을 징조를 보고는 오늘은 누가 먼저 맞나 하여 속을 졸였다. 그는 부리나케 부엌으로 들어갔다. 솥뚜껑을 여는 소리가 나더니 "느들만 처먹니." 하는 호령과 함께 쟁그렁 하고 쇠 부딪는 소리가 굉장하였다. 방에서는 "이 놈." 하고 비장한 호령, 음울한 분위기에 싸여오던 집안 공기는 일시에 활기를 띠었다. 이 소리에 형님은 기가 나서, 뒤꼍으로 달아나는 셋째누이를 때려보고자 쫓아갔다. 어른에게 대한 노함, 혹은 어른을 속여서라도 넌즛넌즛이 자기에게 양식을 안 댔다는 죄목이었다. 누이는 뒤란을 한 바퀴 돌더니 하릴없이 마루 위로 한숨에 뛰어올랐다. 방의 문을 열고 어른이 드러누웠으매 제가 설마 여기야 하는 맥이나, 형님은 거침없이 신발로 뛰어올라 그 허구리를 너더댓 번 차더니 고꾸라뜨렸다. 그리고는 "이 년들 혼자 먹어." 이렇게 어르고는 그담 누님을 머리채를 잡고 마루 끝으로 자르르 끌고 와서 댓줄 아래로 굴려버리니 자지러지는 울음소리에 귀가 놀랐다. 세상이 눈만 감으면 어른도 칠 형세이라, 나는 눈이 휘둥그렇게 아버지의 곁으로 피신하였다. 환자는 눈물을 흘리며 묵묵히 누웠다. 우는지 웃는지 분간을 못할 만치 이를 악물어 보이고는 슬며시 비웃어버리며 주먹으로 고래를 칠 때 나는 영문 모르는 눈물을 청하였다. 수심도 수심 나름이거니와 그의 슬픔은 그나 알리라. 그는 옆에 앉았는 양자의 손을 잡으며 당신을 업어다 마루에 내다놓으라 분부하였다. 양자는 잠자코 머리를 숙일 뿐이다. 만일에 그대로 하면 병만 더 칠 뿐 아니라 집안에 살풍경이 일 것을 염려하여서이다. 하지만 환자의 뜻을 거스름이 그의 임무는 아니었다. 재삼 명령이 내릴 적엔 마지못하여 환자를 고이 다루며 마루 위에 업어다 놓으니 환자는 두 다리를 세우고 웅크리고 앉아서는 마당에 하회를 기다리고 우두커니 섰는 아들을 쏘아보았다. 이태 만에야 비로소 정면으로 대하는 그 아들이다. 그는 기에 넘어 대뜸 "이 놈." 하다가 몹쓸 병에 가새질러 턱을 까불며 한참 쿨룩거리더니 "나를 잡아먹으라."고 하고는 기운에 부쳐 뒤로 털썩 주저앉고 말았다. 그리고 몸을 전후로 흔들며 시근거린다. 가슴에 맺히도록 한은 컸건만 병으로 인하여 입만 벙긋거리며 할 말을 못하는 그는 매우 괴로운 모양이었다. 그러나 당신 옆에 커다란 식칼이 놓였음을 알자 그는 선뜻 집어 아들을 향하여 힘껏 던졌다. 정강이를 맞았으면 물론 살인을 쳤을 것이나 요행히도 칼은 아들의 발끝에서 힘을 잃었다. 이 순간 딸들은 아버지를 얼싸안고 "아버님, 저를 죽여 줍소서." 애원하며 그 품에 머리들을 박고는 일시에 통곡이 낭자하였다. 마당의 아들은 다만 머리를 숙이고 멍멍히 섰더니 환자 옆에 있는 그 양자를 눈독을 몹시 들이곤 돌아가 버렸다. 허나 며칠 아니면 부자의 호강을 할 수 있음을 짐작했던들 그리 분할 것도 아니련만……

얼마 아니어서 아버지는 돌아갔다. 바로 빗방울이 부슬부슬 내리던 이슥한 밤이었다. 숨을 몬다고 기별하니 형님은 그 부인을 동반하여 쏜살같이 인력거로 달려들었고 문간서부터 울음을 놓더니 아버지의 머리를 얼싸안을 때엔 세상을 모른다. 그는 흐느껴가며 전날에 지은 죄를 사해 받고자 대고 애원하였다. 환자는 마른 얼굴에 적이 안심한 빛을 띠며 몇 마디의 유언을 남기곤 송장이 되었다. 점돈을 놓으면 일상 부자간 공이 맞는 괘라 영영 잃은 놈으로 쳤더니 당신 앞에 다시 돌아오매 좋이 마음을 놓은 모양이었다. 그리고 형님의 효성이 꽃 핀 것도 이때였다. 그는 시급하여 허둥거리다가 단지를 하고자 어금니로 자기의 손가락을 깨물어 뜯었다. 마는 으스러져도 출혈이 시원치 못하매 그제서는 다듬잇돌에 손가락을 얹어놓고 방망이로 짓이겼다. 이 결과 손가락만 팅팅 부어 며칠을 두고 고생이나 하였을 뿐 피도 짤끔짤끔하였고 아무 효력도 보지 못하였다. 나는 어떻게 되는 건지 가리를 모르고 송장만 빤히 바라보고 서서 울다가 가끔 새 아주머니를 곁눈으로 훑었다. 그는 백주에 보도 못하던 시아비의 송장을 주무르고 앉아서 슬피 울고 있더니 형님에게 송장의 다리 팔을 펴라고 명령하는 것이었다. 남편은 거기에 순종하였다. 내가 만일 이때에 나의 청춘과 나의 행복이 아버지의 시체를 따라갈 줄을 미리 알았더라면 나는 그를 붙들고 한 달이고 두 달이고 내리 울었으리라. 그러나 나는 사람을 모르는 철부지였다. 설움도 설움이려니와 긴치 못한 아버지의 상사가 두고두고 성가셨다. 왜냐하면 아침 상식은 형님과 둘이 치르나 저녁 상식은 나 혼자 맡는 것이었다. 혼자서 제복을 입고 대막대를 손에 짚고는 맘에 없는 울음이라도 어구데구 하지 않으면 불공죄로 그에게 단박 몽둥이 찜질을 받았다. 그러면 자기는 너무 많은 그 돈을 처치 못하여 밤거리를 휘돌다가 새벽녘에는 새로운 한 계집을 옆에 끼고 술이 만취하여 들어오곤 하였다. 천금을 손에 쥐고 가장이 되니 그는 향락이란 향락을 다 누렸다. 마는 하루는 골피를 찌푸렸다. 철궤에 든 지전 뭉치를 헤어 보기가 불찰, 십 원짜리 다섯 장이 없어졌음을 알았던 것이다. 아침에 그는 상청에서 곡을 하고 나더니 안방으로 들어가 출가하였던 둘째누님을 호출하였다. 그리고 다른 사람은 일체 그 근처에 얼씬도 못하게 영이 내렸다. 방문을 꼭꼭 닫고 한참 중얼거리더니 이건 때리는 게 아니라 필시 죽이는 소리다. 애가가가 하고 까부러지는 비명이 들리다간 이번엔 식식거리며 숨을 돌리는 신음, 그리고 다시 애가가가다. 그 뒤 들어보니 전날 밤 아버지의 삭망에 잡술 제물을 장만하러 간 것이 불행히 이 누님이던 바 혹시나 이 기회에 그 돈을 다른 데로 돌리지나 않았나 하는 혐의로 그렇게 고문을 당한 것이었다. 처음에는 치마만 남기고 발가벗겨 그 옷을 일일이 뒤져보고 털어 보았으나 그 돈이 내닫지 않으매, 대뜸 엎어놓고 발길로 차며 때리며 하여 불이 내렸다 한다. 그래도 단서는 얻지 못하였으니 셋째, 넷째, 끝의 누님들은 물론 형수, 하녀 또는 어린 나에 이르기까지 어찌 그 고문을 면할 수 있었으랴.

 끝의 누님은 한웅큼 빠진 머리칼을 손바닥에 들고는 만져 보며 무한 울었다. 그러나 제일 호되게 경을 친 것은 역시 둘째누님이었다. 허리를 못 쓰고 드러누워 흐느끼며 냉수 한 그릇을 나에게 청할 제 나는 애매한 누님을 주리를 틀은 형님이 극히 야속하였다. 실상은 삼촌댁이나 셋째누이나 그들 중에 그 돈을 건넌방 다락 보개를 뚫고 넣었으리라고 생각은 하였다마는 나는 입을 다물었다. 만약에 토설을 하는 나절에는 그들은 형님 손에 당장 늘어질 것을 염려하여서이다.

채만식

/ 논 이야기 / 민족의 죄인 / 미스터 방 /

채만식의 소설들은 주로 해방 이후부터 6·25전쟁 이전까지의 사회적 배경을
담고 있는데, 정치·사회적으로 혼란했던 과도기의 시대는 개인에게 사회적 부조리,
그 자체를 드러내 보여준다. 그렇기 때문에 역사의식이 부재한 작중인물들에게
있어서 사회의식이라는 것은 개인의 실존 앞에 놓기 어려운 문제이다.
그럼에도 불구하고 우리는 채만식 소설의 풍자를 통해서 왜곡된 사회의식을
가진 개인의 허장성세를 읽을 수도 있지만 이와 함께 등장인물들을 통해서
그 시대 자체가 가지고 있는 모순된 모습도 적나라하게 엿볼 수가 있는 것이다.

〈작품 해설 중에서〉

논 이야기

일본인들이 토지와 그 밖에 온갖 재산을 죄다 그대로 내어놓고, 보따리 하나에 몸만 쫓기어 가게 되었다는 이야기를 들은 한 생원은 어깨가 우쭐하였다.

"그 보슈 송 생원, 인전들 내 생각나시지?"

한 생원은 허연 탑삭부리에 묻힌 쪼글쪼글한 얼굴이 위아래 다섯 개밖에 안 남은 누런 이빨과 함께 흐물흐물 웃는다.

"그러면 그렇지. 글쎄 놈들이 제아무리 영악하기로서니 논에다 네 귀탱이 말뚝 박구선 인도깨비처럼, 어여차어여차 땅을 떠가지구 갈 재주야 있을 이치가 있나요?"

한 생원은 참으로, 일본이 항복을 하였고, 조선은 독립이 되었다는 그날—8월 15일 적보다도 신이 나는 소식이었다. 자기가 한 말[豫言]

이 꿈결같이도 이렇게 와 들어맞다니……, 그리고 자기가 한 말대로, 자기가 일인에게 팔아 넘긴 땅이 꿈결같이도 도로 자기의 것이 되게 되었다니……,이런 세상에 신기하고 희한할 도리라고는 없었다.

　조선이 독립이 되었다는 8월 15일, 그때는 한 생원은 섬뻑 만세를 부르고 싶은 생각이 나지 않았어도, 이번에는 저절로 만세 소리가 나와지려고 하였다.

　8월 15일 적에 마을에서는 젊은 사람들이 설도를 하여 태극기를 만들고 닭을 추렴하고 술을 사고 하여놓고, 조촐히 만세를 불렀다.

　한 생원은 그 자리에 참예를 하지 아니하였다. 남들이 가서 같이 만세를 부르자고 하였으나 한 생원은 조선이 독립되었다는 것이 별로 반가운 줄을 모르겠었다. 그저 덤덤할 뿐이었다.

　물론 일본이 항복을 하였으니, 전쟁은 끝이 난 것이요, 전쟁이 끝이 났으니 벼 공출을 비롯하여, 솔뿌리 공출이야, 마초 공출이야, 채소 공출이야, 가지가지의 그 억울하고 성가신 공출이 없어지고 말 것이었다.

　또, 열여덟 살바기 손자놈 용길이가 징용에 뽑혀 나갈 염려가 없을 터이었다. 얼마나 한 생원은, 일찍이 아비를 여의고 늙은 손으로 여태껏 길러 온 외톨 손자놈 용길이가 징용에 뽑히지 말게 하려고 구장과 면의 노무계 직원과, 부락 담당 직원에게 굽은 허리를 굽실거리며 건사를 물고 하였던고, 굶는 끼니를 더 굶어 가면서 그들에게 쌀을 보내어 주기, 그들이 마을에 얼씬하면 부랴부랴 청해다 씨암탉을 잡고, 술대접하기, 한참 농사일이 물릴 때라도 내 농사는 손이 늦어도 용길이를 시켜 그들의 논에 모심고 김매어주고 하기. 이 노릇에 흰머리가 도로 검어질 지경이요, 빚은 고패가 넘도록 지고 하였다.

하던 것이 인제는 전쟁이 끝이 났으니, 징용 이자는 싹 씻은 듯 없어질 것. 마음 턱 놓고 두 발 쭉 뻗고 잠을 자도 좋았다.

이런 일을 생각하면 한 생원도 미상불 다행스럽지 아니한 것은 아니었다. 그러나 오직 그뿐이었다.

독립?

신통할 것이 없었다.

독립이 되기로서니, 가난뱅이 농투성이가 별안간 나으리 주사 될리 만무하였다. 가난뱅이 농투성이가 남의 세토[貰土;小作] 얻어, 비지땀 흘려 가면서 일년 농사 지어, 절반도 넘는 도지[小作料] 물고, 나머지로 굶으면서 먹으며 연명이나 하여 가기는 독립이 되거나 말거나 매양 일반일 터이었다.

공출이야 징용이야 하여서 살기가 더럭 어려워지기는, 전쟁이 나면서부터였다. 전쟁이 나기 전에는 일년 농사 지어 작성한 도지 실수 않고 물면, 모자라나따나 아무 시비와 성가심 없이 내 것 삼아놓고 먹을 수가 있었다.

징용도 전쟁이 나기 전에는 없던 풍도였었다. 마음놓고 일을 하였고, 그것으로써 그만이었지, 달리는 근심 걱정될 것이 없었다.

전쟁 사품에 생겨난 공출이니 징용이니 하는 것이 전쟁이 끝이 남으로써 없어진 다음에야 독립이 되기 전 일본 정치 밑에서도 남의 세토 얻어 도지 물고 나머지나 차지하는 가난뱅이 농투성이에서 벗어날 것이 없을진대, 한갓 전쟁이 끝이 나서 공출과 징용이 없어진 것이 다행일 따름이지, 독립이 되었다고 만세를 부르며 날뛰고 할 흥이 한 생원으로는 나는 것이 없었다.

일인에게 빼앗겼던 나라를 도로 찾고, 그래서 우리도 다시 나라가 있게 되었다는 이 잔주도, 역시 한 생원에게는 시쁘듬한 것이었다. 한 생원은 나라를 도로 찾는다는 것은, 구한국 시절로 다시 돌아가는 것으로밖에는 달리는 생각할 수가 없었다.

한 생원네는 한 생원의 아버지의 부지런으로 장만한, 열서너 마지기와 일곱 마지기의 두 자리 논이 있었다. 선대의 유업도 아니요 공문서(空文書;無登記) 땅을 거저 주운 것도 아니요, 뻐젓이 값을 내고 산 것이었다. 하되 그 돈은 체계나 돈놀이(고리대금업)하여 모은 돈도 아니요, 품삯 받아 푼푼이 모고 악의악식하면서 모은 돈이었다. 피와 땀이 어린 땅이었다.

그 피땀 어린 논 두 자리에서, 열세 마지기를 한 생원네는 산지 겨우 5년 만에 고을 원[郡守]에게 빼앗겨 버렸다.

지금으로부터 15년 전, 갑오 을미 병신 하는 병신년, 한 생원의 나이 스물한 살 적이었다.

그전 해 을미년 늦은 가을에 김아무[金某]라는 원이 동학란에 도망친 원 대신으로 새로이 도임을 해 와서 동학의 잔당을 비질하듯 잡아 죽였다.

피비린내 나는 살육이 이듬해 병신년 봄까지 계속되었고, 그러고 여름……, 인제는 다 지났거니 하여 겨우 안도를 한 참인데, 한태수

(한 생원의 아버지)가 원두막에서 동헌으로 붙잡혀 가 옥에 갇혔다. 혐의는 동학에 가담하였다는 것이었다.

한태수는 전혀 동학에 가담한 일이 없었다. 그의 말대로 하면, 동학 근처에도 가보지 아니한 사람이었다.

옥에 가두어 놓고는, 매일 끌어내다 실토를 하라고, 동류의 성명을 불라고, 주리를 틀면서 문초를 하였다. 육십이 넘은 늙은 정강이가 살이 으깨어지고 뼈가 아스러졌다.

나중 가서야 어찌 될망정, 당장의 아픔을 견디다 못하여, 동학에 가담하였노라고 자복을 하였다. 입에서 나오는 대로 아는 사람의 이름을 불렀다.

불린 일곱 사람이 잡혀 들어와, 같은 문초를 받았다. 처음에는 들 내뻗었으나 원체 아픔을 이기지 못하여 자복을 하였다.

남은 것은 처형을 하는 것뿐이었다.

하루는 이방이 한태수의 아내와 아들을 조용히 불렀다. 이 방은 모자더러, 좌우간 살려 낼 도리를 하여야 않느냐고 하였다.

모자는 엎드려 빌면서 제발 이방님 덕택에 목숨만 살려지이다고 하였다.

"꼭 한 가지 묘책이 있기는 있는데……, 그럼 내가 시키는 대로 할 테냐?"

"불 속에라도 뛰어들어가겠습니다."

"논문서를 가져오너라. 사또께 다 바쳐라."

"논문서를요?"

"아까우냐?"

"……."

"가장이나 애비의 목숨보다 논이 더 소중하냐?"

"그 땅이 다른 땅과 달라서……."

"정히 그렇게 아깝거든 그만두는 것이고."

"논문서만 가져다 바치면 정녕 모면을 할까요?"

"아니될 노릇을 시킬까?"

"그럼 이 길로 나가서 가지고 오겠습니다."

"밤에 조용히 내아(內衙;官舍)로 오도록 하여라. 나도 와서 있을 테니. 그리고 네 논이 두 자리가 있것다?"

"네."

"열서너 마지기와 일곱 마지기."

"네."

"그 열서 마지기를 가져오너라."

"열서 마지기를요?"

"아까우냐?"

"……."

"아깝거들랑 그만두려무나."

"그걸 바치고 나면 소인네는 논 겨우 일곱 마지기를 가지고 수다한 권솔에 살아갈 방도가……."

"당장 가장이나 애비의 목숨은 어데로 갔던지?"

"……."

"땅이야 다시 장만도 할 수가 있는 것이 아니냐?"

모자는 서로 돌아보면서 말하였다.

"바칩시다."

"바치자."

사흘만에 한태수는 놓여 나왔다. 다른 일곱 명도 이방이 각기 상사에 들어, 각기 얼마씩의 땅을 바치고 놓여 나왔다.

그 뒤 경술년에 일본이 조선을 합방하여 나라는 망하였다.

사람들이 나라 망한 것을 원통히 여길 때, 한 생원은

"그깟 놈의 나라. 시언히 잘 망했지."

하였다. 한 생원 같은 사람으로는 나라란 백성에게 고통이지 하나도 고마운 것이 아니었다. 또 꼭 있어야 할 요긴한 곳도 아니었다.

그런 나라라는 것을 도로 찾았다고 하여, 섬뻑 감격이 일지 아니한 것도 일변 의당한 노릇이라 할 것이었다.

논 스무 마지기에서 열서 마지기를 빼앗기고 나니, 원통한 것이지만, 앞으로 일이 딱하였다. 논이나 겨우 일곱 마지기를 가지고는 어림도 없었다.

하릴없이 남의 세토를 얻어, 그 보충을 하여야 하였다. 그러나 남의 세토는 도지를 물어야 하는 것이라 힘은 내 논을 지을 때와 마찬가지로 들면서도 가을에 가서 차지를 하기는 절반이 못 되는 것이었다. 그렇지만 그렇다고 남의 세토를 소작 아니할 수는 없었다.

이리하여 한 생원네는 나라 명색이 망하지 않고 내 나라가 있을 적부터 가난한 소작농이었다.

논 이야기

경술년 나라가 망하고, 36년 동안 일본의 다스림 밑에서도 같은 가난한 소작농이었다. 그리고 속담에, 남의 불에 게 잡기로, 남의 덕에 나라를 도로 찾기는 하였다지만 한국 말년의 나라만을 여겨, 그 나라가 오죽할 리 없고, 여전히 남의 세토나 지어 먹는 가난한 소작농이기는 일반일 것이라고 한 생원은 생각하던 것이었다.

일본이 항복을 하던 바로 전의 삼사 년에 공출이야 징용이야 하면서 별안간 궁색함과 불안이 생겼던 것이지, 그 밖에는 나라가 망하여 없어지고서, 일본의 속국 백성으로 사는 것이 경술년 이전 나라가 있어 가지고 조선 백성으로 살 적보다 별로 못한 것이 한 생원에게는 없었다. 여전히 남의 세토를 지어, 절반 이상이나 도지를 물고 그 나머지를 차지하는 가난한 소작인이요, 순사나 일인이나 면서기들의 교만과 압박보다 못할 것도 없거니와 더할 것도 없었다.

독립이 된 이 앞으로도, 그것이 천지 개벽이 아닌 이상, 가난한 농투성이가 느닷없이 부자 장자 될 이치가 없는 것이요, 원·아전·토반이나 일본놈 대신에, 만만하고 가난한 농투성이를 핍박하는 '권세 있는 양반들'이 생겨나고 할 것이매, 빼앗겼던 나라를 도로 찾아 다시금 조선 백성이 되었다는 것이 조금도 신통하거나 반가운 것이 없었다.

원과 토반과 아전이 있어, 토색질이나 하고 붙잡아다 때리기나 하고 교만이나 피우고, 하되 세미(稅米;納稅)는 국가의 이름으로 꼬박꼬박 받아 가면서 백성은 죽어야 모른 체를 하고 하는 나라의 백성으로도 살아 보았다.

천하 오랑캐, 아비와 자식이 맞담배질을 하고, 남매간에 혼인을 하고, 뱀을 먹고 하는 왜인들이, 저희가 주인이랍시고서 교만을 부리고 순사와 헌병은 칼바람에 조선 사람을 개돼지 대접을 하고, 공출을 내어라 징용을 나가거라 야미를 하지 마라 하면서 볶아대고, 또 일본이 우리 나라다, 나는 일본 백성이다, 이런 도무지 그럴 마음이 우러나지를 않는 억지 춘향이 노릇을 시키고 하는 나라 백성으로도 살아 보았다.

결국 그러고 보니 나라라고 하는 것은 내 나였건 남의 나였건 있었댔자 백성에게 고통이나 주자는 것이지, 유익하고 고마울 것은 조금도 없는 물건이었다.

따라서 앞으로도 내 나라는 말고 더한 것이라도, 있어서 요긴할 것도, 없어서 아쉬울 일도 없을 것이었다.

신해년……, 경술 합방 바로 이듬해였다. 한 생원은—젊은 때의 한덕문은—빼앗기고 남은 논 일곱 마지기를 불가불 팔아야 할 형편에 이르렀다.

칠팔 명이나 되는 권솔인데 내 논 일곱 마지기에다 남의 논이나 몇 마지기를 소작하여 가지고는 여간한 규모와 악의악식이 아니고서는 도저히 현상유지를 하기가 어려웠다.

한덕문은 그 부친과는 달라, 살림 규모가 없었다. 사람이 좀 허황하고 헤픈 편이었다.

부친 한태수가 죽고, 대신 당가산(當家産)을 한 지 불과 오륙 년에 한덕문은 힘에 넘치는 빚을 졌다.

이 빚은 단순히 살림에 보태노라고만 진 빚은 아니었다.

한덕문은 허황하고 헤픈 값을 하느라고 술과 노름을 쏠쏠히 좋아하였다.

일년 농사를 지어도 일년 가계가 번히 모자라는데 거기다 술을 먹고 노름을 하니, 늘어 가느니 빚밖에는 있을 것이 없었다.

빚은 갚아야 되었다.

팔 것이라고는 논 일곱 마지기, 그것뿐이었다.

한덕문이 빚을 이리 틀어막고, 저리 틀어막고, 오늘로 밀고 내일로 밀고 하여 오던 끝에, 마침내는 더 꼼짝을 할 도리가 없어, 논을 팔기로 작정을 했을 무렵에, 그러자 용말 사는 일인 요시까와(吉川)가 웃세로 바짝 땅을 많이 사들인다는 소문이 들렸다. 그리고 값으로 말하여도, 썩 좋은 상답이면 한 마지기(200평)에 스무 냥으로 스물닷 냥(4원 내지 5원)까지 내고, 아주 박토라도 열 냥(2원) 안짝은 없다고 하였다.

땅마지기나 가진 인근의 다른 농민들도 다들 그러하였지만 한덕문은 그 중에서도 귀가 반짝 틔었다.

시세의 갑절이었다.

고래실 논으로, 개똥배미 상지상답이라야 한 마지기에 열 냥으로 열두어 냥이요, 땅 나쁜 것은 기지개 켜야 닷 냥(1원)이었다.

"팔자!"

한덕문은 작정을 하였다.

일곱 마지기 논이 상지상답은 못 되어도, 상답은 되니, 잘하면 스무 냥은 받을 것, 스무 냥이면 이칠 십사 백마흔 냥(28원).

빚이 이럭저럭 한 오십 냥(10원) 되나 그것을 갚고 나면 아흔 냥(18원)이 남아. 아흔 냥을 가지고 도로 논을 장만해. 판 일곱 마지기 만한 토지의 논을 사더라도 아홉 마지기를 살 수가 있어.

결국, 논 한 번 팔고 사고 하는 노름에, 빚 오십 냥 거저 갚고도, 논은 두 마지기가 늘어 아홉 마지기가 생기는 판이 아니냐. 이런 어수룩한 노름을 아니 하잘머리가 없는 것이 없었다. 양친은 이미 다 없는 때요, 한덕문 그가 대주(大主;戶主)였으므로, 혼자서 일을 결단하여도 간섭을 받을 일은 없었다.

곡우(穀雨) 머리의 어느 날, 한덕문은 맨발 짚신 풀상투에 삿갓 쓰고 곰방대 물고, 마을에서 십 리 상거의 용말 출입을 나갔다. 일인 요시까와가 적실히 그렇게 후한 값으로 논을 사는지, 진가를 알아보고자 함이었다.

금강(錦江) 어귀의 항구 군산(群山)에서 시작되어, 동북간방(東北間方)으로 임파읍(臨坡邑)을 지나, 용말로 나온 한길이, 용말 동쪽 변두리에서 솜리(裡里)로 가는 길과 황등 장터(黃登市)로 가는 길의 두 갈래 길로 갈리는, 그 샅에 가, 전주집이라는 주모가 업을 하고 있는 주막이 오도카니 홀로 놓여 있었다.

한덕문은 전주집과는 생소치 아니한 사이였다.

마당이자 바로 한길인, 그 마당 앞에 섰는 한 그루의 실버들이 한참 푸르른 전주집네 주막, 살진 봄볕이 드리운 마루에 나란히 걸터앉아, 세상 물정 이야기, 피차간 살아가는 이야기, 훨씬 한담을 하던 끝에

논 이야기

한덕문이 지나는 말처럼 넌지시 물었다.

"참 저, 일인 요시까와가 요새 땅을 많이 산다구?"

"많은 게 아니라, 그 녀석이 아마, 이 근처 일판을, 땅이라구 생긴 건 깡그리 쓸어 사자는 배폰가 봅디다!"

"헷소문은 아니로구먼?"

"달리 큰 배포가 있던지, 그렇잖으면 그 녀석이 실상(發狂)을 했던지."

"……"

"한 서방 으런두 속내 아는 배. 이 근처 논이 물 걱정 가뭄 걱정 없구, 한 마지기에 넉 섬은 먹는 논이야 열 냥(2원)이 상값 아니우? 그런 걸 글쎄. 녀석은 스무 냥, 스물댓 냥을 퍼주구 사는구랴. 제마석[一斗落에 一石]두 못 먹는 자갈 바탕의 박토라두, 논 명색이면 열 냥 안짝 잽히는 건 없구."

"허긴, 값이나 그렇게 월등히 많이 내야 일인한테 논을 팔지, 그렇잖구서야 누가."

"제엔장, 나두 진작에 논이나 시늉만 생긴 거라두 몇 섬지기 장만해 두었더라면, 이런 판에 큰 횡잴 했지."

"그래, 많이들 와 파나?"

"대가릴 싸구 덤벼든답디다. 한 서방 으런두 논 좀 파시구랴? 이런 때 안 팔구 언제 팔우?"

"팔 논이 있나!"

이유와 조건이 어떠함을 막론하고, 농민이 논을 판다는 것은 남 앞에 심히 떳떳스럽지 못한 일이었다. 번히 내일 모레면 다 알게 될 값이라도, 되도록 그런 기색을 숨기려고 드는 것이 통정이었다.

뚜벅뚜벅 말굽소리가 나더니 말탄 요시까와가 주막 앞을 지난다. 언제나 그러하듯이 깜장 뒷박모자[中山帽子]에 깜장 복장[洋服;쓰메에리]을 입고, 깜장 목 깊은 구두를 신고 허리에는 육혈포를 차고 하였다. 한덕문은 길에서 몇 차례 본 적이 있어, 그가 요시까와인 줄을 안다.

"어디 갔다 와요?"

전주집이 웃으면서 알은 체를 하는 것을, 요시까와는 웃지도 않으면서,

"응, 조오기. 우리, 나쁜 사라미 자바리 갔다 왔소."

요시까와와 차인꾼이요, 통역꾼이기도 한 백남술이가 밧줄로 결박을 지은 촌 젊은 사람 하나를 앞장 세우고 뒤미처 나타났다.

죄수(?)는 상투가 풀어지고, 발기발기 찢긴 옷과 면상으로 피가 묻고 한 것으로 보아, 한바탕 늘씬 두들겨 맞은 것이 역력했다.

"어디 갔다 오시우?"

전주집이 이번에는 백남술더러 인사로 묻는다.

백남술은 분연히,

"남의 돈 집어 먹구 도망댕기는 놈은 죽어 싸지."

하면서 죄수에게 잔뜩 눈을 흘긴다.

그리고 나서 전주집더러,

"댕겨 오께시니, 닭이나 한 마리 잡구 해 놓게나. 놈을 붙잡느라구

한승강 했더니 목이 컬컬하이."

그러느라고 잠깐 한눈을 파는 순간이었다. 죄수가 밧줄 한끝 붙잡힌 것을 홱 뿌리치면서 몸을 날려 쏜살같이 오던 길로 내뺀다.

"엇!"

백남술이 병신처럼 놀라다 이내 죄수의 뒤를 쫓는다.

요시까와가 탄 말이 두 앞발을 벅쩍 들어 머리를 돌리면서, 땅을 차고 달린다. 그러면서 요시까와의 손에서 육혈포가 땅……. 풀썩 연기가 나면서 재우쳐 땅…….

죄수는 그러나 첫 한 방에 그대로 길바닥에 가 동그라진다. 같은 순간 버선발로 뛰어내려간 전주집이 에구머니 비명을 지른다.

죄수는 백남술에게 박승 한 끝을 다시 붙잡혀 일어난다. 요시까와는 피스톨 사격의 명인(名人)은 아니었다.

일인에게 빚을 쓰는 것을 왜채(倭債)라고 하고, 이 젊은 친구는 왜채를 쓰고서 갚지 아니하고, 몸을 피해 다니다가 붙잡힌 사람이었다.

요시까와는 백남술이가

"이 사람은 논이 몇 마지기가 있소."

하고 조사 보고를 하면, 서슴지 아니하고 왜채를 주곤 한다. 이자도 항용 체계나 장변보다 헐하였다.

빚을 주는 데는 무른 것 같아도 받는 데는 무서웠다.

기한이 지나기를 기다려 채무자를 제 집으로 데려다 감금을 하고, 사형(私刑)으로써 빚 채근을 하였다.

부형이나 처자가 돈을 가지고 와서 빚을 갚는 날까지 감금과 사형을 늦추지 아니하였다.

논문서를 가지고 오는 자리는 우대를 하였다. 이자를 탕감하고 본전만 쳐서 논으로 받는 것이었었다. 논이 있는 사람은, 돈을 두어 두고도 즐겨 논으로 갚고 하였다.

한덕문은 다시 끌려가고 있는 죄수의 뒷모양을 우두커니 바라다보면서,

"제엔장, 양반호랭이도 지질한데, 우환 중에 왜놈호랭이까지 들어와서 이 등쌀이니, 갈수록 죽어나는 건 만만한 백성뿐이로구나."

"쯧, 번연히 알면서 왜채를 쓰는 사람이 잘못이지, 누구를 원망하나."

"참새가 방앗간을 거저 지날까. 이왕 외상술이라도 한 잔 먹고 일어설까, 어떡할까?"

이런 생각을 하고 앉았는 차에, 생각지 않게 외가편으로 아저씨뻘 되는 윤 첨지가 퍼뜩 거기에 당도하였다. 윤 첨지는 황등 장터에서 제 논 석 지기나 지니고 간신히 사는 농민이었다.

아저씨 웬일이시냐고, 조카 잘 있었더냐고, 항용 하는 인사가 끝난 후에, 이 동네 사는 요시까와라는 일인이 값을 후히 내고 땅을 사들인다는 소문이 있으니 적실하냐고 아까 한덕문이 전주집더러 묻던 말을, 윤 첨지가 한덕문더러 물었다.

그렇단다는 한덕문의 대답에, 윤 첨지는 이윽히 생각을 하고 있더니 혼자말같이,

"그럼 나두 이왕 궐(厥)한테나 팔아야 하겠군."

하다가 한덕문더러,

"황등이까지 가서두 살까? 예서 이십 리나 되는데."
하고 묻는다.

"글쎄요……. 건데 논은 어째 파실 영으루?"

"허, 그거 온 참……. 저어 공주 한밭[大田]서 무안 목포(木浦)루 철로(鐵路)가 새루 나는데 그것이 계룡산(鷄龍山) 앞을 지나 연산 끝거리[連山豆溪]루 해서 논매 강경[論山 ; 江景]으루 나와가지구, 황등 장터를 지나게 된다네그려."

"그런데요?"

"그런데 철로가 난다치면 그 십 리 안짝은 논을 죄 버리게 된다는 거야."

"어째서요?"

"차가 댕기는 바람에 땅이 울려가지구 모를 심어두 뿌릴 제대루 잡지 못하구 해서, 벼가 자라질 못한다네그려!"

"무슨 그럴 리가……."

"건 조카가 속을 몰라 하는 소리지. 속을 몰라 하는 소린 것이, 나두 작년 정월에 공주 한밭엘 갔다, 그 놈 차가 철로 위루 달리는걸 구경했지만, 아 그 쇳덩이루 만든 집채 더미 같은 시꺼먼 수레가 찻길 위루 벼락치듯 달리는데 땅바닥이 사뭇 움죽움죽 하더라니깐! 여승 지동(地動)이야……. 그러니 땅이 지동하듯 사철들이 울리니 근처 논이 모두 뿌리를 잡을 것이며 자라기를 할 것인가?"

"……."

듣고 보니 미상불 근리한 말이었다.

"몰랐으면이어니와, 알구두 그대루 있겠던가? 그래 좀 덜 받더래두 팔아넘길 영으루 하구 있는데, 소문을 들으니 요시까와라는 손이 요새 값을 시세보다 갑절씩이나 내구 논을 산다데나그려. 정녕 그렇다면 철로 조간이 아니라두 팔아 가지구 딴 데루 가서 판 논 갑절되는 논을 장만함직두 한 노릇인데, 화차……."

"철로가 그렇게 난다는 건 아주 적실한가요?"

"말끔 다 측량을 하구, 말뚝을 박아 놓구 한걸……. 황등 장터 그 일판은 그래, 논들을 못 팔아 난리가 났다니까."

일인 요시까와에게 일곱 마지기 논을, 백마흔 냥(28원)에 판 것과, 그 중 쉰 냥(10원)은 빚을 갚은 것, 이것까지는 한덕문의 예상대로 되었었다.

그러나 나머지 아흔 냥(18원)으로 판 논 일곱 마지기보다 토리가 못하지 아니한 논으로 두 마지기가 더한 아흔 마지기를 삼으로써 빚 쉰 냥은 공으로 갚고, 그러고도 논이 두 마지기가 붙게 된다던 것은 완전히 허사가 되고 말았다.

아무도 한덕문에게 상답 한 마지기를 열 냥씩에 팔려는 사람은 없었다.

이왕 일인 요시까와에게 팔면 그 갑절 스무 냥씩을 받는 고로 말이었다.

필경 돈 아흔 냥은 한덕문의 수중에서 한 반년 동안 구르는 동안,

논 이야기 101

사실 다 없어지고 말았다.

이리하여 한덕문은 논 일곱 마지기로 겨우 빚 쉰 냥을 갚고는, 아무 것도 남은 것이 없어, 손 싹싹 털고 나선 셈이었다.

친구가 있어 한덕문을 책하면서 물었다.

"어떡하자구 논을 판단 말인가?"

"인제 두구 보게나."

"무얼 두구 보아?"

"일인들이 다 쫓겨가면, 그 땅 도로 내 것 되지, 갈 데 있던가?"

"쫓겨날 놈이 논을 사겠나?"

"저희놈들이 천지 운수를 안다든가?"

"자네는 아나?"

"두구 보래두 그래."

한덕문은 혼자 속으로는 아뿔사, 논이래야 단지 그것뿐인 것을 팔고서 이제는 송곳 꽂을 땅도 없으니 이 노릇을 어찌한단 말이냐고, 심히 후회하여 마지아니하였다.

그러면서도 남더러는 그렇게 배포 있는 장담을 탕탕 하였다.

한덕문은 장차에 일인들이 쫓겨가리라는 것을 확언할 아무런 근거도 가진 것이 없었다. 따라서 자신도 없었다.

오직 그는 논을 판 명예롭지 못함과 어리석음을 싸기 위하여 그런 희떠운 소리를 한 것일 따름이었다.

한덕문은, 일인들이 다 쫓겨가면, 그 논이 도로 제 것이 될 터이래서 논을 팔았다고 한다더라, 이 소문이 한 입 두 입 퍼지자, 듣는 사람마다 그의 희떠움을 혹은 실없음을 웃었다.

하는 양을 보느라고 우정,

"자네 논 팔았다면서?"

한다치면,

"팔았지."

"어째서?"

"돈이 좀 아쉬워서."

"돈이 아쉽다구 논을 팔아서 어떡허자구?"

"일인들이 다 쫓겨가면 그 논 모두 내 것 되지 갈 데 있나."

"일인들이 쫓겨간다든가?"

"그럼 백 년 살까?"

또 누구는 수작을 바꾸어,

"일인들이 쫓겨간다지?"

한다치면,

"그럼!"

"언제쯤 쫓겨가는구?"

"건 쫓겨가는 때 보아야 알지."

"에구 요 맹추야, 요 허풍선이야. 우리 나라 상감님을 쫓어내구 저희가 왕 노릇을 하는데 쫓겨가?"

"자넨 그럼 일인들이 안 쫓겨가구, 영영 그대루 있으면 좋을 건 무언가?"

"좋기루 할 말이야 일러 무얼 하겠나만, 우리 좋구픈 대루 세상일이 돼 준다던가?"

"그래두 인제 내 말을 이를 때가 오느니."

"괜히, 논 팔구선 할 말 없거들랑, 국으루 잠자코 가만히나 있어요."

"체에, 내 논 내가 팔아먹는데, 죄 될 일 있나?"

"걸 누가 죄라나?"

"요시까와한테 논 팔아먹은 놈이 한덕문이 하나뿐인감?"

"누가 논 판 걸 나무래? 희떤 장담을 하니깐 그러는 것이지."

"희떤 장담인지 아닌지 두구 보잔 말야."

이로부터 한덕문은 그 말로 인하여 마을과 인근에서 아주 호가 났고, 어느 겨를인지 그것이 한 속담까지 되었다.

가령 어떤 엉뚱한 계획을 세운다든지 허량한 일을 시작하여 놓구서는, 천연스럽게 성공을 자신한다든지, 결과를 기다린다든지 하는 사람이 있을라치면,

"흥, 한덕문이 요시까와에게다 논 팔아먹던 대 났구나."

하고 비웃곤 하는 것이었다.

그 후, 그 속담은 35년을 두고 전하여 내려왔다. 전하여 내려올 뿐만이 아니었다. 일본 제국주의의 조선에 있어서의 지반이 해가 갈수록 완구한 것이 되어 감을 따라 더욱이 만주사변 때부터 시작하여 중일전쟁을 거쳐, 태평양전쟁으로 일이 거창하게 벌어진 결과, 전쟁 수단으로서, 조선의 가치는 안으로, 밖으로, 적극적으로 소극적으로, 나날이 더 커감을 쫓아 일본이 조선에다 박은 뿌리는 깊이 더욱 뻗어 들

어가고, 가지와 잎은 더욱 무성하여서, 일본이 조선으로부터 물러간다는 것은, 독립과 한가지로, 나날이 더 잠꼬대 같은 생각이던 것처럼 되어 버려감을 따라, 그래서 한덕문이 장담하던 '일인들이 다 쫓겨가면……' 이 말이 해가 가고 날이 갈수록, 속절없이 무색하여 감을 따라 그와 반비례하여 그 말의 속담으로서의 가치와 효과만이 면하지 않고 찬란히 빛을 내었다.

바로 8월 14일까지도 그러하였다. 8월 14일까지도, '흥, 한덕문이 요시까와한테 논 팔아먹던 대 났구나.'는 당당히 행세를 하였었다.

그랬던 것이, 8월 15일에, 일본이 항복을 하고 조선은 독립(실상은 우선 독립)이 되고 하였다.

그리고 며칠 아니하여 '일인들이 토지와, 그 밖의 온갖 재산을 죄다 그대로 내어놓고 보따리 하나에 몸만 쫓겨가게 되었다.'는 데까지 이르렀다.

한 생원(한덕문)의, '일인들이 다 쫓겨가면……'은 이리하여 부득불 빛이 환하여지고 반대로, '한덕문이 요시까와한테 논 팔아먹던 대 났구나.'는 그만 얼굴이 벌개서 납작하고 말 수밖에 없었다.

"여보슈 송 생원?"

한 생원이 허연 답삭부리에 묻힌 쪼글쪼글한 얼굴이 위아래 다섯 대밖에 안 남은 누런 이빨과 함께 흐물흐물 자꾸만 웃어지는 웃음을, 언제까지고 거두지 못하면서, 그러나 별안간 송 생원의 팔을 잡아 흔들면서 아주 긴하게,

"우리 독립 만세 한 번 부르실까?"

논 이야기

"남 다아 부르구 난 댐에, 건 불러 무얼 하우?"

송 생원은 한 생원과 달라, 요시까와한테 팔아먹은 논도 없으려니와, 따라서 일인들이 쫓겨가더라도 도로 찾을 논도 없었다.

"송 생원, 접대 마을에서 만세를 부를 제, 나가 부르셨던가?"

"난 그날, 허리가 아파 꼼짝 못 하구 누웠었는걸."

"나두 그날 고만 못 불렀어."

"아따 못 불렀으면 못 불렀지, 늙은 것들이 만세 좀 아니 불렀기루 귀양살이 보내겠수?"

"난 그래두 좀 섭섭해 그랬지요……. 그럼 송 생원 우리 술 한 잔 자실까?"

"술이나 한 잔 사주신다면."

"주막으루 나갑시다."

두 늙은이가 지팡이를 짚고 마을에 단 한 집밖에 없는 주막으로 나갔다.

"에구머니, 독립두 되구 볼 거야. 영감님들이 술을 다 자시러 오시구."

이십 년이나 여기서 주막을 하노라고, 인제는 중늙은이가 된 주모 판쇠네가, 손님을 환영하기보다 담뿍 걱정스러한다.

"미리서 외상인 줄이나 알구, 술 좀 주게나."

한 생원이 그러면서 술청으로 들어가 앉는 것을, 송 생원도 따라 들어가 앉으면서 주모더러,

"외상 두둑이 드리게. 수가 나셨다네."

"독립되는 운덤에 어느 고을 원님이나 한 자리 해 가시는감?"

"원님을 걸 누가 성가시게, 흐흐……."

한 생원은 그러자 다시,

"거, 안주가 무어 좀 있나?"

"안주두 밴밴찮구, 술두 막걸린 없구 소주뿐인걸. 노인네들이 소주 잡숫구 어떡허시게."

"아따 오줌은 우리가 아니 싸리."

젊었을 적에는 동이술을 사양치 아니하던 영감들이었다. 그러나 둘이가 다 내일 모레가 칠십. 더구나 자주는 술을 입에 대지 않던 차에, 싱겁다고는 하지만 소주를 일고여덟 잔씩이나 하였으니 과음일 수밖에 없었다.

송 생원은 그대로 술청에 쓰러져 과연 소변을 지리기까지 하였다.

한 생원은 송 생원보다는 아직 기운이 조금은 좋은 덕에 정신을 놓거나 몸을 가누지 못할 지경은 아니었다.

"우리 논을 좀 보러 가야지, 우리 논을. 서른다섯 해 만에 우리 논을 보러 간단 말야, 흐흐흐."

비틀거리면서 한 생원은 술청으로부터 나온다.

주모 판쇠네가 성화가 나서,

"방으로 들어가 누셨다, 술 깨신 댐에 가세요. 노인네들 술 드렸다구, 날 또 욕허게 됐구먼."

"논 보러 가, 논. 요시까와에게다 판 우리 논. <u>흐흐흐</u>, 서른다섯 해 만에 내 말이 들어맞을 줄을 누가 알았어? <u>흐흐흐</u>."

논 이야기 107

말은 혀 꼬부라진 소리로, 몸은 위태로이 비틀거리면서, 한 생원은 지팡이를 휘젓고 밖으로 나간다. 나가다 동네 젊은 사람과 마주쳤다.

"아, 한 생원 웬일이세요?"

"논 보러 간다, 논. 흐흐흐. 너두 이 녀석, 한덕문이 요시까와한테 논 팔아먹던 대 났구나, 그런 소리 더러 했었지, 인제두 그런 소리가 나오까?"

"취하셨군요."

"나, 외상술 먹었지. 논 찾았으니깐 또 팔아서 술값 갚으면 고만이지. 그럼 한 서른다섯 해 만에 또 내 것 되겠지, 흐흐흐. 그렇지만 인전 안 팔지, 안 팔아. 우리 용길이 놈, 물려 줘야지. 우리 용길이 놈."

"참, 용길이 요새 있죠?"

"있지. 요시까와한테 팔아먹었을까?"

"저어, 읍내 사는 영남이가 산판(山坂) 하날 사서, 벌목(伐木)을 하는데, 이 동리 사람들더러 와 남구 비어 주구, 그 대신 우죽[枝葉] 가져가라구 하니 용길이두 며칠 보내서 땔나무나 좀 장만하시죠."

"걸 누가……. 논을 도루 찾았는데."

"논만 찾으면 땔나문 없어두 사시나요?"

"논두 없어두 서른다섯 해나 살지 않았느냐?"

"허허 참. 그러지 마시구 며칠 보내세요. 어서 다 비어 버려야 할 텐데, 도무지 사람을 못 구해 그러니, 절더러 부디 그럭허두룩 서둘러 달라구, 영남이가, 여간만 부탁을 해싸야죠. 아, 바루 동네서 가찹겠다, 져나르기 수월하구……. 요 위 가잿골 있는 길천 농장 멧갓이래요."

"무어?"

한 생원은 별안간 정신이 번쩍 나면서 대어든다.

"가잿골 있는 길천 농장 멧갓이라구?"

"네."

"네라니? 그 멧갓이……. 가만 있자, 아아니, 그 멧갓이 뉘 멧갓이길래?"

"길천 농장 멧갓 아녜요? 걸, 영남이가 일인들이 이번에 거덜이 나는 바람에, 농장 산림감독하던 강 서방한테 샀대요."

"하, 이런 도적놈들. 이런 천하 불한당 놈들. 그래, 지끔두 벌목을 하구 있더냐?"

"오늘버틈 시작했다나 봐요."

"하, 이런 천하 날불한당 놈들이."

한 생원은 천방지축으로 가잿골을 향하여 비틀걸음을 친다.

솔은 잘 자라지 않고, 개간하여 밭을 만들자 하니 힘이 부치고 하여, 이름만 멧갓이지 있으나 마나한 멧갓 한 자리가 있었다.

한 삼천 평 될까 말까, 그다지 크지도 못한 것이었었다.

이 멧갓을 한 생원은 요시까와에게다 논을 팔던 이듬해지 그 이듬해지, 돈이 아쉽고 한 판에 또한 어수룩이 비싼 값으로 팔아넘겼었다.

요시까와는 그 멧갓에다 낙엽송을 심어, 삼십여 년이 지난 지금 와서는 아주 한다는 산림이 되었었다.

늙은이의 총기요, 논을 도로 찾게 되었다는 것에만 정신이 팔려 깜

논 이야기

박 멧갓 생각은 미처 아직 못하였던 모양이었다.

마침 전신주감이 쪽쪽 곧은 낙엽송이 총총 들어섰다.

베기에 아까워 보이는 나무였다.

한 서넛이 나가 한편에서부터 깡그리 베어 눕히고, 일변 우죽을 치고 한다.

"이 놈, 이 불한당 놈들. 이 멧갓 벌목한다는 놈이 어떤 놈이냐?"

비틀거리면서 고함을 치고 쫓아오는 한 생원을, 사람들은 영문을 몰라, 일하던 손을 멈추고 뻔히 바라다보고 섰다.

"이 놈, 너로구나?"

한 생원은 영감이라는 읍내 사람 벌목 주인 앞으로 달려들면서, 한 대 갈길 듯 지팡이를 둘러멘다.

명색이 읍사람이래서, 촌 농투성이에게 무단히 해거를 당하면서 공수하거나 늙은이 대접을 하려고는 하지 않는다.

"아아니, 이 늙은이가 환장을 했나? 왜 그러는 거야, 왜?"

"이 놈, 네가 왜 이 멧갓에 손을 대느냐?"

"무슨 상관여?"

"어째 이 놈아 상관이 없느냐?"

"뉘 멧갓이길래?"

"내 멧갓이다. 한덕문이 멧갓이다, 이 놈아."

"허허, 내 별꼴을 다 보네. 괜스레 술잔 든질렸거들랑 고이 삭히진 아녀구서, 나이깨나 먹은 것이, 왜 남 일하는 데 와서 행악야 행악이. 늙은이 다리뼉다구 부러지지 말란 법 있나?"

"오오냐 이 놈, 날 죽여라. 너구 나구 죽자."

"대체 내력을 말을 해요. 무엇 때문에 이 야단인지, 내력을 말을 해요."

"이 멧갓이 그새까진 요시까와 것이라두, 조선이 독립됐은깐 인전 내 것이단 말야, 이 놈아."

"조선이 독립됐는데, 어째 요시까와 멧갓이 한덕문이 것이 되는구?"

"요시까와, 일인들은 땅을 죄다 내놓구 간깐 그전 임자가 도루 차지하는 게 옳지, 무슨 말이냐?"

"오오, 이녁이 이 멧갓을 전에 요시까와한테다 팔았다?"

"그래서."

"그랬으니깐, 일인들이 이 땅을 다 내놓구 가니깐, 이녁은 팔았던 땅을 공짜루 도루 차지하겠다?"

"그래서."

"그 개 뭣 같은 소리 인전 엔간치 해 두구, 어서 없어져 버려요. 난 뻐젓이 요시까와 농장 산림 관리인 강태식한테 시퍼런 돈 이천 원 주구서, 계약서 받구 샀어요. 강태식인 요시까와가 해준 위임장 가지구 팔구. 돈 내구 산 사람이 임자지 저어 옛날 돈 받구 팔아먹은 사람이 임잘까?"

8·15 직후, 낡은 법이 없어지고 새로운 영이 서기 전 혼란한 틈을 타서, 잇속에 눈이 밝은 무리들이 일본인 농장이나 회사의 관리자들과 부동이 되어 가지고 일인의 재산을 부당처분하여 배를 불린 일이

허다하였다. 이 산판 사건도 그런 것의 하나였다.

그 뒤 훨씬 지나서,

"일인의 재산을 조선사람에게 판다."

이런 소문이 들렸다.

사실이라고 한다면 한 생원은 그 논 일곱 마지기를 돈을 내고 사지 않고서는 도로 차지할 수가 없을 판이었다.

물론 한 생원에게는 그런 재력이 없거니와 도대체 전의 임자가 있는데, 그것을 아무에게나 판다는 것이 한 생원으로 보기에는 불합리한 처사였다.

한 생원은 분이 나서 두 주먹을 쥐고 구장에게로 쫓아갔다.

"그래 일인들이 죄다 내놓구 가는 것을, 백성더러 돈을 내구 사라구 마련을 했다면서?"

"아직 자세힌 모르겠어두, 아마 그렇게 되기가 쉬우리라고들 하더군요."

해방 후에 새로 난 구장의 대답이었다.

"그런 놈의 법이 어딨단 말인가? 그래, 누가 그렇게 마련을 했는가?"

"나라."

"나라?"

"우리 조선나라요."

"나라가 다 무어 말라 비틀어진 거야? 나라 명색이 내게 무얼 해준 게 있길래, 이번엔 일인이 내놓구 가는 내 땅을 저희가 팔아먹을려구

들어? 그게 나라야?"

"일인의 재산이 우리 조선나라 재산이 되는 거야 당연한 일이죠."

"당연?"

"그렇죠."

"흥, 가만 둬 두면 저절로, 백성의 것이 될 걸. 나라 명색은 가만히 앉았다, 어디서 툭 튀어나와 가지구 걸 뺏어서 팔아먹어? 그따위 행사가 어딨다든가?"

"한 생원은, 그 논이랑 멧갓이랑 요시까와한테 돈을 받구 파셨으니깐 임자로 말하면 요시까와지 한 생원인가요?"

"암만 팔았어두, 요시까와가 내놓구 쫓겨갔은간, 도루 내 것이 돼야 옳지 무슨 말야. 걸, 무슨 탁에 나라가 뺏을 영으루 들어?"

"한 생원한테 뺏는 게 아니라, 요시까와한테 뺏는 거랍니다."

"흥 둘러다 대긴 잘들 허이. 공동 묘지 가 보게나, 핑계 없는 무덤 있던가? 저어, 병신년에 원놈[郡守] 김가가 우리 논 열두 마지기 뺏을 제두 핑겐 다 있었더라네."

"좌우간, 아직 그렇게 지레 염려하실 게 아니라 기대리구 있노라면, 나라에서 억울치 않도록 처단을 하겠죠."

"일 없네, 난 오늘버틈 도루 나라 없는 백성이네. 제길, 36년두 나라 없이 살아왔을러드냐. 아아니 글쎄, 나라가 있으면 백성한테 무얼 좀 고마운 노릇을 해주어야, 백성두 나라를 믿구 나라에다 마음을 붙이구 살지. 독립이 됐다면서 고작 그래, 백성이 차지할 땅 뺏어서 팔아먹는 게 나라 명색야?"

논 이야기

그러고는 털고 일어서면서 혼자말로,
"독립됐다구 했을 제, 내, 만세 안 부르기 잘했지."

민족의 죄인

1

그 동안까지 단순히 나는 허어커나 죄인이거니 하여 면목없는 마음, 반성하는 마음이 골똘한 뿐이더니 그날 김 군이 P사에서 그 일을 당하고 나서부터는 일종의 자포적인 울분과 그리고 이 구차스런 내 몸뚱이를 도무지 어떻게 주체할 바를 모르겠는 불쾌감이 전면적으로 생각을 덮었다. 그러면서 보름 동안 머리 싸고 누워 병 아닌 병도 앓았다.

2

항용 문필하는 사람의 마음 한가로움이라고 할까, 누그러진 행습이라고 할까? 가까운 친구가 관여하고 있는 잡지사고 출판사고 하면 일이야 있으나마나, 달리 소간이 긴급할 때 외에는 그 앞도 그대로 지나치지는 않게 되고, 들어가 앉아서는 신문 잡지도 뒤적이고 많이 잡담하고 조금 문담(文談)하고 방담도 싫도록 하고 하기에 세월도 잊고 하는 것도, 주인 편에서는 흔연히 맞이하여 주고 같이 휩쓸려 이야기하고 하되 한결같이 괴로워하는 법이 없고, 출판사나 잡지사의 임의롭고 무관함이 있어, 김 군이 주간하는 P사도, 나의 그런 임의롭고 무관한 자리의 하나였었다.

하루 거리엘 나가면 그래서 출판사나 잡지사를 몇 곳씩은 자연 들르게 되고, 그날도 남대문 밖까지 나갔다가 집으로 돌아오는 길에 역시 별볼일이 있던 것이 아니요, 지날 녘이고 해서 퍼뜩 P사를 들렀던 것인데, 무심코 들르느라고 들렀던 것인데……, 김 군의 말마따나 일수가 매우 좋지 못했던 모양이었다.

점심나절부터 끄무릇까무릇하던 하늘이 정녕 보슬비라도 내릴 듯 자욱이 흐려 있는 4월 그믐의 저녁 무렵이었다. 남대문 거리의 잡답한 보도에서 가로수의 나붓나붓한 잎사귀가 거리의 잡답함과는 대조적으로, 조용히 무엇인지를 숙명처럼 기다리는 듯싶은 그런 가벼운 침울이 흐르는 시간이었었다.

김 군의 P사는 바로 길 옆의 빌딩이었었다. 비둘기장처럼 4층 꼭대기의 한 방에 들어 있는, 빌딩의 마흔 몇 개나 되는 층계를 숨차 하면서 올라가다 마침 맨 머리로 내려오고 있는 김 군과 마주 만났다.

"장차에 조선 출판계의 왕좌를 꿈은 꾸면서 사무소가 이게 무어람?

사람이 숨이 차구 다리가 맥이 풀러."

　인사 대신에 이렇게 구박하는 것을 김 군은 그 커다란 눈과 코와 입과 얼굴에다 한꺼번에 웃음을 흘리면서,

　"P사가 사무실이 가난한 것은, 자네가 그 흔한 왜놈의 집 한 채 접수를 못하구 쓰러져 가는 셋집살이를 하는 것허구 내력이 비슷비슷하니 피차 막설하고……, 그러잖어두 기대리던 참인데 잘 왔네. 내 아래층에 가서 전화 좀 걸구 올 것이니 올라가세나."

　P사에는 먼저 온 손님이 있었다.
　윤(尹)이라고 나이는 나보다 두어 살 아래나 일찍이는 세대를 같이한 사람이었다. 나는 윤과 인사를 하면서 그의 눈치가 먼저 보여졌다. 윤은 내가 어려워하는 사람 가운데 한 사람이었다. 윤과 나는 친구는 아니었다. 길에서 만나든지 하면,
　"안녕하십니까?"
　"안녕하십니까?"
하고 마는 것이 고작이요, 그렇지 않으면 아무 소리 없이 모자만 들었다 놓는 시늉하면서 지나쳐버리고 하는 그저 거기 흔히 있는 아는 사람의 하나일 따름이었다.
　나는 윤이라는 사람을 아는 것이 별로 많지 못하였다. 일찍이 일본 동경서 어느 사립대학의 정경과를 마쳤다는 것, 학업을 마치고 돌아와서는 고향에서 잠시 동안 신문 지국도 경영한 경력이 있다는 것, 중일전쟁이 일기 전후 이삼 년은 서울 어느 신문사의 정치부 기자로 있

으면서 논설도 쓰고 하였다는 것, 그리고 그가 잡지에 발표한 당시의 구라파 정세에 관한 정치 논문도 두 편인가 읽은 일이 있고, 그 문장과 구상이 생경하고 서투른 혐의는 없지 못하나 사상만은 대단히 진보적인 것을 엿볼 수가 있었고, 대강 이런 정도의 것이었다. 그 밖에 사람이 성질이 어떠하다든가 가정이나 주위 환경이 어떠하다든가 하는 것은 알지를 못하였고 알 기회도 없었다. 공적으로 혹은 사사로이 생활상의 교섭 같은 것도 물론 없었다.

이렇게 나는 윤에게 대하여 아는 것도 많지 못하고 친구로서의 사귐도 없고 하기는 하지만 꼭 한 가지, 매우 중대한 것을 잘 안다는 것을 나는 스스로 인정치 않아서는 안 되었다. 윤은 대일(對日) 협력을 하지 않은 사람이라는 것이었다.

중일전쟁이 일던 아마 그 이듬해부터인 듯싶었다. 잡지나 또는 신문의 기명논설(記名論說)에서 윤의 이름은 씻은 듯 없어지고 말았다. 신문 기자의 직업도 버려버리고 서울을 떠났는지 거리에서도 통히 볼 수가 없었다. 만일 윤이 무엇을 쓴다면 그의 전문에조차 정치와 시사에 관계된 것일 것이요, 정치와 시사에 관계된 것이면 반드시 세계 신질서 건설의 엉뚱한 명목으로 침략 전쟁도 일으킨 동서의 전체주의 파시즘을 합리화시킨 논문이 아니고는 용납도 못하였을 것이었다. 안으로는 내선일체(內鮮一體)를 승인하는 것이었어야 하고, 밖으로는 추축국의 승리와 미영(美英) 몰락의 필연성도 예단하는 것이어야 할 것이었다. 또 신문사 사원으로서의 직업도 버리지 아니하였다면 신문이라는 대일(對日) 협력체의 수족 노릇도 싫더라도 해야 할 것이었었다.

윤은 그러나 일체로 붓을 멈추고 신문 사원의 직업도 버리고 함으로써 대일협력의 조그마한 귀퉁이에도 참여를 하지 아니하였다. 아니한 것이 분명하였다. 이렇게 대일협력도 하지 아니한, 그래서 지조가 깨끗한 윤에 대하여, 많으나 적으나 대일 협력을 한 것이 있음으로 해서 민족 반역과 혹은 친일파의 대열에 들어야 할 민족의 죄인인 나는 그에게 스스로 한 팔이 꺾이지 아니할 수가 없고, 따라서 그가 어려운 사람이 아닐 수가 없었던 것이었었다. 동시에 죄 지은 사람의 약한 마음이라고나 할까, 섬뻑 그를 만나자니 눈치가 보여지지 아니할 수가 또한 없었던 것이었었다.

과연 내가,

"안녕하십니까?"

하는 인사로 같은 말로,

"안녕하십니까?"

하고 대답하는 윤의 말 억양과 표정에는 역력히 경멸하는 빛이 머금어 있었다.

한참 있다가 윤이 뒤척이던 신문축을 내려놓으면서 생각잖이 붙임성 있게,

"오랜만입니다."

하여 나는 달갑게,

"퍽 오랜만입니다."

하였다.

미상불 우리는 퍽 오래간만이었다. 중일전쟁이 일던 그 이듬해 윤은 문필 행동도 정지하고 신문 기자의 직업을 버리고 하였을 뿐만 아니라 서울 거리에서 자취마저 사라지고 말았기 때문에 근 10년 만에 오늘 이 자리가 처음이었다.

윤이 그러나 인사상으로만 오래간만이라는 말을 한 것이 아닌 것은 그 다음 수작으로써 바로 드러났다.

"시굴루 소개(疏開) 가셨드라구?"

"네."

"호박이랑 옥수수랑 많이 수확하셨습니까?"

그의 독특한 시니컬한 입초리로 벙긋 웃기까지 하면서 하는 아주 노골한 경멸과 조롱이었다. 생각하면 윤으로는 충분한 근거가 있는 경멸과 조롱이다.

지나간(1945년) 4월에 나는 소개를 하여 고향으로 내려갔었다. 표면의 이유는 지방으로 소개를 하여 스스로 폭격을 피하며 그러함으로써 소위 국토 방위에 소극적 협력도 하기 위한, 이른바 당국의 방침에의 순응이었지만 실상은 구실이요, 소개를 빙자하고 도피행을 한 것이었다.

구라파에서 독일이 연합군의 육중한 공세를 받아내지 못하여 연방 뒷걸음을 치다 어느덧 독 안의 쥐가 되었을 때는, 동쪽에 있어서 일본의 패전도 거의 결정적인 것이 된 느낌이었다. 거기에는 물론 일본이 패하였으면 하는 희망적 예측이 다분히 가미되지 아니한 것은 아니었으나, 아무튼 일본이 질 날이 멀지 아니할 것으로 나는 생각하고 있었다. 일본이 패전한 그 위에 오는 것은?

　나는 8·15의 그런 편안한 해방을 우리가 횡재할 것은 전혀 생각지 못하였다.

　일본이 눌러서 우리의 지배를 할 것이냐, 혹은 새로운 지배자가 나설 것이냐, 혹은 우리가 요행 우리의 주인이 될 것이냐 이 판단은 막상 깜깜하였다. 그러나 오직 한 가지 일본이 패전을 하는 그날, 그 순간부터 그 동안까지의 치안과 사회 질서는 완전히 무능한 것이 되는 동시에 세상은 걷잡을 수 없는 혼란과 무질서의 구렁이 되고 말리라는 것, 이것만은 확실한 것으로 나는 믿고 있었다. 하되, 그것은 새로운 주권이 서고 새로운 질서가 생기는 그 기간까지는 제 마음껏 계속이 될 것이었다. 그 기간이라는 것이 한 달인지 두 달, 석 달일는지 반 년이나 일 년일는지 그 이상 더 오랠지는 그것은 짐작할 수가 없으나. 일본이 패전하는 그날 그 순간부터 치안과 질서가 무능한 것이 됨을 따라 칼찬 순사와, 기관총 가진 패잔 일병과, 주먹심 있는 평민과는 강도와 폭도질을 함부로 하고, 일변 필연적인 사태로써 식량 부족으로 인한 대규모의 기근이 오고 하여 거리는 삽시간에 살육과 약탈, 능욕과 방화, 질병과 기아의 구렁으로 변하고, 그 죽음과 공포의 거리에서 아무 구원의 능력도 주변도 없는 약비(弱卑)한 아비를 그래도 아비라고 떨면서 울고 매달리는 나의 어린것들도 데리고 서서, 속절없이 죽음을 기다리거나 할 따름일 나 자신의 그림자를 환상할 적마다 나는 등골이 서늘함을 금치 못하였다.

　대처[都市]가 그러한데 비하여 고향은 차라리 안전하였다. 우선 당장은 각다분하겠지만 일도 당한 마당에서는 역시 고향이 나을 터였다. 누대 살아온 고향이요, 일가 친척이 여러 집이 있어 생소하지가 않았다. 사람들이 다 아는 사람들이 되어, 난세를 당하여 제일 두려운 '사람', 그 '사람'을 두려워 아니하겠으니 좋았다.

박토나마 조금은 있으니 하다 못해 감자 포기를 심어 먹어도 주려 죽기는 면할 수가 있으니 더욱 안심이었다. 나는 드디어 고향으로 내려갈 결심을 하였다. 나는 나만 그럴 뿐이 아니라 몇몇 친지들더러 그런 소견과 실토정(實吐情)도 말하면서 반드시 서울에 머물러 있어야만 할 특별한 사정이 없는 바엔 각기 고향으로 내려가기를 권하기까지 하였었다.

민족 해방의 돌발적인 변화를 겪고 난 지금에 이르러, 지금의 심경을 가지고 그때 당시의 나의 그렇던 심경이나 행동을 곰곰이 객관을 하자면, 지배자의 압력이 약하여진 그 계제에 떨치고 일어나 해방의 투쟁을 꾀할 생각을 적극적으로 하는 것이 아니고서, 오직 저 일신의 안전을 도모하는 데까지밖에는 궁리가 뚫리지 못한 것은 적실히 나의 약하고 용렬한 사람 됨됨이의 시킴이었음은 틀림이 없었다. 그러나 나는 나 혼자만이 유독 그렇게 약하고 용렬하였는지 혹은 대체가 개인적이며 소극적이요, 퇴영적이기가 쉬운 망국 민족의 본성의 소치였는지 그 분간은 막시 모르되 어쨌거나 그처럼 약하고 용렬하였던 것이 사실이요, 겸하여 무가내한 노릇이었었다. 그렇다고 시방은 제법 굳세고 용맹스러워졌다는 자랑이냐 하면 물론 아니었다. 지금도 여전히 나는 약하고 용렬한 지아비였다.

일본의 패전, 그 다음에 오는 혼란과 무질서에 대한 불안과 공포, 이것 말고서 그 이전에 또 한 가지의 절박한 위협이 있었다.

나는 서울 시내에서 동쪽으로 삼십 리나 나간 경충가도(京忠街道)의 한강 기슭 광나루[廣津]에 우거하고 있었다.

광나루는 서울 시내로부터 소개를 하여 나오는 곳이지, 그래서 소개령이 내리자 집 값이 연방 오르던 곳이지, 이곳으로부터 다른 곳으로 소개를 가도록 마련인 곳은 아니었다. 이것만 하여도 나는 실상 소개를 간다고 나설 터무니없는 사람이었다.

B29가 처음으로 서울 하늘에 나타나던 날이었다. 이날 나는 마침 시내에 들어가지 않고 집에 있다가 언덕의 솔숲을 거닐던 중에 공습 사이렌이 울렸다. 산이라고 하기보다는 강가에 바로 오뚝이 솟은 조그마한 구릉이었다. 그 깎아지른 낭떠러지 바로 아래로는 시퍼런 강물이 바위를 스치고 흘러 흡사 평양의 청류벽을 연상함직한 곳이었다. 그뿐 아니라 강을 건너서는 퍼언한 벌판이요, 벌판이 다한 곳에 먼 산이 암암히 그려져 있는 것이랑은 '대야동두점점산(大野東頭點點山)'이라고 읊어낸 그것과 많이 비슷한 것이 있었다.

꼭대기에는 당집이 있고 주위로 솔과 참나무가 울창하여 그늘이 짙었다. 잔디도 좋았다. 그런 그늘 아래 앉아서 장강을 굽어보고 먼 산을 바라보면서, 혹은 잔디에 누워 창공을 올려다보면서 끝없는 시간을 지우기란 울적하고 삭막한 나의 생활 가운데 만만치 아니한 위안의 하나였었다.

그때 나는 마침 이조사(李朝史)를 읽다가 병자호란의 대문에 이르렀던 참이라, 병자란 당시에 조선군이 국왕과 함께 최후의 농성을 하던 남한산성이며, 그러다 국왕이 마침내 청병의 군문에 무릎을 꿇어 항복을 한 삼전도며, 그리고 양방의 수없는 장졸이 화살과 창끝에 고혼으로 쓰러진 풍남리의 토성이며를 멀리 바라보다가 이날따라 감개가 적이 깊은 것이 없지 못하였었다.

그러한 흥패의 모양을 보았으면서 못 본 체 이날이 한결같이 유유히 흐르기만 하였으며 앞으로도 얼마든지 되풀이할 세상과 인사(人事)의 변천을 보면서, 그러나 못 본 체 몇천 년 몇만 년이고 유유히 흐르고만 있을 저 강, 무심타고 할까, 부럽다고 할까……. 이런 생각에 잠겨 있는 참인데 그 몸서리가 치는 공습 사이렌이 별안간 울리던 것이었었다.

나는 꿈에서 깨어난 것처럼 퍼뜩 정신이 들었다.

보나마나 아내는 물통을 들고 쫓아나갔어야 했을 것, 어린것들이 걱정이 되어 집으로 달려갈 생각은 급하나 가던 중도에서 경방단 서방님네들한테 붙잡혀 부역을 하지 않으면 대피호로 끌려 들어가기가 십상일 판이었다.

초조하다 보니 잠자리보다도 더 적게 비행기(B29) 한 대가 흰 가스로 꼬리를 길게 쌍으로 끌면서 유유히 까마득한 창공을 날고 있었다. 그 호젓하고 초연함이라니, 그 고요한고 점잖스러움이라니, 좋은 완상(玩賞) 거리일지언정 그가 털끝만큼도 적의를 발산하는 것이 있다거나 항차 비행기의 폭격의 전주인 바야흐로 강렬한 위협과 공포감 같은 것은 전혀 느낄 수가 없었다.

덕분에 마음을 가라앉히고 기다리는 동안 이윽고 공습 경보는 해제가 되었다. 나는 일종 섭섭한 마음이면서 한길로 내려왔다.

 그러자 군용 화물차 한 대가 기운차게 달려오더니 동네 한복판인 한길 가운데에 가 멈추어 서면서 경기관총을 가지고 잔뜩 긴장한 이삼십 명의 보병이 차로부터 뛰어내렸다.

 공습 경보를 듣고 강 건너 송파(松坡)의 병영으로부터 이 강나루 지구를 경계하러 온 일대였었다. 그러나 이 경계라는 것은 그들이 가지고 온 무기가 하다 못해 고사 기관총도 아니요, 보통 산병전에 쓰는 경기관총인 것과 그것을 동네 복판에다 맞추어 놓고서 대기를 하는 것과를 미루어, 적기를 쏘자는 것이 아니고 폭격의 혼란을 틈타서 폭동이라도 일으킬 염려가 있는 주민—조선사람을 여차하면 쏘아대자는 것임이 말하지 않아도 번연하였다.

 나는 지휘하는 자를 비롯하여 병정들의 눈을 똑똑히 보았다. 곧 사람을 살상하여 마지않겠다는 듯한 독기가 뻗쳐나오는 눈들이었다. 나는 소름이 쭉쭉 끼쳤다. 공습을 당하면서 적기를 쏠 방비를 해주기보다 센징을 쏘아 죽일 차비를 차리는 그들의 앙심과 살기를 머금은 그 눈, 눈, 눈…… 앞에 B29의 폭격이 있다면 등뒤에는 일병의 기관총 부리가 있는, 그 기관총을 또한 피하기 위하여서도 나는 하루바삐 비교적 안전한 곳으로 자리를 옮겨 앉아야 하였다.

 나는 1945년 4월, 마침내 집을 팔고—게딱지 같은 초가집이었으나 설리 장만한 집이었었다—그것을 헐값으로 팔아넘기고 세간도 대부분 팔고서 짐 가벼운 것만 꾸려 가지고 고향으로 소개랍시고 해오고 말았다.

 나에게는 그러나 일본의 패전 그 다음에 오는 것의 불안의 공포랄지 눈에 살기를 머금은 일본 병정들의 등덜미를 겨누는 기관총부리의 위협이랄지 이런 것 외에도 멀찍이 궁벽한 시골로 낙향을 해야 할 사정이 따로이 또 있는 것이 있었다.

 1943년 2월 황해도로 강연을 간 것이 나로서는 대일협력의 첫걸음이라고도 할 만한 것이었었다. 총독부와 총력 연맹이 설도를 하여 경향의 종교, 사상, 예술, 언론, 조고, 교육 등 각계의 사람 이백여 명을 끌어 모아 전 조선 각 군(郡)의 면으로 하여금 제각기 면 단위로 열게 한, 소위 '미영 격멸 국민 총궐기 대회'에, 몇 개 면씩을 찢어 맡겨 보내어 전쟁 기세로 돋우는, 그 중에도 미영에 대한 적개심을 조발하는 —강연을 하게 한 그 강사의 하나로 나도 뽑혔던 것이었었다. 대일협력도 첫걸음이려니와 사십 평생에 여러 사람을 모아 놓고 강연이라고 하는 것을 해본 적이 도대체 없었다. 일어가 서툴러 못 나가겠다고 했더니 조선말도 무방하다고 실상은 상대들이 시골 농민들인만큼 '국어 상용'의 본의에는 어그러지나 조선말이 더 효과적일 것인즉 이번만은 되도록 조선말로 하게 하기로 이미 방침을 세웠노라고 하였다.

 생후에 한 번도 연단에 서본 경험이 없어 강연이 해질 것 같지 않다고 하였더니, 경험은 없더라도 열(熱) 하나면 되는 것이라고 생전에 한 번도 연단에 서보지 아니한 사람이 이 기회에 분연히 일어서서 강연을 하게 되었다는 그 사실이 벌써 청중을 감격케 할 사실이 아니냐고, 그러니 너야말로 빠져서는 안 될 사람이라고 하였다.

그러거나 말거나 누웠고 나가지 않았으면 그만일 것이었다. 나중에야 앙화가 와닿겠지만 그 당장은 새끼로 목을 얽어 끌어내지는 못하였을 것이었다. 그러나 나는 내 발로 걸어나갔다. 영을 어기지 아니해야만 미움을 받지 않고 일신이 안전하고 한 것을 알기 때문이었다.

개성서 살고 있을 때요 태평양전쟁이 일던 전전 해인 1938년인 듯싶다. 3월 그믐인데 볼일로 서울로 왔다가 3, 4일 만에 내려갔더니 가족들이 초상난 집처럼 근심에 싸여 있었다. 조금 전에 개성 경찰서의 형사 두 명이 와서 내가 거처하는 방을 수색을 하고 서신과 몇 가지의 원고와 잡지, 얼러 몇 가지의 서적을 가져갔고, 그러면서 물어볼 말이 있으니 되돌아오는 대로 곧 고등계로 오도록 이르라는 부탁을 하더라는 것이었다. 그리고 그날 아침 ◇◇◇군과 ×××군이 붙들려 갔다는 말을 하였다. ◇◇◇군과 ×××군은 나한테 종종 다니는 이십 안팎의 문학 청년들이었다.

신경이 과민한 정비례로 무식하고 그와 반비례로 일거리는 없어 상관 앞이 민망하고 한, 시골 경찰의 고등계 형사들이 정히 무료하다 못하면 더러 그런 짓을 하는 행투를 짐작지 못하지는 않는 터라 치안유지법에 걸릴 아무 내력이 없는 것은 번연한 노릇이요, 하여 설마 어떠랴고쯤 심상히 여기고 선 김에 경찰서를 가보았다.

보기만 하여도 마치 뱀을 만난 것처럼 섬쩍한 것이 경찰서의 사람들이었다. 들어서기가 무엇인지 모를 무시무시한 것이 경찰서였다. 아무렇지도 않은 신고서 한 장을 드리러 가기에도 들어서면 벌써 눈을 부라림과 호통과 따귀가 올라붙거니만 싶어 덮어놓고 공포증과 불안을 주는 것이 경찰서요, 그곳의 사람들이었다. 그런지라 비록 치안유지법에 걸릴 아무 내력이 없다고 하여도 그래서 심상히 여겼다고는 하여도 노상 태연한 마음일 수가 없었음은 물론이었다. 이윽히 기다리게 한 후에 일인 형사가— 빼빼 야윈 몸과 얼굴과 눈과 심지어 수족에서까지 사나움이 졸졸 흐르는 자로 얼굴만은 진작부터 알음이 있었다—그 자가 별실로 데리고 들어가더니 ◇군과 ×군과 나와의 상종에 대한 것을 묻는 것이었었다. 언제부터 어떤 발련으로 알았으며 한 달이면 몇 번씩이나 찾아오며 만나서 하는 이야기와 하는 일은 무엇이며 하냐고.

만나기는 한 반년 전에 그들이 찾아와서 비로소 처음 만났고, 하는 이야기, 하는 일은 문학을 공부하는 초보에 관한 것으로, 쓰는 공부는 어떻게 하며, 읽기는 어떠한 책을 읽어야 하며, 어떤 작가는 어떤 작품을 썼고, 어째서 그것이 좋은 작품인 것이며, 또 그들이 책을 읽다가 이해하지 못하는 대문이 있어 가지고 와 묻는 것이 있으면 설명을 해주기도 하고 하노라고 말썽 안 될 범위에서 대답은 하였다.

"그것뿐인가?"

마지막 형사는 딱 어르면서 표독한 눈매로 눈을 부라렸다.

나는 속으로는 떨리나 태연하게,

"대강 그렇습니다."

"더 생각해 봐."

"더 생각하나마나 그렇습니다."

"정녕?"

"네."

"이 자식."

소리와 함께 따귀를 따악, 연거푸 따악 따악 따악…….

"꿇어앉아 이 자식아!"

걸상으로부터 내려와 꿇어앉았다.

"바른 대로 대지 못해?"

"바른 대로 댔습니다."

"너 이번 지나(支那)사변에 대해서 한 이야기도 있잖아?"

"지나사변의 어떤 이야기 말입니까?"

"너, 일본이 아무리 무력으로는 한때 지나를 정복을 한다 하더래도 결국은 가서 실패를 하고 만다고 그런 말을 했잖았어?"

"그건 일본을 두고 한 말이 아니라, 한(漢)민족은 이상한 동화력을 가진 민족이 되어놔서 그 동안 누차 변방 족속한테 무력 정복을 당했으면서도 그런 족족 정복자를 문화적으로 사회적으로 동화·흡수를 하곤 해서 어느 시간이 경과한 후에 가서는 정복자요, 지배자였던 변방 족속이 피정복자요, 피지배자였던 한민족한테 먹혀버리고 존재가 없어지고 했느니라구. 단순히 역사적 사실을 이야기한 일밖에 없습니다."

"그러니까 이번 지나사변두 결국은 일본이 실패를 한다는 그 뜻으루다 한 소리가 아냐?"

"그렇게 억지루 가져다 대면 못 댈 것은 없지만, 내 본의는……."

"요 앙뚱스런 자식 같으니라고, 네 따위가 어따 대구 고 따위루······ 이 자식아, 대 일본 제국의 흥망이 달린 앞에서 너희 조선놈 몇 마리쯤 땅바닥으로 기는 버러지만치나 명색이 있을 줄 알아? 그런 것들이 어따 대구 감히 그런 발칙한 소리."

이번에는 구둣발이 내 몸뚱이를 함부로 짓이긴다. 매는 미상불 아픈 것이었었다.

"너 이 자식, 좀 곯아 봐."

인하여 나는 생후 두 번째로 유치장이라는 곳을 들어가 보았다. 집어 처넣어 놓고는 달포를 아무 소리 없이 저의 말대로 곯리기만 하였다. 그 동안 ◇군과 ×군과 그리고 또 한 사람 붙잡혀 들어와 있는 ○군과, 이 세 사람만은 가끔 가다가 하나씩 끌어내다가 노골노골하게 매질을 하여 들여보내곤 하였다. 아무 소리도 없이 처박아두기만 하는 것은 당하는 사람으로는, 무위한 유치장의 하루씩을 지우기에 답답하고 고통스러움과 일이 장차 어찌 되려는가의 불안 초조와 이런 것으로 하여, 악형이야 당할 값이라도 차라리 자주 끌려나가기만 못한 노릇이었다.

정복자와 그의 수족 노릇을 하는 일부 원주민들로 이루어진 지배자가 피정복자를 닦달함에 있어서 인간으로서 인간을 학대함에 경찰서의 유치장 이상 가는 곳은 아마도 없을 것이었었다.

물통에다 냉수를 한 통씩 길어 놓고 국자를 담가놓고 그 물을 떠 간수들이 저희들의 차도 달여 먹고, 죄인들이 물을 청하면 한 국자씩을 떠주고 하되, 죄인들은 방방이 한 개씩 두어둔 양재기에다 물을 받아서 마시도록 마련이었다.

 일전 내기 투전을 하다가 붙잡혀 들어온 촌 농부 하나가 있었다. 지극히 가벼운 죄인이요, 또 생김새도 어리숙하게 생긴 젊은 친구였었다. 가벼운 죄인이면 감방으로부터 불러내 유치장 바닥의 비질도 시키고 죄인들의 잔시중—물을 떠준다든가 휴지를 들여준다거나 하는 심부름을 간수들 자기네의 대신 시키기도 하였다. 일전 내기 투전꾼은 유치장 바닥을 다 쓸고 나서 마침 목이 말랐던지 물통에서 국자로 물을 떠 벌컥벌컥 시원히 마시고 있었다.

 그러자 별안간,

 "고라, 이 놈의 자식이!"

하고 벽력같은 고함과 더불어 간수가 저희 자리로부터 쫓아 내려오더니 뺨을 치고 구둣발길로 걸어차고 하였다.

 죄인은 국자를 놓치고 회사무리 바닥에 가 쓰러져 미처 다 못 삼킨 물과 볼이 터져서 나오는 피를 함께 흘리면서 연방 '아이구머니!' 소리만 질렀다.

 간수는 죄인의 몸뚱이를 옆구리고 머리고 상관없이 퍽퍽 걸어지르기를 그치지 않았다. 그러면서 꾸짖는 것이었었다. 국자에다 왜 더러운 주둥이를 대느냐고. '요보'는 도야지보다 더 더러운 놈들이라고. 도야지보다 더 더러운지 어떤지 그것은 막시 모르나, 정복자라는 것이 피정복자의 앞에서는 도야지만큼도 명색이 없는 것만은 이 한 가지로 미루어서도 분명했었다.

 나는 유치장에 들어가는 날의 첫 번 식사인 저녁밥을 먹지 않았다.

홍분이 되어 식욕이 없는 것도 없는 것이었지만, 그다지 입이 호강스럽지 못한 나로서는 차마 그것을 밥이라고 입에 떠넣을 뜻이 나지 않았다. 찌그러지고 오그라지고 시꺼멓게 때꼽재기가 끼고 한 양은 벤또에다 골싹하게 담은 밥이라는 것은, 쌀알갱이는 눈 씻고 잘 보아야 하나씩 둘씩 섞였을 뿐의 노란 조밥이요, 찬이라는 것은 산에 가서 되는 대로 그럴싸한 풀잎을 뜯어다 슬쩍 데쳐서 소금을 뿌려 주물럭주물럭한 두어 젓갈의 소위 산나물 한 가지로 하였다. 밥에는 그러나마 만주 좁쌀에 고유한 그 세모지고 얇다란 달걀색의 잔모래가 얼마든지 그대로 섞여 있고, 내 밥이 젓갈도 대지 않은 채 그냥 도로 나가게 된 것을 알자 옆에 있던 절도범이 혼자말처럼,

"그럼 내가 먹을까."

하고 슬며시 집어가더니 볼퉁이가 미어지도록 퍼넣는 것이었다. 그것을 여남은이나 되는 동방(同房)의 죄인 대부분이 너도나도 하고 덤벼들어 단 한 젓가락이라도 빼앗아 먹으려고 다투고 불뚝거리고 욕질을 하고 거기에 밥에 대한 인간의 동물적인 싸움이 잠시 동안 벌어지고 있었다.

이튿날도 나는 온종일 먹지 아니하였다.

두툼한 솜바지 저고리에다 솜버선에다가 차입한 담요까지 지니고 지내고, 사식(私食)을 차입받아 먹고 하는 사기죄인—그가 이 오호방에서는 제일 고참으로 열여섯 달째 되는 사람이었다. 그가 점심때에는 나더러 간수한테 말을 하면 사식을 들여주니 이따 저녁부터라도 받아먹도록 하라고 권고하였다.

나는 글쎄……, 하고 애매히 대답하고 말았다. 나는 한 끼에 일 원 오십 전씩 하루에 사 원 오십 전이나 드는 사식을 들여 먹을 형편이 되지 못했었다. 저녁 역시 나는 관식 벤또를 동방의 사람들에게 그대로 내주었다.

사기 죄인이 저희 사식에서 부우연 쌀밥을 절반이나 덜고 굴비랑 군 고기랑 곁들여 내 앞으로 밀어 놓으면서,

"이거라두 좀 자시우. 보아허니 그렇게 함부로 지나지는 않으시던 분네 같은데 그렇다구 사뭇 저렇게 굶기로만 들어서야 쓰겠수."
하고 권하는 것이었었다.

미상불 나는 현기증이 나도록 시장하였다. 보드라운 흰 밥과 맛있는 반찬에 어금니에서 신침이 흐르고 회가 동하였다. 그러나 나는 세 번 네 번 권하여서야 겨우 두어 젓가락 밥을 뜨는 시늉을 하고 말았다.

사식을 들여서 먹을 텃수가 못 되면서 입만 가져 가지고 관식을 먹지 않고 앉아서 남이 덜어주는 사식덩이를 멀쩡히 얻어먹다니 염치가 아니요, 양반 거지의 주접이었지 갈데없는 짓이었다.

"그래두 자셔야지 별수없습네다. 노형두 지끔은 첨이라 다 심사두 편안치 않구 해서 그렇겠지만서두 인제 두구 보시우, 배고픈 걱정 외에 더 걱정이 없을 테니. 어서 나가고픈 생각, 집안일 다 잊어버리구 그저 먹을 것 생각밖엔 나는 게 없는걸."

사기죄인은 이런 말을 하였다.

나는 설마 그러랴 하였으나 이레가 못 가서 그의 말이 옳았음을 나

는 깨닫지 아니하지 못했다.

쌀알갱이야 눈 씻고 보아야 하나씩 섞였을 뿐의, 불면 알알이 다 날아갈 듯 퍼실퍼실한 노란 조밥, 씹으면 모래와 흙이 지금지금하는 그 알뜰한 조밥과 쓰디쓴 산나물이 아니면 시커멓게 썩은 세 조각의 짠무 조각 반찬이 어떻게 하면 그렇게도 입에 회회 감기고 맛이 나는지 삼십오 년의 반생을 두고 나는 일찍이 그런 맛있는 밥을 먹어본 적이라고는 없었다.

납작한 양은 벤또에다 골싹하니 푼 그 밥이 아무리 양이 적은 나에게일망정 양에 찰 이치가 없었다. 가에 붙은 좁쌀 한 알갱이까지 깨끗이 다 씻어먹고 바쁜 젓갈을 놓으면, 젓갈을 놓으면서 바로 배가 고프고 다음 끼니가 기다려졌다.

아침 일곱 시면 밥 리어카가 떨걱거리면서 온다. 아침을 먹고 나서는 열두 시 점심이 올 때까지 간수의 앉았는 등뒤에 걸린 시계를 백 번도 더 내다보면서 떨걱거리는 밥 구루마 소리를 기다린다.

가까스로 점심을 먹고 나서는 이내 오백 번도 더 시계를 내다보면서 여섯 시 저녁을 기다린다. 이렇게 오직 밥을 기다리기를 일삼으면서 하루하루를 지우곤 하던 것이었었다.

내가 나를 생각하여도 천박하기 짝이 없었다. 하루종일 먹을 것만 탐하는 도야지나 다름이 없는 성싶었다.

모처럼의 기회는 기회겠다. 가만히 앉아서 정신을 집중시켜 사색 같은 것이라도 함직한 것이 아니냐고 스스로를 책망은 해보나 첫째는 본사가 그런 유유스런 성격이 되지를 못하였고, 겸하여 형(刑)이 결정된 감옥의 죄수가 아니어서 도저히 안존할 수가 없었다. 아무튼 조금은 자제력이 있다고 할 내가 그러할 제에 여느 잡범들이야 말할 나위가 없었다.

누가 밥을 남기던지, 통째로 안 먹은 것이 있던지 하면 서로들 먹으려고 다투는 양이란 차마 보기에 민망한 것이 있었다. 규칙에 남은 밥은 도로 내보내되 아무도 함부로 먹지 못하도록 마련이었고, 그래서 그 규칙을 범하였다 발각이 나면 죽을 매를 맞고야 말았다. 그러므로 남은 밥은 몰래 먹어야 했고 큰 모험이 아닐 수 없었다. 하건만 그들이 감히 모험하기를 주저치 아니하였다.

제3호 방에 밥 하나가 더 들어간 것이 드러났다. 4월이라지만 유치장의 각 방은 겨울 진배없이 추웠다. 간수는 제3호 방에다 밥 하나를 더 먹은 벌로 물을 세 통이나 끼얹었다. 그리고 밥을 나누어 먹은 네 사람은 창살 밖으로 손목을 묶어 매달아 놓고 한나절이나 격검채로 두들겨 팼다.

해방 후의 경찰서와 그 유치장의 범절이 어떠한지는 막시 모르나 일본식 경찰은 피의자에서부터 이렇게 잔학하고 동물적인 대우를 하였었다. 저네의 소위 '도야지 울'에서 과연 도야지의 대우를 받으면서 나 자신 역시 도야지 이상이질 못한 채 한 달을 무료히 썩혔고 한 달만에 비로소 취조실에 불려나갔다.

그 몸과 얼굴과 눈과 심지어 수족까지 사나움이 질질 흐르는 일인 형사였다.

"독서회를 조직한 사실을 ◇◇◇이가 자백을 했는데 너는 그래도 모른다고 뻐틸 테냐?"

형사는 찡찡 울리는 목소리로 이렇게 다잡았다.

"독서회를 조직했다구요?"

나는 당장 무어라고 대답할 말이 없어 뚜릿거리다 반문하였다.

"그래 자백을 했어."

"나는 없습니다."

사실로 없었다. 모르면 몰라도 ◇군이 매에 부대끼다 못해 허위자백을 하였거나 그렇지 않으면 그들의 상투 수단인 넘겨짚기일 것이었다. 이날의 문초에서 나는 그들이 무엇을 꾀하고 있는가를 비로소 알아챘다.

여기에 좀 반지빨라 보이는 녀석이 있어 그 주위에 역시 주위 거리의 젊은 아이 놈들이 모여 문학을 공부한답시고 책을 나누어 읽고 의견도 교환하고 시국에 대하여 방자스런 방담을 더러 하는 모양이어서……, 이만한 건덕지면 혹시 잘만 날뛰면 독서회 사건쯤 하나를 뚜드려 만들 수가 있을지도 모르는 것이었었다. 대장장이의 망치가 두드리는 곳에 아무것도 아니던 녹슨 헌 쇳덩이가 뻐젓이 도끼며 식칼이 되어 나오듯이 저 경찰부가 두드려 만든 카프 사건도 그런 솜씨의 요술이었던 것이었었다.

한 열흘 후에 나는 두 번째 끌려나갔다. 그 동안 ◇군은,

"독서회 일건은 절대 부인하시오. 그들은 저더러 선생님이 벌써 자백을 하였다고 하지만 저는 믿지 않았습니다. 일기책도 빼앗겼는데 거기에 더러 선생님한테 불리한 것도 쓴 것이 있어서 저는 그것만이

걱정입니다."

하는 쪽지를 연필로 감방 휴지에 적어 보낸 것도 받았고 그것으로 나의 추측이 한 치가 틀리지 않았음을 알았다.

　이번에는 그는 일인 형사의 짝 패인 머리통이 엄청나게 크고, 짧은 다리로 여덟 팔자 걸음을 아기작아기작 걷는 김(金)가라는 조선 형사였다. 사납고 가혹하기로 개성 일대에서 이름이 난 형사였다. 그런 김가가 뜻밖에 부드러운 얼굴로 공대하는 말까지 쓰면서 문초를 하였다.

　"그 왜 고집을 부리구 생고생을 하슈?"
　"고집이 아니라 없는 사실도 불라니 어떻게 합니까?"
　"독서회라는 이름을 짓지 않았더라도 독서회의 행동도 했으면 사건은 성립되게 마련인 법인 줄 알면서 그러슈?"
　"무얼 독서회의 행동도 한 것이 있어야지요?"
　"가사, 또 사건은 성립이 아니 된다구 치더라도 당신이 시방 미움을 받구 있는 것만은 사실인데 미움을 주기로 들면 한정이 없는 걸 모르슈? 일 년이구, 이태, 삼 년이구 처가둬 두고 곯리면 곯았지 별수 있나?"

　고문보다도 또는 감옥으로 가서 징역을 살기보다도 가장 두려운 악형은 민두룸히 그대로 경찰서 유치장에다 가두어두고 생으로 사람을 썩히는 것이었었다.

　사상 관계자로 붙잡혀 들어갔다 이렇다 할 사건도 없는 사람이면서 몇 해씩 현재 그렇게 생으로 썩고 있는 사람이 전 조선의 경찰서 유치장을 턴다면 얼마든지 나올 수 있는 사실이었다. 또 사상 관계자만이 아니요, 멀리 다른 곳에 실례를 찾을 것이 없이 당장 내가 갇혀 있는 한 방에도 사기 횡령으로 붙잡혀 들어와 가지고 일 년과 넉 달이 되는 사람이 있지가 않은가?

나는 무쇠의 탈도 쓰지 아니한 '무쇠팔'을 연상하고 속으로 전율하였다. 김가는 짐짓 부드러운 얼굴과 공손한 말로써 회유를 하는 한편 무형의 '무쇠탈'로써 은근히 위협도 하자는 심담인 모양이었다.

나는 없는 죄를 자백하고 가서 징역을 사느냐 경찰서 유치장에서 장차 얼마일는지도 모를 세월을 썩느냐 두 가지 중에서 하나를 택일하여야 하였다.

이때에 나를 구해준 것이 생각지도 아니한 한 장의 엽서였었다.

다시 며칠인가가 지나서였다.

일인 형사가 끌어내 가더니 어인 셈인지 빈들빈들 웃으면서,

"나가구픈가?"

하고 물었다.

나는 금방 무어라고 대답을 못하고 눈치만 보고 했더니 재쳐,

"나가구퍼?"

그제야 나도,

"있구퍼서 있나요?"

"음……."

그리고는 한참이나 내 얼굴을 여새겨 보고 나서,

"조선문인협회라구 하는 것이 있나?"

"있습니다."

"무엇하는 단첸구?"

"조선 사람 문인들이 모여서 문학으루 나랏일을 돕자는 것입니다."

"어떤 발련으로 생긴 단첸가?"

"총독부와 민간의 유력한 내지(內地)인들이 서둘러주었습니다."

"회원은 전부 센징이겠지?"

"찬조 회원이나 명예 회원은 내지인이 많습니다."

"조선 문인협회에서 북지 방면으로 황군(皇軍) 위문대를 파견한다구?"

"그렇습니다."

"이것이 그 통첩인가?"

그러면서 한 장의 엽서 편지를 내놓았다.

문인협회로부터, 북지 방면으로 황군 위문대를 회원 중에서 파견하고자 하는데 그 구체적 협의회를 아무 날 아무 곳에서 열겠으니 참석하라는 엽서가 지난번 서울에 가기 조금 전에 온 것이었다. 바로 그 엽서였다. 나중에 놓여 나가서 알았지만 내가 놓여 나가던 10여 일 전에 두 번째 와서 수색을 하였고, 그때에 잡지 틈바구니에 끼었다 떨어지는 이 엽서를 가져가더라고 집안 사람이 말하였다.

"거기 보면 3월 28일인가 위문대 파견하는 협의회를 열겠다고 했는데, 참석했는가?"

"했습니다. 실상 지난번에 서울 간 것도 그 때문이었습니다."

"어떤 결정을 했는가?"

"회원 중에서 명망이 있는 사람으로 몇 사람을 뽑아 파견하기로 했습니다."

"누구, 누구가 뽑혔는가?"

"그것은 전형 위원에서 맡아하기로 했습니다."

"비용은?"

"당국의 보조로 쓰기로 했습니다."

"음……"

그 자는 이윽고 얼굴과 음성을 준절히 해 가지고,

"이번 사건이 그대들은 암만 부인을 해도 증거가 역력히 있고 하니깐 성립을 시키자면 충분히 시킬 수가 있단 말이야, 응?"

"네."

"그렇지만 첫째는 고의로 그런 것이 아니라 무의식중에 그렇게 된 모양 같고, 또 일변 조사를 한 결과 그대는 조선문인협회의 회원으로 대단히 열심 있는 사람임이 판명되었고 해서 이번 일은 특별히 용서를 하는 것이니, 응?"

"네."

나는 실상 서울에 가 있었으면서도 그 협의회에는 참석도 아니 하였었다. 회의 경과도 그래서 노상에서 우연히 ○○○를 만나서 이야기로 들었을 따름이었다. 또, 형사는 조사를 해본 결과 어쩌고 하였지만, 내가 그 후에 서울로 가서 알아본 것에는 개성 경찰서로부터 문인협회로 나에게 대한 신분의 조회 같은 것은 전혀 없었던 모양이었다.

"또 다른 세 사람은 나이알라 아직들 어리고 한데 전과자의 신분을 가져서는 정상이 가긍할 뿐 아니라 장차 나라를 위해 일을 할 때에도 상치(相值)가 될 것이요 해서 십분 용서를 하는 것이니, 응?"

"네."

"이훌랑 각별히 주의를 하구 더욱더욱 나라 일에 충성을 해야 해."

"네."

"이 다음 만일 무슨 불미한 일이 있으면 그때는 일호 용서없다?"

"네."

돈의 힘으로 경찰서를 쥐락펴락하고 형사나 순사 나부랭이를 하인 부리듯 하는 개성 제일 갑부의 젊은 자제가, 나의 가형과 친구의 청을 받고 그 두 형사를 불러 술을 먹이는 길에 '이 꺽지 같은 자식들아, 할 일이 없거든 발바닥이나 긁고 앉았지 그 사람이 무슨 죄가 있다고 때려 가둬 놓고 지랄들이냐.' 고 시퍼렇게 지청구를 해주더라는 소식을 놓여 나와서 들었다. 그것이 보람이 있기는 하였겠지만 결정적인 것은 역시 문인 협회의 한 장 엽서였던 듯싶었다. 문인 협회에 대한 대답 가운데 요긴한 것은 임시로 그 자리에서 나에게 유리하도록 꾸며댄 대문이 많았으나 아무튼 대일협력이라는 주권(株券)의 이윤(利潤)이 어떠하다는 것을 실제로 배운 것이 이 개성 사건이었다.

나중 가서야 어찌 되었든 우선 당장은 나가지 않더라도 새끼로 목을 얽어 끌어내지는 아니할 것이며 누워서 배길 수가 없잖아 있는, 소위 '미영 격멸 국민 총궐기 대회'의 강연을 피하려 않고서 내 발로 걸어나갔던 것은 그처럼 대일협력의 이윤이 어떻다는 것을 안 것이 있었기 때문이었다.

민족의 죄인 141

많은 수효의 영리한 사람들이 저희 이익과 안정을 도모하기 위하여 진심으로 일본 사람을 따랐다. 역시 적지 아니한 수효의 사람이 핍박 받을 용기가 없어 일본 사람에게 복종을 하였다. 복종이 싫고 용기가 있는 사람은 외국으로 달려 민족 해방의 투쟁도 하였다. 더 용맹한 사람들은 외국으로 망명을 않고 지하로 숨어 다니면서 꾸준히 투쟁도 하였다. 용맹하지도 못한 동시에 영리하지도 못한 나는 결국 본심도 아니면서 겉으로 복종이나 하고 용렬하고 나약한 지아비의 부류에 들고 만 것이었다.

3

눈이 쌓이고 한참 춘 2월 초승이었다. 송화군에서 맡은 곳을 다 마치고 마지막 풍천읍에서의 길이었었다.

강연을 마치고 나니 다음 예정지로 가는 버스가 두 시간 후에 떠나는 것이 있었다. 주인 편의 여러 사람과 점심을 먹고 있는데, 밖에서 손님이 찾는다는 전갈이 들어왔다. 이 고장에 알 사람이라고는 없는데 하고 의아하면서 나가보았더니 초면의 두 청년이었다. 하나는 건장하고 하나는 그와 정반대로 얼굴이 병적으로 창백하고 몸이 파리한 대조적인 두 사람이었다. 나는 그들이 모르는 사람인 것을 발견하는 순간, 가슴이 더럭하였다. 그러나 한편으로는 반가웠다. 그 동안 다섯 차례를 강연을 하였는데, 청중 가운데 밀끔밀끔하니 땟물이 벗고 표정이 다부진 청년들이 한 패씩 들어와 있지 않은 자리가 없었건만, 내

가 강연이랍시고 맨 멀쩡한 소리를 지껄이고 섰어도 단 한 번인들,

"개수작 집어치워라."

하고 고함치는 사람이 있는 것을 보지 못하였다. 항차 밤 같은 때 사처로 달려들어 몰매질을 하고 하는 따위는 싹도 볼 수가 없었다.

안전과 무사가 물론 다행하지 않은 것은 아니었다. 그러나 젊은 사람들까지 이다지도 기운이 죽었는가 하면, 적막하고 슬펐다. 그러던 차라 미지의 젊은 사람네의 찾음을 만나니 가슴이 더럭 하는 것과는 따로이 여기는, 그래도 기개 있는 젊은이가 있는 것이나 아닌가, 노백린(盧伯麟) 씨의 생지가 그래도 다른가 싶어 그래 반가운 생각이 들었던 것이었다.

그러나 나는 그들이 너무도 적의가 없어 보이고 말일랑이 공손한 것이며, 또 몰매질을 하러 온 것으로는 단둘이라는 것이 과히 단출한 것이며에, 이내 도로 안심과 실망을 함께 느꼈다.

건강한 편이 노(盧) 군, 창백하고 파리한 편이 이(李) 군이었다.

수인사가 끝난 후 노 군이 물었다.

"선생님, 언제 떠나시죠?"

"이따, 오후 버스로 떠나기루 했습니다."

나의 대답에 둘이는 문득 절망을 하면서 다시 노 군이,

"웬만하시면 낼 아침 버스로 떠나시게 하시면서, 오늘 저녁 저희들 허구 좀 만나주셨으면……."

"예정이 있어놔서 그럽니다."

둘이는 서로 보면서 못내 섭섭해 하다가, 이 군이 이번엔 묻는다.

"정 그러시다면 단 한 시간이나 삼십 분이라두 여기서 점심이 끝나시는 대루 저희허구, 좀."

"그렇게 하십시오."

주먹이 나올지 팔뚝이 나올지 그것은 나중 봐야 할 일이요, 나는 나로서 지방의 젊은이들이 이 판국에 바야흐로 무엇을 생각하며, 무엇을 바라며 하는지를 아는 것도 일종의 의무처럼 생색 있는 일이었다.

첩경 그러기가 쉽듯이 점심 자리가 술자리로 벌어지는 것을 속히속히 끝내게 하느라고 하기는 하였지만 워낙 시간의 여유가 많지 못했던 소치로 젊은이들이 기다리는 자리에 가서 앉았다 그대로 일어서야 할만큼 시간은 촉박하였다.

사과와 과실과 차를 준비하여 놓은 자리에 노 군과 이 군 외에 한 또래의 청년이 두어 사람과, 하나는 음악을, 하나는 문학을 각기 좋아한다는 소녀도 둘이 와서 있었다.

이 군과 노 군이 서로 가람, 내일 아침에 떠나도록 하고 하룻밤 자기들과 이야기를 하여 달라고, 지방에서는 선배들을 항상 그리워하는데 모처럼 기회를 그냥 놓치기가 여간 섭섭하지 않다고 간곡히 만류를 하였다.

나는 그날 풍천읍을 떠나 송화 온천까지 가서, 거기서 장연으로부터 나를 맞으러 오는 사람과 만나 다음날 장연으로 가서 준비를 해 가지고 그 다음날부터 강연을 하기로 다 차비가 되어 있었다. 그러나 나는 장연 편과 연락이 어긋나고 가사 그래서 장연에서의 예정에 상처가 생기는 한이 있더라도 이 젊은이들의 만류를 뿌리치고 일어설 수가 없었다.

밤에는 열둘인가로 사람이 더 불었었다. 이십으로부터 이십사오 세까지의, 대개는 중등 이상의 학력을 가진 모두가 준수한 젊은이들이었다.

한 청년이 말하였다.

"우리는 시방 앞날이 깜깜합니다. 자꾸만 비관이 됩니다. 어떻게 하면 좋을지 모르겠어요."

나는 단박에 대답이 막혔다. 그야, 대답을 하기로 들면 시원히 해줄 말이 없는 것은 아니었다. 그러나 이십여 명 이상 모인 사람들이 막상 다 미더운 사람이라고 하더라도, 내가 이 자리에서 한 말이 한 입 건너고 두 입 건너 필경에 경찰의 귀에까지 들어가지 말라는 법이 없다는 것을 어떻게 보장할 것인가?

명색이 선배라고 믿고서 그들은 진심의 호소를 하던 것이었다. 모인 전부가 낮에 강연회에 와서 들었다고 한다. 그러니 낮에 강연회에서 지껄인 소리는 본의가 아니고 할 수 없이 그런 것이요 진심은 그렇지 않거니, 이렇게 나를 믿고서 자기네도 진심을 토로함이었었다.

소문이 퍼질까 저어하여, 경찰의 형벌이 두려워 이 나를 믿고서 와 안겨 고민을 호소하는 젊은이들의 진심에 대하여, 한가지로 진심이지 못하는 나의 비겁함, 그 용렬스러움, 나는 나 자신이 야속하고 또한 슬펐다.

"너무 범위가 막연한데……, 가령 어떤 방면으루 말이지요?"

나는 우선 이렇게 반문을 하였다.

민족의 죄인 145

"여기 모인 우리 태반이 징병이나 학병으루 끌려나가야 할 사람입니다. 끌려나가서 개죽음을 당해야 합니까?"

나는 등에 찬물을 끼얹는 것 같았다. 여럿은 먹기를 멈추고 긴장하여 나의 대답을 기다렸다.

"우리가 앞으로 살아나가는데, 일본 사람과 꼭 같은 권리를 주장하자면 피도 좀 흘려야 하지 아니할까요? 피를 흘리면 피의 대가를 요구할 권리가 생기지 아니합니까?"

"네……, 그렇지만……."

그는 불만한 눈치였다. 그 불만스러워하는 것이 만족해 하는 이보다 얼마나 다행스러운지 몰랐다. 이어서 다른 사람이 말을 하였다.

"도무지 차별 대우가 아니꼬워서 못 견디겠어요."

"차별 대우를 받지 않도록 우리두 실력을 가져야 하겠지요. 문화적으로나 경제적으로나 그 사람네보다 떨어지지 않는 수준에 도달해야 하겠지요. 우리 전체가 노력을 해서 그만한 실력을 가지는 다음에야 언감히 우리를 하시하겠습니까?"

"같은 학교를 같은 해에, 일본 아이를 꼴찌루 조선 사람은 첫째루 졸업을 했는데, 한날 한시에 들어간 회사에서 월급이 우선 다르지요, 일본 아이는 조금 있으면 승차를 하는데 조선 사람은 만날 그 자리요, 실력두 별수가 없잖아요?"

"개인으로는 우리가 일본 사람보다 나을 사람이 있다지만 전체로야 어디 그렇습니까? 우리 전체가 일본 사람 전체보다 나은, 적어도 같은 수준에 이르도록 실력을 가져야 하고 그때를 기다려야 하겠지요."

 이 실력론이나, 먼저의 피의 대가의 주장론, 친일파 가운데서도 제 소위 진보적이라고 하고 내선일체주의자라는 이름으로 불리는 극단파에서 하는 주장이었다. 그렇기 때문에 그들은 친일파는 친일파면서도 총독부와 군수의 미움을 받는 패들이었다.

 나는 목마른 젊은이들이 바라는 한 그릇의 시원한 냉수를 주는 대신 그런 친일파의 궤설을 빌려 결국 한 순갈의 쓰디쓴 소태를 주고 만 셈이었다. 뼈다귀가 부러지거나 골병이 들도록 늑신 몰매를 맞는 이보다도 더 아픈 마음을 안고 사관으로 들어가 누웠다. 잠을 이루지 못해 하는데 이 군이 혼자 찾아왔다.

 "사람을, 이 사람 저 사람 너무 여럿을 오게 해서 선생님 퍽 거북하셨을 줄 압니다. 그러나 사람들은 다 안심할 수 있는 사람들입니다."

 이 군이 두 무릎을 단정히 꿇고 앉아서 사과 겸 변명을 한 후에,

 "어떡허면 좋겠습니까, 선생님?"

하고 침통히 묻는 것이었다. 징병이며 학병에 대한 것이었었다.

 나는 서슴지 않고 대답하였다.

 "되도록 나가지 말라고 권하고 싶습니다. 무슨 수단을 써서든지……."

 말없이 나를 보는 이 군의 그 창백한 얼굴은 빛났다. 눈에는 눈물이 괴었다. 괸 눈물이 넘쳐 흘렀다.

 나도 눈가가 뜨거웠다.

 "이왕 한마디 부탁이 있소이다. 꿋꿋한 정신을 기르구, 지켜주십시

오. 강한 자에게 굽혀 목전의 구차한 안전을 도모하는 타협생활보다, 핍박을 받을지언정 굽히지 않고, 도리어 그와 싸워 물리치겠다는 꿋꿋한 정신을 기르구 이겨 주십시오. 우리가 과거 수천 년래 대륙민족의 압제를 받은 것이나, 오늘날 일본의 종노릇을 하게 된 것이나, 우리를 침해하고 우리를 억누르는 외적과 마주 싸워 내는 꿋꿋한 정신이 모자랐기 때문입니다. 강한 자에게 굽히고 아첨하여 구차한 일시일시의 안전만을 도모하는 타협주의. 이것이 우리 민족성의 큰 결함입니다. 오늘의 우리의 불행은 이 민족성의 결함에서 온 것이요, 그 결함을 고치지 않는 이상 우리는 민족적으로 멸망을 당하거나, 내일도 오늘처럼 영원히 불행할 것입니다. 시방 우리한테, 특별히 젊은이들한테 절절하게 필요한 것은, 굴치 않고 싸워 내는 꿋꿋한 정신입니다. 그렇지만 그것도 한사람 한사람이 따로따로이만 꿋꿋했자 아모 소용도 닿지 않습니다. 여럿이 모이는 데서 비로소 힘이 생기는 것입니다."

"……."

이 군은 머리를 소곳하고 듣고만 있었다.

나는 음성을 고치어 그 다음 말을 하였다.

"그러나, 조심하십시오. 첫째, 서로 친하다는 것과, 믿고서 속을 줄 수 있는 사람이라는 것과는 다른 것입니다. 둘째, 혈기를 삼가시오. 혈기는 경솔과 상거가 항상 가차운 것이니까요."

"……."

"그리고 또 한 가지 내 소견을 말하자면, 시방 이 야만된 폭력주의

가 아무래도 인류 사회의 노멀한 현상은 아닐 것입니다. 정녕 한때의 변조 같습니다. 과히 암담해 하거나 실망은들 할라 마십시오. 수이 정상 상태로 돌아갈 날이 올 듯도 합니다."

"고맙습니다. 선생님 하신 말씀 명심하겠습니다. 믿겠습니다."

이 군은 고개를 들고 아직도 흐르는 눈물을 주먹으로 씻으면서, 목메인 소리로 숨가쁘게 그러던 것이었었다.

이 밤에 나는 조금은 속이 후련하고 짐이 덜어지는 것 같았다.

그러나 계속하여 뭇사람을 모아놓고 미국 영국은 나쁜 놈들이요, 일본이 옳고 전쟁은 시방이 한 고패요, 조선 사람은 어서 바삐 증산을 하고 저축을 많이 하고 하여, 이 전쟁을 일본의 승리로써 빨리 끝내도록 협력해야 한다는 강연을 하고 다니는 사람이 보기 싫은 양서동물(兩棲動物)이 아니 되지 못하였다.

그 뒤, 1944년 5월에는 작가 다섯 사람과 화가 다섯 사람을 추려, 소설가 하나에다 화가 하나를 껴, 다섯 판을 만들어 가지고 전라남도 목포의 목조 조선소, 강원도 영월 무연탄광, 평안북도 강계의 무수알코올(無水酒精) 공장, 같은 평안북도의 용천의 불이농장, 역시 평안북도 양시의 알미늄 공장 이 다섯 곳 생산 현장으로 그 한 패씩을 파견하는 한 패에 뽑혀, 나는 양시의 알미늄 공장으로 갔다. 할 일이라는 것은 가서 한 주일 가량씩 묵으면서 생산 현장의 실시 견문을 얻어 가지고 와서 화가는 증산하는 그림을, 소설가는 증산 소설을 각각 쓰는 것이요, 주최와 발안은 총력 연맹 문화과였었다.

나는 다녀와서 이백 자 원고지 스무 장인가를 써 내놓았고, 일어로 번역을 누구에겐지 맡겨서 시킨다고 하더니 그대로 우물쭈물 발표는 되지 않았었다.

다시 그해 가을에는 강원도 금화(金化)로, 전년의 평안도 적과 비슷한 강연을 갔었다. 이보다 조금 앞서, 매일신보에다 연재 소설을 쓰기 시작한 것이 있었다. 검열관이 신문사의 편집자를 시켜 작자에게 다짐을 요구하였다. 반드시 시국적인 소설이어야 할 것과, 소설의 경개를 미리 제출할 것과, 그 경개대로 충실히 써나갈 것 등속의 다짐이었다.

유일한 생화(生貨)가 그때나 지금이나 매문(賣文)이요, 매문을 아니하고는 이 홉 이 작의 배급쌀조차 팔 길이 없는 철인……, 요구대로 다짐을 두고 쓰기를 시작하였다. 쓰면서 가끔 배신을 하다가 두어 차례나 불려 들어가 검열관인 퇴직 순검한테 꾸지람을 듣고 문학 강의도 듣고 하였다. 이십 년 소설을 썼다는 자가 늙마에 와서 순검한테 문학 강의의 일석을 듣고……. 그러나 일변 생각하면 받아도 싼 욕이었다. 바이런인지는 자다가 아침에 깨어보니 제가 유명하여져 있더라고 하였다지만, 나는 하루 아침, 잠이 깨어 수렁 가운데에 들어섰는 나 자신을 발견하였다. 한정없이 슬슬 자꾸만 미끄러져 들어가는 대일협력자라는 수렁.

정강이까지는 벌써 미끄러져 들어가 있었다. 그러나 시방이라면 빠져나올 수 없는 것도 아니었다.

만일 이때에 빠져나오지 않는다면, 정강이에서 그 다음 허벅다리로, 허벅다리에서 배꼽으로, 배꼽에서 가슴패기로, 모가지로, 이마로 그러고는 영영 퐁당……, 하고 마는 것이었었다.

몸이 터럭이 있는 대로 죄다 곤두설 노릇이었다. 서울서 떠나 궁벽한 시골로 가 있기만 한다면 강연 같은 것을 하라고 불러내는 '곶감'의 미끼에 반겨 응하고 나설 기회가 태반 봉쇄될 것이었다.

시골로 가서 있으면, 한가락의 호미가 보리밥의 반량이나마 채워주어 창녀 못지 아니한 그 매문질은 아니할 수가 있을 것이었다. 일본의 패전, 그 다음에 오는 것의 불안과 공포랄지, 눈에 살기를 머금은 일본 병정들의 등덜미를 겨누는 기관총부리의 위협이랄지, 이런 것 외에도 멀찍이 궁벽한 시골로 낙향을 해야만 하는 또 한 가지의 다른 사정이란 곧 이 대일협력의 수렁으로부터의 도피행 그것이었다.

그리고 그렇게 하였다. 그러나 결코 용감히 뿌리치고서 일어서고 하였던 바는 아니었다. 역시 나답게 용렬스런 가만한 도피행일 따름이었다.

새삼스럽게 무슨 지조가 우러나는 것이 있었음도 아니었다. 후일에 혹시 문죄라도 당하는 날이 있을까봐 그날에 벌을 가볍게 하자는 계책인 것도 아니었다.

지금까지의 행적을, 사는 고장을 옮김으로써 남에게 숨기고자 하는 것은 더욱이 아니었다. 그 점으로는 차라리 객지인 광나루가 더 유리하였다. 솔직히 대일협력이라는 사실에서 풍겨나오는 악취 그것이 못 견디게 불쾌했고 목전에 그것을 면하고 싶은 지극히 당면적인 욕망으로서일 뿐이었다.

아무리 정강이께서 도피하여 나왔다고 하더라도 한번 살에 묻은 대일협력의 불결한 진흙은 나의 두 다리에 신겨진 불멸의 고무 장화였다. 씻어도 깎아도 씻겨지지 않는 영원한 '죄의 표식'이었다. 창녀가 가정으로 돌아왔다고 그의 생리가 숫처녀로 환원되어지는 것은 절대로 없듯이.

또, 정강이께서 미리 도피를 하여 나왔다고 배꼽이나 가슴패기까지 찼던 이보다 자랑스러울 것도 없는 것이었다. 가사, 발목께서 도피를 하여 나오고 말았다고 하더라도 대일협력이라는 불결한 진흙이 살에 가 묻었기는 일반인 것이었다. 그러므로 정강이까지 들어갔거나 발목까지만 들어갔거나 훨씬 가슴패기까지 들어갔거나 죄상의 양에 다소는 있을지언정, 죄의 표식에 농담(濃淡)이 유난히 두드러질 것은 없는 것이었다.

4

소개랍시고 고향으로 내려오기는 하였으나 막막하기 다시 없었다. 4월이면 여느 때에도 춘궁이니 보릿고개니 하여 넘기가 어려운 고패인데, 지나간 해가 연사가 좋지 못하였다. 그런데다가 거두지도 못한 벼를 공출로 닥닥 긁어갔었다. 그리고는 명색이 배급입네, 환원미입네 하고 한 달이면 한 집에 쌀 한두 되에다 썩은 강냉이 몇 되씩을 약주듯이 주고 있었다.

백성들은 태반이 하루 한 때 풀잎죽으로 아사를 면할락 말락 하면서 누렇게 들떠 가지고 춘경이 돌아왔건만 파종할 기운을 내지 못하고 있었다. 우환 중에 보리가 흉년이었다. 백성들은 장차 시월까지 이 봄과 여름을 살아나갈 방도가 막연했다. 나의 고향 집에는 팔십 넘은 노모와 육십의 장형 내외가 있었다. 거기에다 나에게 딸린 가솔이 넷. 이 여덟 식구를 나는, 내가 책임을 져야만 하였다. 쌀은 사기도 어려웠거니와 내가 뭉뚱거려 가지고 내려간 삼천 원의 돈으로 쌀을 사서 먹자면 한 달을 지탱할까 말까 한 것이었다. 그러나마 나는 그 돈 삼천 원으로 농자(農資)를 삼아 금년 농사를 지어야 하였다. 붓을 꺾어 버린 이상 서울서처럼 원고료의 수입은 전혀 없을 터였다. 죽으나 사나, 농사 한 가지에다 생도(生塗)를 의탁하는 밖에 없고, 그리하자면 그 돈 삼천 원을 당장 아쉽다고 먹어 없애는 수는 없었다. 나는 하릴없이 팔십 넘은 노모를 그림자 보이는 나물죽을 드렸다. 배탈이 난 네 살바기 어린놈을 썩은 배급 강냉이밥을 먹였다.

  논농사는 숙련된 기술과 나로서는 감당치 못할 월력(越曆)이 드는 것이다. 부득이 비싼 삯꾼을 사 대어야만 했지만 밭농사는 아내와 함께 둘이서 하기로 하였다.

  가을에 논에 신곡이 날 때까지 보태어 먹을 것으로 서숙도 심고 감자도 심었다. 밭벼도 심었다. 채마도 가꾸었다. 그런 중에도 제일 빨리 제일 손쉽게 먹을 수 있는 것으로 강냉이와 호박을 구석구석 돌아가면서 많이 심어놓았다.

  아내나 나나, 일찍 해보지 못한 노릇이라 대단히 힘에 겨웠다. 일쑤 코피를 쏟았다. 가끔 몸살이 나 앓기도 하였다. 몸 고단한 것보다도 더 어려운 것은 시장이었다. 조반을 뜨는 둥 마는 둥 점심은 없는 날이 많았다. 4, 5월 기나긴 해를 허리띠 졸라매어 가면서 땅을 파고 풀을 뽑고 하노라면 석양 때에는 깜빡 현기증이 나곤 하였다. 그렇지만 편안히 있다가 굶어죽느냐, 밭고랑에 쓰러져 가면서도 심고 가꾸고 먹고 살아가느냐 하는 단판 씨름인지라, 괴로움을 상관할 계제가 아니었다. 5월로 들어 일이 조금 너끔한 틈을 타 서울 걸음을 하였다. 짐을 꾸려 남의 집에다 맡겨둔 채로, 내려오지 못한 것을 가서 운송편으로 띄우고자 함이었다.

매일신보에 들렀더니, 사회부원이 마침 잘 만났다 하면서 소개를 가서 지내는 형편을 말하라고 하였다. 무엇보다도 식량 사정이 절핍하노라고, 내 손으로 강냉이를 삼사백 포기, 호박을 오륙십 포기 심어놓고 그것이 자라서 열매가 열어 익어서 마침내 시장한 배를 채워줄 날을 침 삼키며 기다리면서 일심으로 매 가꾸노라고, 이런 의미의 대답을 하였다.

그 다음날 지면엔 '소개의 변(疏開의 辨), 제2회째던가로, 나의 사진과 함께, 내가 소개를 가 붓을 드는 여가에 괭이를 들고 땅을 파며 강냉이를 삼사백 포기나 호박을 오륙십 포기나 심고 하여 시국하 식량 증산 운동에 크게 이바지하는 동시에 농민들에게도 모범을 보이고 있다는 요령의 기사가 잘 쓰였다. 고마웠다.

그것으로 징용도 면하고 주재소의 주목 대신 존경도 받고 하였었다. 윤이 그 '호박이랑 옥수수랑 많이 수확하겠습니까?' 하고 빙긋 웃기까지 하면서 하던 노골한 경멸과 조롱은 이 매일신보의 기사 '소개의 변'에다 두고 한 것이었다. 그러므로 그것은 '이 놈아, 이 민족

반역자야!' 하는 타매(唾罵)와도 다름이 없는 것이었었다.

5

　주인 김 군이 돌아왔다. 그는, 출판을 하자면 선전 소용으로도 부득불 잡지를 조그맣게나마 하나 가져야 하겠다는 것과, 그 첫 호를 수이 내고자 하니 누구보다도 자네들 두 사람이 편집 방침으로든지 원고로든지 적극적으로 도와주어야 하겠다는 것을 간단히 이야기한 후에 나더러 먼저,
　"우선, 자넬랑은 소설은 한 편, 짤막하구두 썩 이쁘장스런 걸루다 한 편, 기한은 이 주일 안으로……. 이건 '명령적 성질을 가진' 것이야, 위반은 했다간 괜히."
　"어떻게 생긴 소설이 그 이쁘장스런 소설인구?"
　나는 농삼아서라도 이렇게 반문할밖에.
　"가령 예를 든다면, 자네가 이번에 ×××에다 쓴 '맹순사' 같은 소설은 도저히 이쁘장스런 소설이 아니니깐."
　"그렇다면 다른 사람에게 부탁하는 것이 수일 걸."
　"이왕 말이 났으니 말이지 8·15 이후 여지껏 침묵으로 있다. 첫 작품이 그런 거라군, 좀 섭섭하데이."
　"재주가 그뿐인 걸 어떻게 하나?"
　나는 차라리 그 자리에 윤이 있지 않았다면,
　─대작을 쓰느라구 침묵했던 줄 알았던감? 하였을 것이다.

"이젠, 소설들두 쓰기 편하죠?"

윤이 거들고 묻는 말이었다.

"노상 그렇지두 않은 것 같습니다. 검열이 없어지고 보니까, 인력거꾼이 마라송은 잘못하듯이."

"아, 내선일체 소설들두 썼을랴더냐 지금에야."

검열이 없어지기 때문에 긴장이 풀려서 도리어 쓰기가 헛심이 쓰인다는 말에 대한 반박이,

"내선일체 소설도 썼을랴더냐."

라니, 당치도 아니한 소리였다. 자못 탈선이었다. 나를 욕하고 싶어 생트집을 잡는 노릇이었다. 나는 속에서 뭉클하고 가슴으로 치닫는 것을 삼키고 참았다. 아니 참고 대들었자 무엇 꿘 놈이 성낸다는 꼴이요, 치소나 더할 따름이었다. 험해지는 공기를 눈치채고 김 군이 얼른 말머리를 돌려놓는다.

"소설은 아무튼 그렇게 하기루 허구, 윤 군 자넬랑은 이걸 좀 써주겠나? 패전을 통해 본 일본인의 민족 기질."

"내 영역두 아니지만, 그게 무슨 제목거리가 되나?"

"삼기루 들면 크지. 난 그래 좌담회라두 열까 했지만 그럴 것까지는 없구. 아, 학생들이 심지어 중학생까지두 10년 후에 보자면서 요새 여간 긴장과 열심들이 아니래잖아? 그런데 한편으루 재미있는 모순은 딱 전쟁에 지구 나니까 그 흘개 빠지구 비굴하던 꼬락서니를 좀 보란 말야. 세상 앙칼지구 기승스럽기도 하구 하던 거, 그거 일조에 다 어디루 가구서들, 그 따위루 비굴하구 반편스럽구 겁 많구 하느냔 말

야. 난 사실 일본이 전쟁에 져 항복을 하는 날이면 굉장히 자살들을 하구 나가자빠지려니 했었는데, 웬걸……, 더구나 지도자 놈들, 그런 얌체빠지구 뻔뻔스럽더군. 그 중에서도 조선 나와 있던 놈들, 그 기염, 그 교만, 다 어떡하구서……. 무엇이냐 후루까와(古川)란 놈은 함북 지사루 갔다가 게서 붙잡힌 채로 경찰서 고쓰까이질을 하구 있더라구?"

"흥, 남 말을 왜 해?"

윤은 그러면서 입을 삐죽,

"명색이 지도자 놈들이 얌체빠지구 뻔뻔스런 건 하필 왜놈들뿐이던가? 조선놈들은 어떻길래?"

"조선 사람 문제는 그 제목엔 관계가 없으니까, 잠깐 보류하구……."

김 군이 나의 낯빛을 살피면서 그러던 것이다. 윤은 묵살하고 그대로 계속하여,

"왜놈들의 주구(走狗)가 되어 가지구, 온갖 아첨 다하구, 비윌 맞추구 하면서 순진한 청년, 어리석은 백성을 모아 놓고 구린내 나는 아굴지루다 지껄인단 소리가, 소위 예술가나 평론가니 하는 놈들은 썩어빠진 붓토막으로 끼적거려 낸단 소리가, 황국 신민이 되라 하기, 내선 일체를 하라 하기, 미국 영국은 도둑놈이요, 일본은 위대하구 정의요, 전쟁엔 반드시 이기구, 영원토록 번영할 터이구 하다면서 그러니 지원병에 나가구, 학병에 나가구, 징병에 나가 일본을 위해 개죽음을 하라구 꼬이고 조르기, 가족은 유리하구, 집안은 망하더라두 징용에 나

가라구 꼬이고 조르기…….”

"너무 과격해. 너무 과격해. 잡지 편집 회의로는 탈선야.”

"개중에두 제 소위 소설가니 시인이니 하는 놈들…….”

그러다가 윤은 나를 힐끗 돌아보면서 — 그것은 차마 정시하기 어려운 적의와 증오로 찬 얼굴이었다 — 그런 얼굴로 나를 돌아다보면서,

"비단 당신 하나를 두구서 하는 말이 아니니, 어찌 생각은 마슈.”
하고는 김 군더러,

"잘하나 못하나 소설이니 시니 해서 예술일 것 같으면 양심의 활동이요, 진리의 탐구와 그 표현이 아니냔 말야. 물론 소설가나 시인두 사람인 이상 입으룬 거짓말을 한다구 하겠지만, 붓으룬 거짓말을 하길 싫어하는 법인데, 또 해선 아니 되는 법인데, 그래 멀쩡한 거짓말루다 황국 신민 소설, 내선일체 소설을 쓰구, 조선청년이 강제모병에 끌려나가 우리의 해방에 방해되는 희생을 하구 한 걸 감격하구 영웅화하는 걸 쓰구 했으니 그게 예술가야? 예술과 예술가의 이름을 똥칠한 놈들이요, 뱃속에가 진실과 선과 미를 찾아 마지않는 양심 대신 구데기만 움덕거리는 놈들이 아니구 무어야?”

"대관절 이 사람, 패전을 통해 본 일본인의 민족 기질을 써줄 심인가, 말 심인가?”

"그랬거들랑, 적이 인간적 양심의 반조각이라두 남은 놈들이라면 8·15를 당해 조금이라도 뉘우치는, 부끄러워하는 무엇이 있어야 할 것 아냐? 제법 보국에다 목을 매구 늘어지진 못한다구 할 값이라두 죽은 듯이 아무 소리 말구 처박혀 있기나 했어야 할 게 아냐? 그런데

글쎄, 그러기는커녕 8·15 소리가 울리기가 무섭게 정말 나서야 할 사람보담두 저이가 먼점 나서 가지구— 소위 선가(船價) 없는 놈이 배 먼점 오른다는 격이었다. 그래 가지군 바로 그 전날까지 무어야 그날 아침까지두 총독부로 군부로 총력 연맹으로 쫓아댕기구, 일본을 상전처럼 어미 아비처럼 떠받치고 미국 영국을 불구대천지 원수루 저주 공격하구, 백성들더러 어째서 황국 신민이 아니 되느냐구, 어째서 징병이며 징용을 꺼려 하느냐구, 어째서 공출을 잘 아니 내느냐구 꾸짖구 호령하구 하던 그 아굴지 그 붓토막으루다, 온 아무리 낯바닥이 쇠가죽같이 두껍기루소니 몇 시간이 못 되어 그 아굴지 그 붓토막으루다 눌러 그대루, 악독한 우리의 원수 왜놈은 굴복했다. 우리를 피 빨아먹던 강도 왜놈은 물러갔다. 우리의 민족정신을 말살하려고 황국 신민이니 내선일체니 하던 기만의 통치와 지배는 무너졌다. 강제모병, 강제 징용, 강제 징발의 온갖 압박과 착취의 쇠사슬은 끊어졌다. 자, 해방이다. 사천 년의 유구한 역사와 찬란한 한문화와 독자한 전통으로 빚어진 삼천만 겨레의 민족혼은 제국주의 일본과 삼십육 년 꾸준히 싸워왔다. 그리고 지금에야 삼천리 강산에 해방이 왔다. 자, 건국이다. 너도나도 다투어 건국에 몸을 바치자. 그러나 친일파와 민족반역자는 처단할. 그 놈들은 왜놈에게 민족을 팔아먹은 놈들이다. 왜놈들이다. 왜놈보다 더 악독하게 우리를 괴롭힌 놈이다. 오오, 우리의 해방의 은인이 온다. 위대한 정의의 사도 연합군을 맞이하자. 이런 소리가, 아무려면 그래 제 얼굴이 간지러워서라두 차마 지껄여지며 써지느냐 말야. 오늘은 이가의, 내일은 김가의 품으루 굴러다니는 매

춘부는 차라리 동정할 여지나 있지. 그 따위루 비루하구 얌체빠지구 뻔뻔스런 것들이 그게 사람야? 개 도야지만도 못한 것들이지. 도둑놈의 개두 제 주인은 섬길 줄을 안다구 아니해?

"자, 이젠 웬간치 막설하는 게 어때? 그만하면 자네란 사람이 얼마나 박절한 사람이란 건 넉넉히 설명이 됐으니."

김 군은 조금 아까부터 신문을 오려 스크랩에 붙이고 있었다.

김 군의 음성은 자못 준절하였다. 얼굴도 그러하였다. 김 군은 졸연히 흥분을 하거나 분노를 겉으로 드러내거나 하는 사람이 아니었다. 그러므로 시방 그만 정도의 준절한 음성과 얼굴은, 다른 사람의 웬만큼 성이 난 것과 일반으로 보아도 무방하였다.

윤은 상관 않고 말을 최후까지 계속한다.

"난 그러니까 그런 개 도야지만 못한 것들이 숙청이 되기 전에 건국 사업이구 무엇이구 나서고 싶질 않아. 적이 그런 더러운 무리들과 동석을 할 생각이 없어."

"사람이 자네처럼 그렇게 하찮은 자랑을 가지고 분수 이상이루 남한테 가혹해선, 자네 일신상두 이롭지가 못하구 세상에도 용납을 못하구······."

"무어? 하찮은 자랑이라구? 분수 이상이라구?"

윤은 퍼르둥해서 대든다.

김 군은 일하던 것을 놓고 두 팔로 턱을 고이고 탁자 너머로 윤을 마주보면서 응한다.

"윤은 자넨, 나를 대일협력을 했다구 보나? 아니했다구 보나?"

"했지, 그럼 아니해?"

"적실히 했다구 보지? 그런데 자네 일찍이, 조선 사람 지도자가 지식층에 대한 일본의 공세—총독부의 소위 고등 정책이라는 거 말일세. 거기 대해서 반격을 해본 일이 있는가?"

"……."

"손쉽게, 총력 연맹이나 시굴 경찰서에서 자네더러 시국 강연을 해 달라는 교섭받은 적 있었나?"

"없지?"

"원고는?"

"없지. 신문사 그만두면서 인해 시굴루 내려가 있었으니깐."

"몰라 물은 게 아닐세. 그러니 첫째 왈, 자넨 자네의 지조의 경도(硬度)를 시험받을 적극적 기회를 가져보지 못한 사람. 합격품인지 불합격품인지 아직 그 판이 나서지 않은 미시험품. 알아들어?"

"그래서?"

"그러니까 자네의 지조의 경도란 미지수거든. 자네가 혹시 그 동안 꾸준히 투쟁을 계속해온 좌익 운동의 투사들이나, 민족주의 진영의 몇몇 지도자들처럼 백번 천번의 찍음에 넘어가지 않구서 오늘날의 온전을 지탱한 그런 지조란다면 그야 자랑두 하자면 함즉하겠지. 그러지 못한 남을 나무랄 계제두 있자면 있겠지. 그러나 어린아이한테 맡기기두 조심되는 한 개의 계란일지 소가 밟아두 깨지지 않을 자라등일는지 하여튼, 미시험의 지조를 가지구 함부루 자랑을 삼구 남을 멸시하구 한다는 건 매방 분수에 벗는 노릇이 아닐까?"

민족의 죄인

"내가 무슨 자랑으루 그런대나?"

"의식적이건 무의식적이건……, 그리구 둘째루, 자넨 자네의 결백을 횡재한 사람."

"결백을 횡재하다께?"

"자네와 나와, 한 신문사의 같은 자리에 있다가 자넨 사직을 하구 나가는 데 난 머물러 있지 않었던가?"

"그래서?"

"그것이, 난 신문 기자의 직업을 버리구 나면 이튿날부턴 목구멍을 보전치 못할 터이니깐 그대루 머물러 있으면서 신문을 만들어냈구, 그 신문을 만드는 데에 종사한 것이, 자네의 이른바 나의 대일협력이 아니가?"

"그렇지."

"그런데 자넨 월급 봉투에다 목구멍을 틀었지 않더래두 자네는 부자니까, 먹고 사는 걱정은 없는 사람이라 선뜻 신문사의 직업을 버리구 말았기 때문에 자넨 신문을 만든다는 대일협력을 아니한 사람, 그렇지 않은가?"

"그래서?"

"그렇다면 그걸 재산적 운명이라구나 할는지, 내가 결백할 수가 없다는 건 가난했기 때문이오, 자네가 결백할 수가 있었다는 건 부잣집 아들이었기 때문이오, 그것밖에 더 있나? 자네와 나와를 비교 대조해서 볼 땐 적어두 그렇잖나? 물론 가난하다구서 절개를 팔아먹었다는 것이 부끄러운 노릇이야 부끄러운 노릇이지. 또 오늘이라두 민족의 심판을 받는다면, 지은 죄만치 복죄(伏罪)할 각오가 없는 바도 아니구. 그렇지만 자네같이 단지 부자 아버질 둔 덕분에 팔아먹지 아니할 수가 있었다는 절개두 와락 자랑거린 아닐 상부르이."

"그건 진부한 형식 논리요, 결국은 억담. 월급쟁이가 반드시 신문사 밥만 먹어야 한다는 법은 있던가? 신문 기자 말구 달리 얼마든지 월급쟁이질을 할 자리가 있지 않아?"

"가령, 은행원?"

"은행이든지, 보통 영화 회사든지."

"은행은 대일협력 아니구서 초연했던가?"

"하다못해, 땅은 못 파먹어?"

"……"

김 군은 어처구니가 없다고, 뻐언히 윤을 바라보다가,

"철이 아직 덜 났단 말인가? 일부러 우김질을 하자는 심인가?"

"말을 좀 삼가는 게 어때?"

"진정이라면 나두 묻거니와, 나랄지 혹은 그 밖에 자네와 가까운 친구루, 불쾌한 세상을 버리구 시굴루 가 땅이라두 파먹을까 하구서 자네더러 얼마간의 토지를 빌릴라구 했을 경우에, 선뜻 그것을 받아줄 마음의 준비가 있었던가?"

"누가 그런 계획은 했으며, 나더러 와, 토질 달라구 한 사람은 있어?"

"옳아, 달란 말도 아니했으니깐 주지 아니했다. 그럼 그건 불문에 넘기구, 자네 말대루 시굴루 가 땅을 파……. 농민이 되는 거였다?"

"그렇지."

"신문 기자가 신문을 만드는 건 대일협력이구, 농민이 농사해서 벼 공출을 해서 왜놈과 왜놈의 병정이 배불러 먹구 전쟁도 하게 한 것은 대일협력이 아닌가?"

"지도자와 피지도자라는 차이가 있지 않아? 신문은 대일협력을 시키구 농민은 따라가구 한 그 차이가 적은 차일까?"

"농민들이 벼 공출을 한 것이나 젊은 사람들이 지원병과 학병에 나간 것이나, 완전히 조선 사람 선배랄지 지도자의 말만 듣구서 비로소 공출을 하구 병정에 나가구 한 거라면, 지식층의 대일협력자만은 백이면 백, 천이면 천 죄다 목을 잘라야지. 그렇지만 여보게 윤 군, 농민 만 명더러 일일이 물어 본다구 하세. 구장과 면직원의 등쌀에 순사들이 들끓어 나와 뒤져가고, 숨겨둔 걸 내놓으라구 유치장에다 가두구서 때리구 하는 바람에 공출을 했느냐?

모모한 사람들이 연설루 소설루 신문에서 공출도 해야 한다고 하는 말을 듣구 그런가 보다 여기구서 자진해 공출을 했느냐? 아주 곧이곧대루 대답을 하라구 하면서, 모르면 모르되 나는 구장이나 면직원의 등쌀에 순사와 형벌이 무서워서 억지루 공출을 낸 것이 아니라, 어떤 조선 양반의 강연을 듣고 옳게 여겨서 어떤 소설을 읽구 감동이 되어서, 아무 때의 신문을 보구 좋게 생각이 들어서 그래 우러나는 마음으루 공출을 했소, 대답할 농민은 만 명에 한 명도 어려우리. 지원병이나 학병두 역시 같은 대답일 것이구…….

도대체가 당년의 조선 사람들이, 더욱이 청년들이 대일협력을 하고 댕기는 지도자란 위인들이 하는 소릴 신용을 한 줄이나 아나? 신용은 고사요, 자네 말타나 개 도야지만두 못 알았더라네. 그런 지도자 명색들의 말을 듣구서 공출을 했을 게 어디 있으며, 지원병이니 학병이니 나갔을 게 어딨어? 왜놈이나 공관리들의 강제에 못 이겨 했기 아니면, 저희는 저희대로 호신지책으루 한 거지."

"자네 논법대루 하자면, 그럼 친일파나 민족 반역자 한 놈두 없구 말겠네그려?"

"지금 이 방 안에만 해두 사람이 셋이 모인 가운데 둘이 민족반역잔데, 없어?"

"처단할 놈 말야."

"많지. 그렇지만 벌이라는 건 그 범죄가 끼친 영향을 참작하구, 범죄자의 정상을 참작하구, 그리고 범죄 이후의 심리와 행동을 참작하구 그래 가지구 처단에 경중이 있어야 하는 법이지, 자네 같을래서야 3천만 가운데 장정의 태반은 죽이자구 할 터이니 그야말루 뿔을 바루 잡으려다가 소를 죽이는 격이 아니겠는가?"

"웬만한 놈은 죄다 쓸어 숙청을 해야지 관대했다간 건국에 큰 방해야. 삼팔 이북에서 하듯이 해야만 해. 그리구 난 누가 무슨 말을 하거나, 그 비루하구 얌체빠지구 뻔뻔스럽고 한 인간성, 그게 싫어. 소름이 끼치두룩 싫구 얄미워. 그런 것들과 조선 사람이라는 이름을 같이 한다는 것까지두 욕스럽구 불쾌해."

김 군은 노상 김 군 자신이 일제 시대에 신문이나 만들었다는 실상 문제 이하의 대일협력 사실을 구구히 발명하자는 의사라느니보다는,

하도 민망하던 나머지 그의 두루추풍식의 처세법을 잠시 훼절을 하고 나를 위해 윤 군에게 싸움을 걸었던 것이었다. 그러나 김 군의 대일협력자에 대한 변호는, 윤의 말이 아니라도, 억지의 형식 논리에 기울어진, 그래서 대체가 모두 옹색스럽고 공극투성이었다. 가사, 완전히 변호가 되었다고 하더라도 피고 격인 내가 우선,

"아니, 검사의 논고가 옳고 변호사의 주장은 아무 소용도 없어."

이런 심리 상태인 데야 더욱 말할 나위도 없었다.

또 윤의 지조나 결백 문젠데, 이것이 더구나 문제가 아니었다.

윤의 지조가 아무리 미시험의 것이로니, 결백이 재산의 덕분이기로니 죄인을 공격할 자격이 없으란 법은 없는 것이었었다.

이윽히 기다려도 윤은 더는 말이 없었다. 나는 이 자리에서 나의 의무를 다한 것으로 알고 김 군과 윤을 작별한 후 P사를 나왔다.

나의 얼굴에 한 점의 핏기도 없어지고 만 것을, 나는 거울은 보지 아니하고도 진작부터 알 수가 있었다. 김 군이 뒤미처 따라나와 아래층까지 배웅을 해주었다.

"일수가 나빴나 보이."

김 군이 작별로 잡았던 손을 풀고, 웃으면서 하는 말이었다. 나도 웃으면서 한마디하였다. 그러나 김 군에게는 울음같이 보였을지도 몰랐다.

"죽기만 많이 못한가 보이."

그랬더니 김 군은 고개를 가로 여러 번 저으면서,

"이와 깨끗했을 제 분사(憤死)를 못했을 바엔, 때가 묻어가지고 괴

사(塊死)라니 더욱 치사스러이."

들고 보니 적절하였다. 빈틈없이 적절하였다. 빈틈없이 적절한 말을 해버리는 김 군이 나는 문득 원망스럽다.

"자네가 오히려 시어미로세."

거리에 나서니 가벼운 현기가 났다. 흐렸던 하늘에서는 어느덧 심란스런 비가 내리고 있었다. 사람과 건물과 거리로 된 세상이, P사를 들르던 한 시간 전과는 어디인지 달라져 보였다.

6

집으로 돌아와, 병난 사람처럼 오늘까지 꼬박 보름을 누워 있었다.

조반보다도 점심에 가까운 나 혼자의 밥상을 받고 앉아서, 아내더러 밑도 끝도 없이 말을 내었다.

"도루 시굴루 내려갑시다."

"……."

아내는 놀라지 않는다. 아무렇지도 않게 출입을 나갔던 사람이 별안간 죽을상이 되어 가지고 돌아와, 처음엔 병인가 하였으나 보아하니 병은 아니어서, 그러면서도 여러 날을 앓는 사람처럼 누워 있어, 정녕 밖에서 무슨 사단이 있었거니 하였었다. 그러자 불쑥 그런 말을 내어, 일별 해방 후로부터 더럭 동요가 된 심경은 모르지 않는 터이라 그 사단이란 것이 어떠한 성질의 것이었음을 짐작할 수 있었을 것이었다. 아내는 한참만에야 대답이다. 그는 언제고 나보다는 침착하고 현실적인 사람이었다.

"내려가야 할 사정이라면 내려가는 것이지만서두……. 내려가니, 가서 살 도리가 있어야 말이죠……."

"……."

"낯모르구, 아무 발련 없는 고장으룬 갈 수가 없구, 가자면 매양 고향 아녜요? 그 벽강궁촌에서 취직 같은 거래두 할 기관이 있어요? 천생 농사밖엔 없는데, 작년 일 년 지나본 바, 아니……."

작년 일 년 가 있으면서 농사라고 해본 경험의 결론은, 우리 같은 사람은 도저히 농사를 해먹고 살 수 있는 사람이 아니라는 것이었었다. 우리의 체력이 우리의 가족을 먹일 만한 농사를 해내기엔 너무도 빈약한 것이기 때문이었다.

우리 내외가 밭을 기를 쓰고 가꾸어도 밭농사로 오백 평을 벗지 못한다. 밭농사 오백 평이면 채마와 마늘 고추 호박 따위의 울안 농사에 불과할 것이다. 채마 등속의 울안 농사 외에 보리니 콩이니 고구마니 하는 것은 순전히 농군을 사대어야만 한다.

칠팔 명의 한 가족이 소작농으로서 일년 계량의 벼를 확보하자면 적어도 삼천 평의 논을 소작하여야 한다. 이삼천 평의 논농사와 보리며 콩 같은 밭농사를 하자면 줄잡아 연인원 이백 명의 농군을 사 대어야 한다. 바로 최근 시세로, 나의 고향에서 농군 한 명에 대하여 점심 저녁 두 때와 술 한 차례 먹이구 무사히 하루 육칠십 원이다. 먹이는 것과 품삯을 치면 이백 명 삯꾼을 대는 데 이만오천 원이 든다. 그 이만 오천 원이 있어야 나는 시골로 가서 농사를 하고 사는 것이다. 옛날 돈으로 이백오십 원이라고 하지만, 나에게는 이만오천 원이 결코 쉬운 돈이 아니다. 그러나마 금년에 이만오천 원의 농자를 들여놓으면, 언제까지고 그것이 밑천으로 살아 있느냐 하면, 아니다. 명년 가서는 또다시 그만한 농자를 들여야 하는 것이다.

농사란 결국, 제 가족이 먹을 것을 제 손만으로 농사할 수 있는 사람—농민만이 하기 마련인 것이었다.

따사한 햇볕이 드리운 마루에서, 다섯 살바기, 세 살바기의 두 어린것이 재깔거리면서 무심히 놀고 있다. 오래도록 어린것들에 가 눈이 멎었던 아내는 한숨을 내쉬면서 말했다.

"정히 서울이 싫구 하시다면, 가 살다 못 살 값이라두 가기가 어려 우리까만 저 어린것들이 가엾잖아요? 쟤네 교육을 어떡하시겠어요? 내명년이면 우선 하날 소학교에 보내야 하는데, 학교까지 십 리 아녜요? 일곱 살바기가 매일 십 리 왕복이 무리지만 그렇게라두 해서 소학교를 마쳐 준다구, 중학 이상은 가량이 없잖아요? 무슨 수에 학자를 대서 서울루든지 공부를 보내게 되진 못할 것이구……."

"……."

"시골서 길러 소학교나 마쳐주구 만다면, 천생 농민인데, 농민이 구태여 나쁠 머리야 없지만, 그래두 천품을 보아 예술 방면으루든 재주가 있는 게 있다면 그 방면으루 발전을 시켜주는 것이 에미 애비 도리가 아녜요?"

"……."

"여보?"

민족의 죄인

"……."

"우린 다 죽은 심 칩시다."

"……."

"죽은 심 치면, 못 참을 건 있으며 못 견딜 건 있어요?"

"……."

"당신, 죄 지셨잖아요? 그 죄, 지신 째 그대루 저생 가시구퍼요?"

아내가 나를 죄인이라 부르기는 처음이었다. 그는 울면서 그 말을 하였다. 나를 죄인이 아니라 여기려고 아니하는 이 낡아빠진 아내가 나는 존경스럽고 고마웠다.

"당신이야 존재가 미미하니깐 이 댐에 민족의 심판을 받지두 못 하실진 몰라두. 가사 받아서 벌을 당한다구 하더래두, 형벌이 죄를 속량해 주는 건 아니잖아요?"

"……."

"이를 악물구 다른 것 다 돌아볼랴 말구서, 저것들 남매 잘 길러 잘 교육시키구 잘 지도하구 해서 바른 사람 노릇 하두룩 남의 앞에 떳떳한 사람 노릇하두룩 해줍시다. 아버지루서, 자식한테 대한 애정으루나 죄인으루서 민족의 다음 세대에다 속죄를 하는 정성으루나."

"……."

"에미 애비의 허물루, 그 어린 자식한테까지 미쳐 가서야, 어린것들을 위해 너무도 슬픈 일이 아녜요?"

"……."

"원고 쓰실려 마세요. 차라리 영리회사 같은 데에 취직이래두 하세요. 것두 싫으시거든, 얼마 동안 집 안에 들앉어 기세요. 내가 방물보퉁이래두 이구 나서리다."

"……."

"……."

"그런 것 저런 것을 모르는 바가 아니오만, 하두 인생이 구차스러 못하겠구려. 구차스럽구, 울분이 도무지 어따 대구 풀 길이 없는 울분이 가슴속에 가 뭉쳐 가지구, 무시루 치달아오르구."

마악 이러고 있을 즈음에, 조카 아이가 퍼뜩 당도하였다. ××서 중학 상급 학년에 다니는, 넷째형의 아들이었다. 조카라지만 정이 자별하여 친자식이나 다름없는 조카였다.

일요일도 아닌데 올라온 연유를 물었더니, 주저하다가 대답이었다.

"아이들이 동맹휴학을 했대요. 전 그래, 거기 들기두 싫구 해서 일 해결될 때꺼정 여기서 공부나 할 양으루……."

"동맹휴학은 어째?"

"선생 배척이래요."

"선생이 어쨌길래?"

"선생 하나가 새루 왔는데, 일정시대 서울 어떤 학교에 있을 적버틈 유명한 친일패였드래요."

"어떻게?"

"창씨 아니한 학생 낙제시키기, 사알살 뒤밟다 조선말 하는 거 붙잡아다 두들겨주기. 저희 학교루 와서두 연성 일본말루다 지껄이구, 머, 여간만 건방진 거 아녜요."

민족의 죄인 171

"그 선생이 적실히 친일파요, 그런 나쁜 짓을 했다는 건 어떻게 알았어?"

"그 학교 댕기던 아이가 몇이 전학을 해왔어요."

"그 애들 말만 듣구?"

"그 애들 말 듣구서, 다시 조살 했대나 봐요."

"그러면……. 너두 인전 나이 스물이요 중학 졸업반이니, 그런 시비곡직은 혼자서 판단할 힘이 있어야 할 거야. 없다면 천치구."

"……."

"그래, 그런 선생을 배척하는 학생 편이 옳으냐, 잘못이냐?"

"학생이 옳아요."

"옳은 줄 알면서, 어째 넌 빠지구 아니 들어?"

"……."

"응?"

"낼 모래가 졸업인데, 공부를 해야 상급 학교 입학 시험을 치죠. 조행에두 관계가 될 껄요."

"이 놈아!"

아이 저는 물론이요, 옆에 앉았던 아내까지두 질겁해 놀라도록 나의 목청은 높았다. 가슴에 뭉친 그 울분의 애꿎은 폭발이었으리라.

"동물들이 동맹휴학이란 비상수단까지 써가면서 옳은 것을 주장하는데, 넌 그것이 번연히 옳은 줄 알면서두 빠져? 공부 좀 밑진다구? 조행에 관계된다구?"

"……."

"저 한 사람 조그만한 이익이나 구차한 안전을 얻자구 옳은 일 못 하는 거, 그거 사람 아냐. 넌 명색이 상급생이지?"

"네."

"반장이지?"

"네."

"아이들이 널 어려워하구, 네가 하는 말을 믿구, 잘 듣구 그랬더라면서?"

"네."

"그래, 더구나 그런 놈이, 네가 나서서 주동을 해야 옳지, 뒤루 슬며시 빠져? 넌 그러니깐 반역행윌 한 놈이야. 그 따위루 못날 테거든, 진작 죽어 이 놈아."

"……"

"옳은 일을 위해 나서서 싸우는 대신 편안하구 무사하구 옳지 못한 길루 가는 놈은, 공부 아니라 뱃속에 육졸 배포했어두 아무짝에두 못 쓰는 법이야."

"……"

"학문은 영웅지여서(英雄之餘事)란 말이 있어. 사람이 잘나야 하구, 학문은 그 다음이니라. 인격이 제일이요, 지식은 둘째니라. 이런 뜻이야. 공부보다도 우선 사람이 되어야 해. 옳은 일을 하기 위해선 불 가운데라두 뛰어들어갈 용기. 옳지 못한 길에는 칼을 겨누면서 핍박을 하더래두 굽히지 않는 절개. 단체를 위한 일이면 개인을 돌아보지 않는 의협. 그런 것이 인격이야. 그러구서야 학문도 필요한 법이야. 알

앉어? 이 놈아."

"네."

"당장 가. 가서 같이 해. 퇴학맞아두 좋다. 금년에 상급 학교 들지 못해두 상관없어."

"네."

"비단 동맹 휴학뿐 아니라, 어델 가 무슨 일에든지 용렬히 굴진 마라. 알았어?"

"네."

기회가 다른 기회요, 단순히 훈계를 하기 위한 훈계였더라면 형식과 방법이 매양 이렇지도 않았을 것이었다.

내가 생각을 하여도 중뿔난 것이었고 빠안히 속을 아는 아내를 보기가 쑥스럽다. 그러나, 그러면서도 한편으로는 무엇인지 모를 속 후련하고, 겸하여 안심되는 것 같은 것이 문득 느껴지고 있음을 나는 스스로 거역할 수가 없었다.

미스터 방

주인과 나그네가 한가지로 술이 거나하니 취하였다. 주인은 미스터 방, 나그네는 주인의 고향 사람 백 주사.

주인 미스터 방은 술이 거나하여 감에 따라, 그렇지 않아도 이지음 의기 자못 양양한 참인데 거기다 술까지 들어간 판이고 보니 가뜩이나 기운이 불끈불끈 솟고, 하늘이 바로 돈짝만한 것 같은 모양이었다.

"내참, 머 흰말이 아니라 참 거칠 것 없어, 거칠 것. 흥, 어느 눔이 날 뭐라구 허며, 날 괄시헐 눔이 어딨어 지끔 이 천지에. 흥, 참 어림없지 어림없어."

누가 옆에서 저를 무어라고를 하며 괄시를 한단 말인지, 공연히 연방 그 툭 나온 눈방울을 부리부리, 왼편으로 삼십 도는 넉넉히 삐틀어진 코를 벌심벌심해 가면서 그래 쌓는 것이었었다.

"내참, 이래봬두, 응 동양 삼국 물 다 먹어본 방삼복이우. 청얼(淸語) 뭇허나, 일얼 뭇허나, 영어야 뭐 말할 것두 없구……."

하다가 생각난 듯이 맥주 컵을 들어, 벌컥벌컥 단숨에 다 마신다. 그러고는 시꺼먼 손등으로 입술을 쓱, 손가락으로 김치쪽을 늘럼 한 점 그러든 버릇이 미스터 방이요, 신사요, 방 선생으로도 불려지는 시방도 무심중 절로 나와 손등으로 입술의 맥주 거품을 쓱 씻고, 손가락으로 나조기 한 점을 집어다 으득으득 씹는다.

"술은 참 맥주가 술입넨다……."

어느 놈이 만일 무어라고 시비를 하거나 괄시를 한다면 당장 그 나조기를 씹듯이 으득으득 잡어 씹기라도 할 듯이 괄괄하던 결기가, 그러다 별안간 어디로 가고서 이번엔 맥주 추앙이 나오든 것이다.

"술두 미국 사람네가 문명했죠. 죠선 사람은 아직두 멀었어."

"멀구말구. 아직두 멀었지."

쥐 상호의 대초씨만한 얼골에 앙상한 노랑 수염 백 주사가 병을 들어 주인의 빈 컵에다 따르면서, 그렇게 맞장구를 쳐 보비위를 한다.

"아, 백상두 좀 드슈."

"난 과해."

"괘애니 그리셔. 백상 주량을 다아 아는데. 만난 진 오랐어두."

"다아 젊었을 쩍 말이지, 지금은……."

"올에 참 몇이시지?"

"갑술생 마흔여덟 아닌가!"

"그럼 나버담 열한 살 위시군, 그래두 백상은 안 늙으신 심야. 허허

허허."

"안 늙는 게 다 무언가. 머리 신 걸 보게!"

"건 조백이시지."

백 주사는 흔연히 수작을 하면서 내색은 아니하나, 어심엔 미스터 방이 괘씸하기 짝이 없었다.

향리의 예법으로, 십 년 장이면 절하고 뵈어야 한다. 무릎 꿇고 앉아야 하고, 말은 깍듯이 공대를 해야 한다. 그 앞에서 주초(酒草)가 당치 않고, 만부득이한 경우면 모로 앉아 잔을 마셔야 한다. 그런 것을 마치 제 연갑 친구나 타관 나그네게나 하는 것처럼, 백상이니 술 드슈, 조백이시지, 하고 말버릇이 고약해, 발 개키고 앉아서 정면하고 술을 먹어, 담배 뻐끔 피워, 이런 괘씸할 도리가 없었다.

또 나이도 나이려니와, 문벌이나 지체를 가지고 논한다면 이건 도저히 용서할 수 없는 일이었다.

이래 보여도 나는 3대조가 진사를 하였고(그 첩지가 시방도 버젓이 있다), 5대조가 호조 판서를 지냈고(족보에 그렇게 분명히 올라 있다), 7대조가 영의정을 지냈고(역시 족보에 그렇게 분명히 올라 있다) 이런 명문 거족의 집안이었다. 또 내 12촌이 ××군수요, 그 12촌의 아들이 만주국 ××현 ××촌 촌장이요 하였다. 또 그리고 시방은 원수의 독립인지 막덕인지 때문에, 다 그렇게 되었다지만, 아무튼 두 달 전까지도 어느 놈 그 앞에서 기침 한 번 크게 못하던 백 부장—훈 8등에 ××경찰서 경제계 주임이던 백 부장의 어르신네, 이 백 주사가 아닌가. 두 달 전 그때만 같았어도,

미스터 방 177

"이 놈!"

하고 호통을 하여, 당장 물고를 내련만 그 좋은 세상이 어디로 가고 이 지경이란 말인지 몰랐다.

하여튼 그만치나 혼란스런 백 주사에다 대면 미스터 방의 근지야 아주 보잘것이 없었다.

미스터 방의 증조가 타관에서 떠들어온 명색 없는 사람이었다. 그 조부가 고을의 아전을 다녔다. 그 애비가 짚신 장수였다. 70에 고로롱 고로롱 아직도 살아 있지만, 시방도 짚신 곱게 삼기로 고을에서 첫째가는 방 첨지가 바로 그였다. 그리고 이 방삼복이는…….

먹고 자고 꿍꿍 일하고, 자식새끼 만들고 할 줄밖에는 모르는 상일꾼[農夫]이었다. 그러나마 삼십을 바라보도록 남의 집 머슴살이로, 이집 저집 살고 다니는 코뻬투리 삼복이었다. 물론 낫 놓고 기역자도 못 그리는 판무식이었다.

상일꾼일 바엔, 남의 세토(貰土;小作) 마지기라도 얻어 제 농사를 짓는 것이 아니라, 삼십을 바라보도록 남의 집 머슴살이만 하고 다니는 코뻬투리 삼복이가 하루아침 무슨 생각이 났던지, 돈벌이를 간답시고 조석이 간데없는 부모에게다 처자식 떠맡기고는, 훌쩍 일본으로 떠나 버렸다. 그것이 열두 해 전.

떠난 지 칠팔 년을 별반 신통한 벌이도 못하는지, 돈 한 푼 보내는 싹도 없더니, 하루는 느닷없이 중국 상해에 와있노라 기별이 전해져 왔다. 그러고는 감감 소식이 없다가, 삼 년 만에 푸뜩 고향엘 돌아왔다. 십여 년을 저의 말마따나 동양 삼국 물 골고루 먹고 다녔으면서,

별로히 때가 벗은 것도 없어 보이고, 행색은 해어진 양복 누데기에 볼 꿰어진 구두짝을 꿰고 들어서는 모양이, 군데군데 깁질은 하였으나 빨아 대린 미명 고의적삼을 입고 고향을 떠날 적보다 차라리 초라한 것 같았다.

늙은 에미 애비와 젊은 가속이 뼈품으로 버는 것을 얻어먹으며 굶으며 하면서 한 일 년 빈둥거리고 놀더니, 저으기 회심이 들었는지 이번엔 처자식 데리고 서울로 올라왔다.

서울로 올라와서는 현저동 비탈의 다 찌부러진 행랑방을 얻어 살면서, 처음 1년은 용산 있는 연합군 포로 수용소엘 다니며 입에 풀칠을 하였고 ― 이 동안 그는 상해에서 귀로 익힌 토막 영어가 조금 더 진보되었고.

다시 일이 년은 그것 역시 상해에서 익힌 것을 밑천삼아, 구두 직공으로 구둣방엘 다니며 그럭저럭 살았고. 그러다 일본이 싸움에 지느라고, 구두를 너무 해트려 가죽이 동이 나서 구둣방이 너나없이 문을 닫는 바람에, 할 수 없이 이번엔 궤짝 한 개 짊어지고 신기료 장수로 나서고 말았다.

골목골목 돌아다니며, 혹은 종로 복판의 행길에 가 앉아 신기료 장수를 하자니 자연 서울 온 고향 사람의 눈에 종종 뜨일밖에. 소식이 고향에 퍼지자, 누구 한 사람 칭찬은 없고 제마다 빈정거리는 소리뿐이었다.

"일본으로 청국으로 십여 년 타국 바람 쏘이고 온 놈이, 겨우 고거야?"

"부전자전이로구먼. 아범은 짚신 장수, 자식은 구두 깁는 장수."

"아마 신발 명당에다 무덤을 썼든감."

이렇듯 근지는 미천하고 속에 든 것 없고, 가랑이가 찢어지게 가난하고, 생화(生貨)라는 것이 고작 거리에 앉아 오는 사람 가는 사람 해어지고 고린내 나는 구두짝 꼬매어주고 징 박아주고 닦아주고 하는 천업이고 하든, 그 코삐투리 삼복이었었다.

'흥, 개구리가 올챙이 적을 못 생각한다더니. 발칙한 놈. 고현 놈.'

백 주사는 생각하자니 속으로 이렇게 분개스럽지 않을 수가 없었다.

그러나 일변으로는, 그러든 코삐투리 삼복이가, 그야말로 선영이 명당엘 들었단 말인지 무슨 조화를 지녔단 말인지 불과 몇 달 지간에 이렇게 훌륭히 되고 부자가 되고, 믿씨다 방인지 구리다 방인지가 되고 하여 가지고는 갖은 호강 다 하며 천하에 무설 것이 없고, 기강이 나서 막 이러니 한편 생각하면 신기하기도 하고 부럽기도 하고 또한 안타깝기도 하였다.

'사람의 운수란 참 모를 일이야.'

코삐투리 삼복의, 이 눈부신 발전은 그러나 백 주사가 희한히 여기는 것처럼 무슨 명당 바람이 났다거나 조화를 지녔다거나 그런 신기한 곡절이 있는 바가 아니요, 지극히 간단하고도 수월한 것이었었다. 다못, 몸에 지닌 재주 가운데 총기가 좀 좋아서 일찍이 영어 마디나 익힌 것을 잊어버리지 아니하였다는, 일종의 특수조건이 없든 바는 아니지만.

1945년 8월 15일, 역사적인 감격의 날.

이날도 신기료 장수 방삼복은 종로의 공원 건너편 응달에 앉아서, 구둣징을 박으면서, 해방의 날을 맞이하였다. 그러나 삼복은 감격한 줄도 기쁜 줄도 모르겠었다. 지나가는 행인이, 서로 모르던 사람끼리면서 덥쑥 서로 껴안고 기뻐하고 눈물을 흘리고 하는 것이 삼복은 속을 모르겠고, 차라리 쑥스러워 보일 따름이었다. 몰려드는 군중이 오히려 성가시고, 만세 소리가 귀가 아파 이맛살이 지푸려질 지경이었다.

몰켜다니고, 만세를 부르고 하기에 미쳐 날뛰느라고 정신이 없어 손님이 없어 손님이 부쩍 줄었다.

"우랄질! 독립이 배부른가?"

이렇게 그는 두런거리면서 반감이 솟았다.

이삼 일 지나면서부터야 삼복에게도 삼복에게다운 해방의 혜택이 나뉘어졌다.

십 전이나 십오 전에 박아주던 징을, 오십 전을 받아도 눈을 부라리는 순사를 볼 수가 없었다. 순사가 없어졌다면야 활개를 처가면서 무슨 짓을 하여도 상관이 없고 무서울 것이 없던 것이었었다.

"옳아, 그렇다면 독립도 할 만한 건가 보다."

삼복은 징 열 개를 박아주고 오 원을 받아 넣으면서 이렇게 속으로 중얼거리기까지 하였다.

그러나 며칠이 못 가서 삼복은 다시금 해방을 저주하여야 하였다. 삼복이 저 혼자만 돈을 더 받으며 더 받아 상관이 없는 것이 아니라,

첫째 도가(都家)들이 제 맘대로 재료값을 올리던 것이었다. 징, 가죽, 고무, 실, 모두가 다섯 곱 열 곱 비싸졌다. 그러니 신기료 장수는 손님한테 아무리 비싸게 받는댔자, 재료를 비싼 값으로 사야 하니 결국 도가만 살찌울 뿐이지, 소득은 전과 크게 다를 것이 없었다.

"이런 옘병헐! 그 놈에 경제겐 다 어디루 가 뒈졌어. 독립은 우라진다구 독립을 헌담."

석양 때 신기료 궤짝을 어깨에 멘 채 홧김에 막걸리청으로 들어가, 서너 사발 들이켜고는 그는 이렇게 게걸거렸다.

그럭저럭 9월도 열흘이 되고, 서울 거리에는 미국 병정이 꽃마차와 함께 그윽히 퍼졌다.

그 미국 병정들이, 거리를 구경하면서 혹은 물건은 사려면서 말이 서로 통하지를 못하여 답답해하는 양을 보고 삼복은 무릎을 탁 쳤다.

그러나 슬플진저 땟국과 땀에 찌들은 이 누더기를 걸치고는 가망이 없을 말이었다.

'무슨 도리가 없을까?'

반일을 궁리를 하다가 정오 때에야 한 줄기 서광을 얻었다.

총총히 집으로 돌아가 마누라를 시켜 구두 고치는 연장 일습과, 재료 남은 것에다, 이불이며 헌옷가지 해서 한 짐을 동네 아는 가게에다 맡기고는 한 달 기한으로 돈 백 원을 서푼변으로 취해 오게 하였다.

그 돈 백 원을 가지고, 삼복은 흔한 넝마전으로 가서, 백 원 돈이 꼭 차는 한도까지에 양복이란 명색 한 벌과 모자를 샀다. 신발은 부득이 안방 사람의 병정 구두 사신은 것을 이 다음 창갈이를 거저 해주겠다는 조건으로, 닷새만 제 것과 바꾸어 신기로 하였다.

이튿날 아침 느지감치, 새로 장만한 헌양복 헌모자에 헌구두로써 궤짝 멘 신기료 장수보다는 제법 말쑥하여진 차림을 차리고 마악 나서려는데, 간밤부터 통통 부어 가지고는 시중도 말대꾸도 잘 아니하던 애꾸쟁이 마누라가 와락 양복 뒷자락을 움켜쥐고 늘어진다.

"바른 대루 대요."

"이게 별안간 미쳤나?"

"요 망난아, 반해 가지고 이럭허구 찾아가는 고년이 어떤 년야? 응?"

"속을 모르거든 밥값을 내지 말랬어, 요 맹추야."

"날 죽이구 가지, 거전 못 가."

"이 년아, 너 이랬단, 내 인제 돈 벌문 중말 첩 얻는다."

"오오냐 잘한다. 날 죽여라, 날……."

"아, 이 우라 주리땔 앵길 년이……."

한주먹 보기 좋게 갈겨 넘어뜨리고는 찌부러진 오두막집을 나서, 종로로 향을 잡았다.

노예도 노예 이전이면 상전을 선택할 자유를 가지는 수도 있다고.

삼복은 종로서 전차를 내려 동쪽으로 천천히 걸으면서 물색을 하였다. 생김새가 맘씨 좋아 보이고, 여니 병정이 아니라 장교쯤 가는 이라야 할 것이었다.

청년회관 앞에서 담뱃대를 사고 있는 하나가, 몸집이 부대하고 여니 병정은 아닌 듯하고 얼굴이 자못 선량하여 보이는 게, 선뜻 마음에 들었다. 구경하는 체하고 넌지시 그 옆으로 가 섰다.

  미국 장교는 담뱃대를 집어들고 기물스러하면서 연방 들여다보다가 값이 얼마냐고,

  "하우 머취? 하우 머취?"

하고 묻는다.

  담뱃대 장수 영감은, 30원이라고 소리만 지른다.

  알아들을 택이 없어, 고개를 깨웃거리면서 다시금 하우 머취만 찾는 것을 기회 좋을시고라고 삼복이가 나직이,

  "써티 원."

하여 주었다.

  핵 돌려다보더니,

  "오오, 캔 유 스피크?"

하면서, 사뭇 끌어안을 듯이 반가워하는 양이라니. 아스라지도록 손을 잡고 흔드는 데는 질색할 뻔하였다.

  직업이 있느냐고 물었다. 방금 실직하였노라고 대답하였다.

  그럼 내 통역이 되어주겠느냐고 물었다. 그러겠노라고 대답하였다.

  이 자리에서, 신기료 장수 코삐투리 삼복은 미스터 방으로 승차를 하여, S라는 미군 주둔군 소위의 통역이 되었다. 주급 십오 불—이백십 원 가량의.

  거진 매일같이 미스터 방은 S소위를, 낮에는 거리의 구경으로 밤이면 계집 있는 술집으로 인도하였다.

한 번은 탑골 공원의 사리탑을 구경하면서, 얼마나 오랜 것이냐고, S소위가 물었다. 미스터 방은 언젠가 수천 년 된 것이란 말을 들었기 때문에, 투우 따우샌드 이얼스라고 대답하였다.

또 한 번은, 경회루를 구경하면서 무엇하던 건물이냐고 물었다. 미스터 방은 서슴지 않고,

"킹 듀링크 와인 앤드 딴쓰 앤드 씽, 위드 땐써!"

라고 대답하였다. 임금이 기생 데리고 술 마시고, 춤추고, 노래 부르고 하던 집이란 뜻이었다.

내가 보기엔 조선 여자의 옷이 퍽 아름다웁고 점잖스럽던데, 어째서 양장들을 하는지 모르겠다고 S소위가 물었다. 미스터 방은, 여자들이 서양 사람한테로 시집을 가고파서 그런다고 대답하였다.

서울역을 비롯하여 거리에 분뇨가 범람한 것을 보고, 혹시 조선 가옥에는 변소가 없느냐고 S소위가 물었다. 미스터 방은, 있기야 집집마다 다 있느니라고 대답하였다.

썩 좋은 조선 그림을 한 장 사고 싶다고 하여서, 문지방 위에다 흔히들 붙이는 사슴이 불로초를 물고, 신선이 앉았고 한 것을 5원에 한 장 사주었다.

제일 재미있고 유명한 소설이 무엇이냐고 물어서 『추월색』이라고 대답하였고, 그럼 그것을 한 권 사고 싶다고 하여서, 여러 날 사러 다니다 못해 동네 노마네 집의 치를 이 원에 사주었다. 이 밖에도 미스터 방은 S소위에게 조선을 소개한 공로가 여러 가지로 많으나, 대강은 그러하였다.

그 공로에 정비례해서, 미스터 방은 나날이 훌륭하여져 갔다. 8·15 이전에 어떤 은행의 중역의 사택이라던 지금의 이 집으로, 현저동 그 집에서 옮아오기는, S소위의 통역이 되는 사흘 후였었다. 위아래층을 다, 양식 절반 일본식 절반으로 꾸민 호화스런 저택이었다. 정원엔 때 마침 단풍과 가을 화초가 아름다웠고, 연못에선 잉어가 뛰놀고 하였다.

시방 주객이 앉아 술을 마시는 방은 앞은 노대가 딸리고 햇볕 잘 들고 밝아서 여러 방 가운데 제일 좋은 방이었다. 그러나 방 안에는 그림 한 장 붙어 있는 바 아니요, 방에 알맞은 가구 한 벌 놓여 있는 바 아니요, 단지 방일 따름이어서 싱겁게 넓기만 하였다. 그렇지만 미스터 방은 실내의 장식 같은 것쯤 그다지 관심을 가질 줄을 아직은 몰랐다.

처음엔 식모를 두었다. 그 다음엔 침모를 두었다. 그 다음엔 손심부름할 계집아이를 두었다.

하루에도 방 선생을 찾는 이가 여러 패씩 있었다. 그들의 대개는 자동차를 타고 오고, 인력거짜리도 혼치 않았다. 그렇게 찾아오는 그들은 결단코 빈 손으로 오는 법이 드물었다. 좋은 양과자 상자 밑바닥에는 으레껏 따로이 뿌듯한 봉투가 들었곤 하였다.

미스터 방의, 신기료 장수 코삐투리 삼복이로부터의 발전경로란 이렇듯 심히 간단하고 순조로운 것이었었다.

주인 미스터 방이 백 주사의 컵에다 술을 따르려고 병을 집어들다

가,

"오오이, 기미꼬오!"

하고 아래층으로 대고 부른다.

"심부럼 갔어요."

애꾸쟁이 마누라의 꼬챙이 같은 대답.

"안주 어떻게 됐어?"

"글쎄, 안주 시키러 갔어요."

"중종 있지?"

"……"

층계 밟는 소리가 나더니, 퍼머한 머리가 나오고 좁디좁은 이마에 이어서 애꾸눈이 나오고 분바른 얼굴이 나오고 원피스 입은 커다란 젖통의 가슴이 나오고 마지막 비단 양말 신은 두리기둥 같은 두 다리가 나오고 한다.

"서 주사가 이거 두구 갑디다."

들고 올라온 각봉투 한 장을 남편에게 건네준다.

"어디?"

그러면서 받아 봉을 뜯는다. 소절수 한 장이 나온다. 액면 만 원짜리다.

미스터 방은 성을 벌컥 내면서,

"겨우 돈 만 원야?"

하고 소절수를 다다미 바닥에다 홱 내던진다.

"내가 알우?"

"우라질 자식, 어디 보자. 그래 전 걸 10만 원에 불하 맡아다 백만 원 하난 냉겨 먹을 테문서, 그래 겨우 돈 만 원야? 옘병헐 자식, 내가 엠피(MP)한테 말 한마디문 어느 지경 갈지 모를 줄 모르구서."

"정종으루 가져와요?"

"내 말 한마디에, 죽을 눔이 살아나구 살 눔이 죽구 허는 줄을 모르구서. 흥, 이 자식 경 좀 쳐봐라……. 증종 따끈허게 데와. 날두 산산허구 허니."

새로이 안주가 오고, 따끈한 정종으로 술이 몇 잔 더 오락가락 하고 나서였다.

백 주사는 마침내 진작부터 벼르던 이야기를 꺼내었다.

백 주사의 아들 백선봉은, 순사 임명장을 받아 쥐면서부터 시작하여 8·15 그 전날까지 칠 년 동안 세 곳 주재소와 두 곳 경찰서를 전근하여 다니면서, 이백 석 추수의 토지와 만 원짜리 저금통장과 만 원 에치가 넘는 옷이며 비단과 역시 만 원어치가 넘는 여편네의 패물과를 장만하였다.

남들은 주린 창자를 졸라맬 때 그의 광에는 옥 같은 정백미가 몇 가마니씩 쌓였고, 반년 1년을 남들은 구경도 못하는 고기와 생선이 끼니마다 상에 오르지 않는 날이 없었다.

××경찰서의 경제계 주임으로 있던 마지막 이 년 동안은 더욱 더 호화판이었다. 8·15 그날 밤, 군중이 그의 집을 습격하였을 때에 쏟아져 나온 물건이 쌀말고도

광목 여섯 통

고무신 스물세 켤레

지까다비 여덟 켤레

빨랫비누 세 궤짝

양말 오십 타

정종 열세 병

설탕 한 부대.

이렇게였더란다. 만 원어치 여편네의 패물과, 만 원어치의 옷감이며 비단과, 만 원짜리 저금통장은 고만두고 말이었다.

물건 하나 없이 죄다 빼앗기고, 집과 세간은 쪼각도 못 쓰게 산산다 부시고, 백선봉은 팔이 부러지고, 첩은 머리가 절반이나 뽑히고, 겨우겨우 목숨만 살아 본집으로 도망해 왔다.

일변 고을에서는 백 주사가, 자식이 그런 짓을 해서 산 토지를 가지고 동네 사람한테 거만히 굴고 작인들한테 8할 가까운 도지를 받고 고리대금을 하고 하였대서, 백선봉이 도망해 와 눕는 그날 밤, 그의 본집인 백 주사의 집을 습격하였다.

집과 세간 죄다 부시고, 백선봉이 보낸 통제배급물자 숱한 것 죄다 빼앗기고, 가족들은 죽을 매를 맞고, 백선봉은 처가로 백 주사는 서울로 각기 피신하여 목숨만 우선 보전하였다.

백 주사는 비싼 여관밥을 사먹으면서, 울적히 거리를 오락가락 어떻게 하면 이 분풀이를 할까, 어떻게 하면 빼앗긴 돈과 물건을 도로 다 찾을까 하고 궁리를 하던 것이나 아무런 묘책도 없었다.

그러자 오늘은 우연히 이 미스터 방을 만났다. 종로를 지향없이 거니는데, 지나던 자동차가 스르르 멈추면서 서양 사람과 같이 탔던 신사 양반 하나가 내려서더니 어쩌다 눈이 마주치자,

"아, 백 주사 아니신가요?"

하고 반기는 것이었었다.

자세히 보니, 무어 길바닥에서 신기료 장수를 한다던 코삐투리 삼복이가 분명하였다.

"자네가 저, 저, 방, 방……."

"네, 삼복입니다."

"아, 건데 자네가……."

"허, 살 때가 됐답니다."

그러고는 내 집으루 갑시다, 하고 잡아끄는 대로 끌려온 것이었었다.

의표하며, 집하며, 식모에 침모에 계집 하인까지 부리면서 사는 거 하며, 신수가 훤히 트여 가지고 말도 제법 의젓해진 것 같은 것이며, 진소위 개천에서 용이 났다고 할 것인지.

옛날의 영화가 꿈이 되고, 일조에 몰락하여 가뜩이나 초상집 개처럼 초라한 자기가 또 한 번 어깨가 옴츠라듦을 느끼지 아니치 못하였다. 그런데다 이 녀석이 언제 적 저라고 무엄스럽게 굴어 심히 불쾌하였고, 그래서 엔간치 자리를 털고 일어설 생각이 몇 번이나 나지 아니한 것도 아니었었다. 그러나 참았다.

보아하니 큰 세도를 부리는 것이 분명하였다. 잘만 하면 그 힘을 빌

어, 분풀이와 빼앗긴 재물을 도로 찾을 여망이 있을 듯싶었다. 분풀이를 하고 더구나 재물을 도로 찾고 하는 것이라면야, 코삐투리 삼복이는 말고, 기보다 더한 놈한테라도 머리 숙이는 것쯤 상관할 바 아니었다

"그러니, 여보게 밋씨다 방……."

있는 말 없는 말 보태가며 일장 경과 설명을 한 후에, 백 주사는 끝을 맺기를,

"어쨌든지 그 놈들을 말이네. 그 놈들을 한 놈 냉기지 말구섬 죄다 붙잡아다가 말이네. 괴수놈들일랑 목을 썰어 죽이구, 다른 놈들일랑 뼉다구가 부러지두룩 두들겨 주구. 꿇어앉히구 항복받구. 그리고 빼앗긴 것 일일이 도루 다 찾구. 집허구 세간 처부신 것 말끔 다 물리구……. 그렇게만 해준다면, 내, 내 재산 절반 노나줌세, 절반. 응, 여보게 밋씨다 방."

"염려 마슈."

미스터 방의 선뜻 쾌한 대답이었다.

"진정인가?"

"머, 지금 당장이래두 내 입 한 번만 떨어진다 치면, 기관총 들멘 엠피가 백 명이구 천 명이구 들끓어 내려가서, 들이 쑥밭을 만들어 놉니다, 쑥밭을."

"고마우이!"

백 주사는 복수하여지는 광경을 선히 연상하면서 미스터 방의 손목

을 덥석 잡는다.

"백골난망이겠네."

"눔들을 깡그리 죽여놀 테니, 보슈."

"자네라면야 어련하겠나."

"흰말이 아니라 참, 이승만 박사두 내 말 한마디면 고만 다 제바리 유."

미스터 방은 그러고는 냉수 그릇을 집어 한 모금 물고 꿀쩍꿀쩍 양치를 한다. 웬 버릇인지, 하여간 그는 미스터 방이 된 뒤로 술을 먹으면서 양치하는 버릇이 생겼었다.

양치한 물을 처치하려고 휘휘 둘러보다 일어서서 노대로 성큼성큼 나간다. 노대는 현관 정통 위였다.

미스터 방이 그 걸죽한 양칫물을 노대 아래로 아낌없이 좍 뱉는 바로 그 순간이었다. 그 순간이 공교롭게도 마침 그를 찾으러 온 S소위가, 현관으로 일단 들어서려다 말고(미스터 방이 노대로 나오는 기척이 들렸기 때문에) 뒤로 서너 걸음 도로 물러나,

"헬로!"

부르면서, 웃는 얼굴을 쳐드는 순간과 그만 일치가 되었었다.

"에구머니!"

놀라, 질겁을 하였으니 이미 뱉어진 양칫물은 퀴퀴한 내음새와 더불어 백절폭포로 내라쏟아져 웃으면서 쳐드는 S소위의 얼굴 정통에가 좌르르.

"유 떼빌!"

이 기급할 자식이라고 S소위는 주먹질을 하면서 고함을 질렀고, 그 주먹이 쳐든 채 그대로 있다가, 일변 허둥지둥 버선발로 뛰쳐나와 손바닥을 싹싹 비비는 미스터 방의 턱을,
　"상놈의 자식!"
하면서 철퍽, 어퍼커트로 한 대 갈겼더라고.

이효석

/ 도시와 유령 / 노령 근해 / 오리온과 임금^{林檎} / 해바라기 /

> 봉투 속에서 나온 것은 몇 개의 까무잡잡한 돌멩이였다.
> 내 눈으로는 알 바도 없으나 납덩어리같이 윤택도 아무것도 없이
> 다만 은은하고 굳은 무게만을 가지고 있는 그것이 딴은 그 무슨
> 귀중한 뜻을 가지고 있으려니는 막연하나마 짐작되었다.
> 그의 흉내를 내서 나도 한 개를 집어 들고는
> 멋도 모르면서도 이모저모 살피기 시작했다.
>
> 〈「해바라기」 중에서〉

도시와 유령

어슴푸레한 저녁, 몇 리를 걸어도 사람의 그림자 하나 찾아볼 수 없는 무인지경인 산골짝 비탈길, 여우의 밥이 다 되어 버린 해골덩이가 똘똘 구르는 무덤 옆, 혹은 비가 축축이 뿌리는 버덩의 다 쓰러져 가는 물레방앗간, 또 혹은 몇백 년이나 묵은 듯한 우중충한 늪가!

거기에는 흔히 도깨비나 귀신이 나타난다 한다. 그럴 것이다. 고요하고, 축축하고, 우중충하고, 그리고 그것이 정칙일 것이다. 그러나 나는 아직도 그런 곳에서 그런 것을 본 적은 없다. 따라서 그런 것에 관하여서는 아무 지식도 가지지 못하였다. 하나 나는—자랑이 아니라—더 놀라운 유령을 보았다. 그리고 그것이 적어도 문명의 도시인 서울이니 놀랍단 말이다. 나는 그래도 문명을 자랑하는 서울에서 유령을 목격하였다. 거짓말이라구? 아니다. 거짓말도 아니고 환영도 아니었다. 세상 사람이 말하여 '유령'이라는 것을 나는 이 두 눈을 가지고 확실히 보았다.
  어떻든 길게 말할 것 없이 다음 이야기를 읽으면 알 것이다.

  동대문 밖에 상업학교가 가제(假製)될 무렵이었다. 나는 날마다 학교 집터에 미장이로 다니면서 일을 하였다. 남과 같이 버젓하게 일정한 노동을 못 하고 밤낮 뜨내기 벌이꾼으로밖에는 돌아다니지 못하는 나에게는 그래도 몇 달 동안은 입에 풀칠을 할 수 있었다. 마는 과격한 노동이었다. 그러므로 하루라도 쉬어 본 일은커녕 한 번이라도 늦게 가본 적도 없었다. 원수같이 지글지글 타내리는 여름 태양 아래에서 이른 아침부터 저녁때까지 감독의 말 한마디 거스르는 법 없이 고분고분히 일을 하였다. 체로 모래를 쳐라, 불 같은 태양 아래에 새까맣게 타는 석탄으로 '노리'를 끓여라, 시멘트에다 모래를 섞어라, 그것을 노리로 반죽하여라 하여 쉴새 없는 기계같이 휘몰아쳤다. 그 열매인지 선물인지는 알 수 없으나 우리들이 다지는 시멘트가 몇백 간의 벌집 같은 방으로 변하고 친구들의 쨍쨍 울리는 끌소리가 여러 층의 웅장한 건축으로 변함을 볼 때에 미상불 우리의 위대한 힘을 또 한 번 자랑하지 않을 수 없었다—어리석은 미련둥이들이라⋯⋯(원문 탈라)⋯⋯어떻든 콧구멍이 다 턱턱 막히는 시멘트 가루를 전신에 보얗게 뒤집어쓰고 매캐한 노린 냄새와 더구나 전신을 한바탕 쭉 씻어내리는 땀 냄새를 맡으면서 온종일 들볶이치고 나면 저녁물에는 정말이지 전신이 나른하였다. 그래도 집안 식구들을 생각하고 끼닛거리를 생각하면 마지막 힘이 났다. 일을 마치고 정신을 가다듬어 가지고 일인 감독의 집으로 간다. 삯전을 얻어 가지고 그 길로 바로 술집에 가서 한잔 빨고 나면 그제야 겨우 제 세상인 듯싶었던 것이다.

술! 사실 술처럼 고마운 것은 없었다. 버쩍버쩍 상하는 속, 말할 수 없는 피로를 잠시라도 잊게 하는 것은 그래도 술의 힘이었다.

그날도 나는 술김에 얼근하였었다. 다른 때와 같이 역시 맨 꽁무니에 떨어진 김 서방과 나는 삯전을 받아들고 나서자마자 행길 옆 술집에서 만판 먹어댔다.

술집을 나와 보니 벌써 밤은 꽤 저물었었다. 잠을 자도 한잠 느러지게 잤을 판이었다. 잠이라니 말이지 종일 피곤하였던 판에 주기조차 돌아놓으니 사실이지 글자대로 눈이 스르르 내리감겼다. 김 서방과 나는 즉시 잠자리로 향하였다.

잠자리라니 보들보들한 아름다운 계집이 기다리고 있는 분홍 모기장 속 두툼한 요 위인 줄은 알지 말아라. 그렇다고 어둠침침한 행랑방으로 알라는 것도 아니다. 비록 빈대에는 뜯길망정 어둠침침한 행랑방 하나 나에게는 없었다. 단지 내 몸뚱이 하나인 나는 서울 안을 못 돌아다닐 데 없이 돌아다니면서 노숙(露宿)을 하였던 것이다.(그래도 그것이 여름이었으니 말이지 겨울이었던들 꼼짝없이 얼어죽었을 것이다.) 따라서 세상에 못 볼 것을 다 보고 겪어 왔었다. 참말이지 별별 야릇하고 말 못할 일이 많았다. 여기에 쓰는 이야기 같은 것은 말하자면 그 중에서 가장 온당한 이야기의 하나에 지나지 못한다.

어떻든 김 서방―도 이미 늦었으니 행랑 구석에 가서 빈대에게 뜯기는 것보다는 오히려 노숙하기를 좋아하였다 — 과 나는 도수장(屠獸場)께를 지나서 동묘 앞까지 갔었다.

어느 결엔지 가는 비가 보실보실 뿌리기 시작하였다. 축축한 어둠 속에 칙칙한 동묘가 그 윤곽을 감추고 있었다. 사방은 고요하였다.

"이 놈들 게 있거라!"

별안간에 땅에서 솟은 듯이 이런 음성이 들렸다. 나는 깜짝 놀라는 대신에 빙긋 웃었다.

"이래보여두 한여름 동안을 이런 데루 댕기면서 잠자는 놈이다. 그렇게 쉽게 놀라겠니."

하는 담찬 소리를 남겨 놓고 동묘 대문께로 갔다. 예기한 바와 다름없이 거기에는 벌써 우리 따위의 친구들이 잠자리를 차지하고 있었다. 그래도 꽤 넓은 대문간이지만 그 속에 그득하게 고기새끼 모양으로 오르르 차 있었다. 이리로 눕고 저리로 눕고 허리를 베고 발치에 코를 박고 드르렁드르렁 코를 골고.

"이 놈들 게 있거라!"

"아이그, 그 년……."

"이런 경칠 자식 보게."

엎치락뒤치락 연해 연방 잠꼬대 소리가 뒤를 이었다. 그러면 이쪽에서는,

"술맛 좋다!"

하고 입맛을 쩍쩍 다시는 사람도 있었다. 그 바람에 나도 끌려서 어느 결에 쩍쩍 다시려던 입을 꾹 다물어 버리고 나는 어이가 없어 웃으면

서 김 서방을 둘러보았다.

"어떡하려나?"

"가세!"

"가다니?"

"아 아무 데래두 가 자야지."

김 서방 역시 웃으면서 두 손으로 졸린 눈을 비볐다.

"이 세상에선 빠른 게 첫째야, 이 잠자리두 이젠 세가 나네그려, 허허허."

하면서 발꿈치를 돌리려 할 때이다. 나는 으레 닫혀 있어야 할 동묘 안으로 통한 문이 어쩐 일인지 반쯤 열려 있는 것을 발견하였다. 나는 앞선 김 서방의 어깨를 탁 쳤다.

"여보게, 저리로 들어가세."

"어디루 말인가?"

김 서방은 시원치 않은 듯이 역시 눈만 비볐다.

"저 안으로 말야. 지금 가면 어딜 간단 말인가. 아무 데래두 쓰러져 한잠 자면 됐지."

"그래두."

"머, 고지기한테 들킬까 봐 말인가? 상관 있나 그까짓 거 낼 식전에 일찍이 달아나면 그만이지."

그래도 시원치 않은 듯이 머리를 긁는 김 서방의 등을 밀치면서 나는 안으로 들어갔다. 중문턱까지 들어서니 더 한층 고요하였다. 여러 해 동안 버려 두었던 빈 집터같이 어둠 속으로 보아도 한 길이 넘는 잡풀이 숲 속 같이 우거져 있고 낮에 보아도 칙칙한 단청이 어둠에 물들어 더 한층 우중충하고 게다가 비에 젖어서 말할 수 없이 구중중한 느낌을 주었다. 똑바로 말이지 청 안에 안치한 그림 속에서 무서운 장사가 뛰어 내닫지나 않을까 하고 생각할 때에 머리끝이 쭈뼛하여지는 것을 어찌할 수 없었다.

거진 옷을 적실 만하게 된 빗발을 피하여 앞뜰을 지나 넓은 처마 밑에 이르렀다. 그 자리에 그대로 푹 주저앉아 겨우 안심한 듯이 숨을 내쉬었다.

그때였다.

"에그, 저게 뭔가 이 사람!"

김 서방은 선뜻 나의 팔을 확 잡았다. 그가 가리키는 곳에 시선을 옮긴 나는 새삼스럽게 놀라지 않을 수 없었다. 별안간에 소름이 쪽 돋고 머리끝이 또다시 쭈뼛하였다.

불과 몇 칸 안 되는 건너편 정전(正殿) 옆에! 두어 개의 불덩어리가 번쩍번쩍하였다. 정신의 탓이었던지 파랗게 보이는 불덩이가 땅을 휘휘 기다가는 훌쩍 날고 날다가는 꺼져 버렸다. 어디선지 또 생겨서는 또 날다가 또 꺼졌다.

무섬 잘 타기로 유명한 왕눈이 김 서방은 숨을 죽이고 살려달라는 듯이 나에게로 바짝 붙었다.

"하하하하……."

나는 모든 것을 다 이해하였다는 듯이 활연히 웃고 땀을 빠지지 흘리고 있는 김 서방을 보았다.

"미쳤나, 이 사람!"

오히려 화가 버럭 난 김 서방은 말끝도 채 못 마쳤다.

"하하하 속았네, 속았어."

"……."

"속았어, 개똥불을 보고 속았단 말야, 하하하."

"머 개똥불?"

김 서방은 그래도 못 미덥다는 듯이 그 큰 눈을 아직도 휘둥그렇게 뜨고 있었다.

"그래 개똥불야, 이거 볼려나?"

하고 나는 손에 잡히는 작은 돌멩이를 하나 집어들었다. 그리고 두어 걸음 저벅저벅 뜰 앞까지 나가서 역시 반짝거리는 개똥불을 겨누고 돌을 던졌다.

하나 나는 짜장 놀랐다. 돌을 던지면 헤어져야 할 개똥불이 헤어지긴커녕 요번에는 도리어 한군데 모여서 움직이지도 않고 그 무슨 정세를 살피는 듯이 고요히 이쪽을 노리고 있지 않은가!

나는 또 숨을 죽이고 그곳을 들여다보았다. 오— 그때에 나는 더 놀라운 것을 발견하였다. 꺼졌다 또 생긴 불에 비쳐 협수룩한 산발과 똑똑지 못한 희끄무레한 자태가 완연히 드러났다. 그제야 '홍, 홍.' 하는 후럼 없는 신음소리조차 들려오는 줄을 알았다.

"에그머니!"

나는 순식간에 달팽이같이 오므라졌다. 그리고 또 부끄러운 말이지만 겨우 정신을 차렸을 때에 나는 동묘 밖 버드나무 밑에 쓰러져 있는 나 자신을 발견하였었다. 사실 꿈에서나 깨어난 듯하였다. 곁에는 보나 안 보나 파랗게 질린 김 서방이 신장대 모양으로 벌벌 떨고 있었다.

밤이 이슥하였는데 집으로 돌아가기도 무엇하니 나머지 밤을 동대문께 가서 새우자고 김 서방이 제언하였다.

비는 여전히 뿌리고 있었다. 뒤에서 뭐가 쫓아오는 듯하여 연방 뒤를 돌아보면서 큰 행길에 나섰을 때에는 파출소 붉은 전등만 보아도 산 듯싶었다.

허둥허둥 동대문 담 옆까지 갔었다.

고요한 담 밑에는 아무것도 없었다. 모든 것을 집어삼킨 캄캄한 어둠밖에는 ― 물론 파란 도깨비불도 없다.

'애초에 이리로 왔더라면 아무 일두 없었을 걸.'

후회 비슷하게 탄식하고 어디가 어디인지 분간할 수 없어서 '에라 아무 데나.' 하고 그 자리에 푹 주저앉았다. 하자 ― 나는 놀라기 전에 간이 싸늘해졌다. 도톨도톨한 조약돌이나 그렇지 않으면 축축한 흙이 깔려 있어야만 할 엉덩이 밑에 ― 하나님 맙소사! ― 나는 부드럽고도 물큰한 촉감을 받았다.

뿐이 아니다. 버들껑하는 동작과 함께 날카로운 소리가 독살스런 땡삐같이 나의 귀를 툭 쏘았다.

"어떤 놈야, 이게!"

나는 고무공같이 벌떡 뛰었다. 그리고는 쏜살같이 ― 그 꼴이야말로 필연코 미친 놈 모양이었을 것이다 ― 줄행랑을 놓았다.

김 서방도 내 뒤에서 헐레벌떡거렸다.

"제발 사람을 죽이지 마라."

김 서방은 거의 울음겨운 목소리로 부르짖었다.

"이 놈의 서울이 사람 사는 곳이 아니구 도깨비굴이었던가."

나 역시 나중에는 맡길 데 없는 분기가 솟아올랐다.

그러나 또 한편으로는 한없이 어리석고 못생긴 우리의 꼴들을 비웃고도 싶었다. 잘 알지는 못하지만 세상에 원 도깨비나 귀신 치고 몸뚱어리가 보들보들하고 물큰물큰하고—아니 그건 그렇다고 해두더라도 '어떤 놈야, 이게!' 하고 땡삐 소리를 치다니 그게 원……, 하고 의심하여 볼 때에는 더구나 단단치 못하게 겁을 집어먹은 것이 짝없이 어리석게 생각되었다. 그렇다고 그 자리에서 또 발을 돌려 그 정체를 탐지하러 갈 용기가 있었느냐 하면 그렇지도 못하였다.

하는 수 없이 보슬비를 맞으면서 시구문 밖 김 서방네 행랑방까지 가지 않으면 안 되었다. 가제나 덕실덕실 끓는 식구 틈에 끼여서 하룻밤의 폐를 끼쳤다—고 하여도 불과 두어 시간의 폐일 것이다—막 한잠 자려고 드러누웠을 때에는 벌써 날이 훤히 새었었으니까.

이렇게 하여 나는 원 무엇이 씌었던지 하룻밤에 두 번씩이나 도깨비인지 귀신한데 혼이 났었다. 사실 몇 해 수는 감하였을 것이다. 그러나 대체 누구를 원망하면 좋았으리요? 술 먹고 늑장을 댄 나 자신일까, 노숙하지 않으면 아니 된 나의 운명일까, 혹은 도깨비나 귀신 그것일까, 그렇지 않으면 그 외의 무엇일까……. 나는 이제야 겨우 이 중의 어느 것을 원망하는 것이 마땅하다는 것을 똑똑히 깨달았다.

어떻든 유령 이야기는 이만이다. 하나 참 이야기는 이로부터다.

잠 못자 곤한 것도 무릅쓰고 나는 열심으로 일을 하였다. 비는 어느결에 개버렸던지 또 푹푹 내리쬐는 태양 아래에서 시멘트 가루를 보얗게 뒤집어쓰고 줄줄 흐르는 땀에 젖어 가면서.

그러는 동안에도 나는 전날 밤에 당한 무서운 경험을 머릿속으로 되풀이하여 보지 않을 수 없었다. 도깨비면 도깨빈가 보다 하고만 생각하여 두면 그만이었지마는 그래도 그것을 그렇게 단순하게 썩 닦아 버릴 수는 없었다.

'대체 원 도깨비가……'
하고 요리조리로 무한히 생각하였다. 하나 아무리 생각한다 하더라도 결국 나에게는 풀지 못할 수수께끼에 지나지 못하였다.

하는 수 없이 나는 점심시간을 타서 친구들에게 그 이야기를 하였다. 모두들 적지않은 흥미를 가지고 들었다.

"머 도깨비?"
2층 꼭대기에 시멘트를 갖다 주고 내려온 맹꽁이 유 서방은 등에 메었던 통을 내려놓기도 전에 눈을 휘둥그렇게 떴다.

"내가 있었더라면 그까짓 걸 그저……."
벤또를 박박 긁던 덜렁이 최 서방은 이렇게 뽐냈다.

그러나 가장 침착하게 담배를 푹푹 피우던 대머리 박 서방만은 그다지 신통치 않은 듯이,

"그래, 그것한테 그렇게 혼이 났단 말인가. 딴은 왕눈이 따위니까."

하면서 밉지 않게 싱글싱글 웃으면서 김 서방과 나를 등분으로 건너 보았다. 그리고,

"도깨비도깨비 해두 나같이 밤마다야 보겠나."
하고 빨던 담배를 툭툭 털더니 이야기를 꺼냈다.

"바로 우리 집 옆에 빈 집이 하나 있네. 지금 있는 행랑에 든 지가 몇 달 안 되어 모르긴 모르겠으나 어떻게 된 놈의 집이 원 사람이 들었던 집인지 안 들었던 집인지 벽은 다 떨어지구 문짝 하나 없단 말야. 그런데 그 빈 집에 말일세."

여기서 박 서방은 소리를 한층 높였다.

"저녁을 먹구 인제 골목쟁이를 거닐지 않겠나. 그러면 그때일세 별안간 고요하던 빈 집에 불이 하나씩 둘씩 꺼졌다 켜졌다 하겠지. 그것이 진 서방(나를 가리켜 하는 말이다) 말마따나 무엇을 찾는 듯이 슬슬 기다는 꺼지고 꺼졌단 또 생긴단 말야. 그런데 그런 불이 차차 늘어가겠지. 그리곤 무언지 지껄지껄하는 소리가 나자 한쪽에서는 돈을 세는지 은방망이로 장난을 하는지 절격절격하다간 또 무엇을 먹는지 쭉쭉 하는 소리까지 들리데, 그나 그뿐인가. 어떤 날은 저희끼리 싸움을 하는지 씨름을 하는지 후당탕하면서 욕지거리, 웃음소리 참 야단이지. 그러다가두 밤중만 되면 고요해지지만 그때면 또 별 괴괴망칙한 소리가 다 들려오데."

박 서방은 여기서 말을 문득 끊더니,

"어때 재미들 있나?"
하고 좌중을 둘러보면서 싱글싱글 웃었다.

"정말유 그게?"

웅크리고 앉았던 덜렁이 최 서방은 겨우 숨을 크게 쉬면서 눈을 까불까불하였다.

"그럼, 정말 아니구, 내가 그래 자네들을 데리구 실없는 소리를 하겠나?"

하면서 박 서방은 말을 이었다.

"하나 너무 속지들은 말게. 그런 도깨비는 비단 그 빈 집에나 진 서방들 혼난 데만 있는 것이 아닐세. 위선 밤에 동관이나 혹은 종묘께만 가보게. 시글시글할 테니."

나의 도깨비 이야기를 하여 의심을 풀려던 나는 박 서방의 도깨비 이야기로 하여 그 의심을 더 한층 높였을 따름이었다. 더구나 뼈 있는 그의 말과 뜻 있는 듯한 그의 웃음은 더 한층 알지 못할 수수께끼였다.

"그럼 대체 그 도깨비가 무엇이란 말유?"

"내가 이 자리에서 길게 말할 것 없이 자네가 오늘 저녁에 또 한 번 가서 찬찬히 살펴보게. 그러면 모든 것이 얼음장같이……."

할 때에 박 서방의 곁에 시커먼 것이 나타났다.

"무슨 얘기 했소?"

일인 감독의 일할 시간이 왔다는 것을 고하는 듯한 소리였다.

"오소, 오소, 일이 해야지."

모두들 툭툭 털고 일어났다.

나도 하는 수 없이 박 서방에게 더 캐묻지도 못하고 자리를 일어나서 나 맡은 일터로 갔다.

그날 저녁이다.

결국 나는 또 한 번 거기를 가보기로 작정하였다. 물론 김 서방은 뺑소니를 치고 나 혼자다. 뻔히 도깨비가 있는 줄 알면서 또 가기는 사실 속이 켕겼다. 하나 또 모든 의심을 풀어 버리고 그 진상을 알려 하는 나의 욕망은 그보다 크면 컸지 적지는 않았다. 나는 장차 닥쳐올 모험에 가슴을 벌떡이면서 발에다 용기를 주었다.

'그까짓거 여차직하면 이걸로.'

하고 손에 든 몽둥이─나는 만일의 경우를 염려하여 몽둥이 하나를 준비하였던 것이다─를 번쩍 들 때에 나는 저절로 흘러나오는 미소를 금할 수 없었다. 도깨비를 정복하러 가는 유령장군 같이도 생각되어서 사실 한다 하는 ×놈들이면 몰라도 무엇을 못 먹겠다고 하필 가난뱅이 노숙자들을 못 살게 굴고 위협과 불안을 주는 유령을 정복하여 버리는 것은 사실 뜻 있고도 용맹스런 사업일 것이다─고 나는 생각하였다.

어떻든 장차 닥쳐올 모험에 가슴을 벌떡이면서 발에다 용기를 주었다.

어두워 가는 황혼 속에 음침한 동묘는 여전히 우중충하였다.

좀 이르다고 생각하였으나 나오기를 기다리면 되지 하고 제멋대로 후둑후둑 뛰는 가슴을 가라앉히고 아직도 열려 있는 대문을 서슴지 않고 들어섰다.

중문을 들어서 정전 앞으로 몇 발짝 걸어갔을 때이다.

전날 밤에 나타났던 정전 옆 바로 그 자리에 협수룩하게 산발한 두 개의 그림자가 있었다. 그러나 나는 벌써 어리석은 전날 밤의 내가 아니었다.

'원 요런 놈의 도깨비가…….'

몽둥이를 번쩍 들고 사실 장군다운 담을 가지고 나는 그 자리까지 달려갔다.

하나!

나의 손에서는 만신의 힘이 맺혔던 몽둥이가 힘없이 굴러 떨어졌다 ― 유령장군이 금시에 미치광이 광대새끼로 변하여 버렸던 것이다.

'원 이런 놈의…….'

틀림없던 도깨비가 순식간에 두 모자의 거지로 변하다니! 이런 기막힌 일이 어디 있단 말인가.

다음 순간 그 무엇을 번쩍 돌려 생각한 나는 또다시 몽둥이를 번쩍 들었다.

"요게 정말 도깨비 장난이란 거야."

하나 도깨비란 소리에 영문을 모르는 두 모자는 손을 모으고 썩썩 빌었다.

"아이구, 왜 이럽니까?"

이건 틀림없는 사람의 목소리였다.

"나가라면 그저 나가라든지 그래, 이 병신을 죽이시럽니까. 감히 못 들어올 덴 줄은 알면서도 할 수 없이……."

눈물겨운 목소리로 이렇게 사죄를 하면서 여인네는 일어나려고 무한히 애를 썼다. 어린애는 울면서 그를 붙들었다.

역시 광대에 지나지 못한 나는 너무도 경솔한 나의 행동을 꾸짖고 겨우 입을 열었다.

"아니우, 앉아 계시우. 나는 고지기두 아무것두 아니니."

"네?"

모자는 안심한 듯한 동시에 감사에 넘치는 눈으로 나를 쳐다보았다.

"어젯밤에 여기에 아무것도 나오지 않았소?"

무어가 무언지 분간할 수 없는 나는 이렇게 물었다.

"네? 나오다니요? 아무것두 나오지는 않았습니다. 그리구 단지 우리 모자밖에는 여기 아무것두 없었습니다."

여인네는 어사무사하여서 이렇게 대답하였다.

"그럼 대체 그 불은?"

나는 그래도 속으로 의심하면서 주위로 눈을 휘둘렀다.

"무슨 일이나 생겼습니까? 정말 저희들밖에는 아무것두 없었습니다. 그리구 저희는 저지른 것두 없습니다. 밤중은 돼서 다리가 하두 아프길래 약을 바르려고 찾으니 생전 있어야지유. 그래 그것을 찾느라구 성냥 한 갑을 다 그어 내버린 일밖에는 아무것도 없었습니다."

하고 여인네는 한쪽 다리를 홀떡 걷었다. 그리고 눈물이 그 다리 위에 뚝뚝 떨어지기 시작하였다.

나는 모든 것을 얼음장 풀리듯이 해득하기는 하였으나 여기서 또한

참혹한 그림을 보지 않으면 안 되었다. 그의 훌떡 걷은 한편 다리!

그야말로 눈으로는 차마 보지 못할 것이었다. 발목은 끊어져 달아나고 장딴지는 나뭇개비같이 마르고 채 아물지 않은 자리가 시퍼렇게 질려 있었다.

"그 놈의 원수의 자동차……. 그나마 얻어먹지도 못하게 이렇게 병신을 맨들어 놓고……."

여인네는 울음을 흐느끼기 시작하였다.

"자동차예요?"

"네, 공원 앞에서 그 놈의 자동차에…….

나는 문득 어슴푸레한 나의 기억의 한 귀퉁이를 번개같이 되풀이하였다.

달포 전

어느 날 밤이었다.

그날도 나는 이유 없이—가 아니라 바로 말하면 바람 쏘이러—밤 장안을 헤매고 있었다. 장안의 여름밤은 아름다웠다.

낮 동안에 이글이글 타는 해에 익은 몸뚱어리에 여름밤은 둘 없이 고마운 선물이었다. 여름의 장안 백성들에게는 욱신욱신한 거리를 고무풍선같이 떠다니는 파라솔이 있고, 땀을 들여주는 선풍기가 있고, 타는 목을 식혀 주는 맥주 거품이 있고, 은접시에 담긴 아이스크림이 있다. 그리고 또 산 차고 물 맑은 피서지 삼방이 있고, 석왕사가 있고, 인천이 있고, 원산이 있다. 그러나 그런 것은 꿈에도 못 보는 나에게는 머루알빛 같은 밤하늘만 쳐다보아도 차디찬 얼음 냄새가 흘러오는 듯하였다. 이것만 하더라도 밤 장안을 헤매는 것은 무의미한 일은 아니었다. 게다가 무엇보다도 거리 위에 낮 거미새끼같이 흩어진 계집의 얼굴—은새레분 냄새만 맡을 수 있는 것만 하여도 사실 밤 장안을 헤매는 값은 훌륭히 될 것이었다.

그러나 장안의 여름밤을 아름다운 꿈으로만 생각하는 것은 큰 실수이다. 거기에는 생활의 무거운 짐이 있다. 잔칫집 마당같이 들볶아치는 야시에는 하루면 스물네 시간의 끊임없는 생활의 지긋지긋한 그림이 벌어져 있었다. 거기에는 낮과 다름없이 역시 부르짖음이 있고 싸움이 있고 땀이 있었다.

그러나 아무튼지 간에 가슴을 씻어주는 시원한 맛은 싫은 것은 아니었다. 여름밤은 아름다웠다. 그런고로 나는 공원 앞 큰 행길 옆에 사람이 파도를 일으키면서 요란히 수물거리는 것은 구태여 볼 것 없이 술김에 얼근한 주객이나 그렇지 않으면 야시의 음악가 깽깽이 타는 친구를 둘러싸고 있는 것이려니 생각하고,

'흥, 여름밤이니까!'

혼자 중얼거리면서 무심코 그곳을 지나려 하였다.

그러나 사람들의 수물거리는 품이 주정꾼이나 혹은 깽깽이꾼의 경우와는 달랐다.

그리고 무엇보다도,

노자 노자

젊어 노자

먹구 마시구

만판 노자

하는 주객의 노래는 안 들렸다. 그렇다고 밤 사람을 취하게 하는 '아름다운' 깽깽이 노래도 들려오지는 않았다.

'그러문 대체……'

나의 발길은 부지중에 그리로 향하였다.

'머? 겨우 요술꾼 약장수야!'

나는 거의 실망에 가까운 어조로 이렇게 중얼거리고 대수롭지 않은 듯이 발길을 돌이키려 할 때이다. 사람들의 수물거리는 틈으로 나는 무서운 것을 보았다.

군중의 숲에 싸여서 안 보이는 한 채의 자동차와 그 밑에 깔린 여인네 하나를 보았다. 바퀴 밑에는 선혈이 임리하고 그 옆에는 거지아이 하나가 목을 놓고 울면서 쓰러져 있었다.

'자동차 안에는.'

하고 보니 아니나다를까 불량배와 기생년들이 그득하였다.

'오라질 연놈들!'

'자동찬 타니 신이 나서 사람까지 치니.'

'원 끔찍두 해라.'

이런 말마디를 주우면서 나는 어느 결에 그 자리를 밀려져 나왔었다.

"그래, 당신이 그······."

나는 되풀이하던 기억의 끝을 문뜩 돌려 이렇게 물었다.

"네, 그렇답니다. 달포 전에 그 원수의 자동차에 치여가지구 병원엔지 무엔지를 끌구가니 생전 저 어린것이 보구 싶어 견딜 수 있어야지유. 그래 한 달두 채 못 돼 도루 나오지 않았어요. 그랬더니 이 놈의 다리가 또 아프기 시작해서 배길 수 있어야지유. 다리만 성하문야 그래두 돌아댕기면서 얻어먹을 수는 있지만······."

여인네는 차마 더 볼 수 없는 다리를 두 손으로 만지면서 울음에 느꼈다.

나는 그의 과거를 더 캐물으려고도 하지 않았다. 아니 묻지 않아도 그의 대답은 뻔한 것이었다.

'집이 원래 가난했습니다. 그런데다가 남편이 죽구 나니······.'

비록 이런 대답은 안 할지라도 그 운명이 그 운명이지 무슨 더 행복스런 과거를 찾아낼 수 있었으리요.

나의 눈에는 어느 결엔지 눈물이 그득히 고였었다. '동정은 우월감의 반쪽'일는지 아닐는지는 모른다. 하나 나는 나도 모르는 동안에 주머니 속에 든 대로의 돈을 모두 움켜서 뚝 떨어지는 눈물과 같이 그의 손에 쥐어 주었다. 그리고는 아무 말 없이 부리나케 그 자리를 뛰어나왔었다.

이야기는 이만이다.

독자여 이만하면 유령의 정체를 똑똑히 알았겠지. 사실 나도 이제는 동대문이나 동관이나 종묘나 또 박 서방이 말한 빈 집터에 더 가볼 것 없이 박 서방의 뼈 있는 말과 뜻 있는 웃음을 명백히 이해하였다.

그리고 나는 모두 나와 같은 운명을 가진 애매한 친구들을 유령으로 생각하고 어리석게 군 나를 실컷 웃어도 보고 뉘우쳐 보기도 하였다.

독자여, 뭐 그래도 유령이라고? 그래 그럼 유령이라고 해두자. 그렇게 말하면 사실 유령일 것이다—살기는 살았어도 기실 죽어 있는 셈이니!

어떻든 유령이라고 해두고 독자여, 생각하여 보아라. 이 서울 안에 그런 유령이 얼마나 많이 늘어가는가를!

늘어간다고 하면 말이다. 또 되풀이하는 것 같지만 첫 페이지로 돌아가서,

어슴푸레한 저녁, 몇 리를 걸어도 사람의 그림자 하나 찾아볼 수 없는 무인지경인 산골짝 비탈길, 여우의 밥이 다 되어 버린 해골덩이가 똘똘 구르는 무덤 옆, 혹은 비가 축축이 뿌리는 버덩의 다 쓰러져 가는 물레방앗간, 또 혹은 몇백 년이나 묵은 듯한 우중충한 늪가!

거기에 흔히 나타나는 유령이 적어도 문명의 도시인 서울에 오히려 꺼림없이 나타나고 또 서울이 나날이 커가고 번창하여 가면 갈수록 유령도 거기에 정비례하여 점점 늘어가니 이게 무슨 뼈저린 현상이냐! 그리고 그 얼마나 비논리적, 마술적 알지 못할 사실이냐! 맹랑하고도 기막힌 일이다. 두말 할 것 없이 이런 비논리적 유령은 결코 있어서는 안 될 것이다.

그러면 어떻게 하면 이 유령을 늘어가지 못하게 하고 아니, 근본적으로 생기지 못하게 할 것인가?

현명한 독자여! 무엇을 주저하는가. 이 중하고도 큰 문제는 독자의 자각과 지혜와 힘을 기다리고 있지 않은가!

저물어 가는 갑판 위는 고요하다.

살롱에서 술타령하는 일등 선객들의 웃음소리가 간간이 새어나올 뿐이요, 그 외에는 인기척조차 없다.

배꼬리 살롱 뒤 갑판. 은은한 뱃전에 의지하여 무언지 의논하는 두 사람의 선객이 있다. 한 사람은 대모테 쓴 청년이요, 한 사람은 코 높은 '마우재(러시아 사람)'이다.

낙타빛 가죽 샤쓰 위에 띤 검은 에나멜 혁대이며 온 세상을 구를 만한 굵은 발소리를 생각게 하는 툽툽한 구두가 창 빠른 모자와 아울러 그를 한층 영웅적으로 보이게 한다.

연해주의 각지를 위시하여 네르친스크 치타 방면을 끊임없이 휘돌아치느니만큼 그들에게는 슬라브족다운 큼직하고 호활한 풍모가 떠돈다.

마우재는 대모테 청년과 조선말 아닌 말로 은은히 지껄인다.

냄새 잘 맡는 ×는 빨빨거리며 어디든지 안 쫓아오는 곳이 없다.

정신없이 의논하다가도 그들은 가끔 말을 그치고 살롱 쪽을 흘깃흘깃 돌아본다.

—거기에는 확실히 ××에서 쫓아오는 친구가 있을 것이다.

푸른 바다는 안개 속으로 저물어 간다.

어디서 나타났는지 흰 갈매기 두어 마리 끽끽 소리치며 배 앞을 건너 안개 속으로 사라진다.

갈매기 소리 사라지니 갑판 위는 더 한층 고요하다.

노령 근해

아궁 위의 여섯 개의 보일러는 백 파운드가 넘는 증기를 올리면서 용솟음친다.

불을 쑤시고 또 석탄을 넣고…….

땀은 쏟아지고 전신은 글자대로 발갛게 익는다.

양동이에 떠온 물이 세 사람의 화부 사이에서 볼 동안에 사라지고 만다. 사실 물이라도 안 마시면 잠시라도 견뎌나갈 수가 없다.

북국의 바다 오히려 이러하니 적도 직하의 인도양을 넘을 때에야 오죽하랴.

─이렇게 하여 배는 움직이는 것이다. 살롱은 취흥을 돋우리만치 경쾌하게 흔들리는 것이다.

교체한 지 반시간만 넘으면 화부의 체력은 낙지다리같이 느른해진다. 부삽 하나 쳐들 기맥조차 없어진다.

보일러의 파운드가 내리기 시작한다.

브리지에서 항구의 계집을 몽상하던 선장은 전화통으로 소리친다.

"기관에 주의!"

"속력을 늘여라!"

역시 항구 계집의 젖가슴을 몽상하던 기관장은 이 명령에 벌떡 일어나 화실로 쫓아온다.

"무엇들 하느냐!"

화부는 느릿느릿 아궁에 석탄을 집어넣는다.

"무엇 해 일하지. 너희들같이 편한 줄 아니."

그러나 이것이 입 밖에 나오지는 않았다. 폭발은 마땅한 때를 얻어야 할 것이다.

"부지런히 해라, 이 놈들아!"

기관장의 무서운 시선이 화부들의 등날을 재촉질한다.

'부삽으로 쳐서 아궁 속에 태워 버릴까. 삼 분이 못 되어 재가 되어 버릴 것이다.'

이 똑같은 생각이 세 사람의 머릿속에 똑같이 솟아올랐다.

깊은 암흑.

이 세상과는 인연을 끊어 놓은 듯한 암흑의 공간.

— 철벽으로 네모지게 이 세상을 막은 석탄고 속은 영원의 밤이다.

간단없는 동요 기관 소리가 어렴풋이 흘러올 따름.

이 죽음 속에 확실히 허부적거리는 동체가 있다. 허부적거릴 때마다 석탄 덩이가 와르르 흩어진다.

"으……."

"아……."

이 원시적 모음의 발성은 구원을 부르는 소리라느니 보다는 자기의 목소리를 시험하려는, 즉 생명이 아직 남아 있나 없나를 시험하여 보려는 듯한 목소리이다.

"으……."

"아……."

기맥이 쇠진하여 그 자리에 쓰러졌는지 잠시 고요하다가 와르르 흩어지는 석탄 더미 위에 성냥불이 켜졌다.

보이는 가져왔던 바스켓을 열고 가지가지의 먹을 것을 낸다.

고기, 빵, 과일, 그리고 금빛 라벨을 붙인 이름 모를 고급 양주는 일등 선객의 요리를 감춘 것이니 범연할 리 없다.

"그들의 한 때의 양을 줄이면 우리의 열 때의 양은 찰 걸세."

고마운 권고에 청년은 신선한 식욕으로 빵 조각을 뜯으면서 동무에게 묻는다.

"대관절 몇 리나 남았나?"

"눈 꾹 감고 하루만 더 참게."

"또 하루?"

"하루만 참으면 목적한 곳에, 그리고 자네 일상 꿈꾸던 나라에 깜쪽같이 내리게 되네."

"오……, 그 나라에!"

청년은 빵 조각을 떨어뜨리고 비장한 미소를 띠면서 꿈꾸는 듯이 잠시 명상에 잠겼다가 감동에 넘쳐 흘러내리는 한 줄기 눈물을 부끄러운 듯이 손등으로 씻는다.

"그곳에 가면 나도 이 놈의 옷을 벗어버리고 이제까지의 생활을 버리겠네."

"아! 그곳에 가면 동무가 있다. 마우재와 같이 일하는 동무가 있다!"

울려오는 배의 동요에 석탄덩이가 굴러내린다.

파도 소리와 기관 소리가 새롭게 들려온다.

"그럼 난 그만 가보겠네. 종일 동안만은 충실해야 하잖겠나."

을 것은 넉넉히 생긴다'는 돈 많은 항구를 찾아가는 여자이다.
 이 여러 가지 층의 사람 숲에 섞여서 입으로 무엇인지 중얼중얼 외는 청년이 있다.
 품에 지닌 만국지도 한 권과 손에 든 노서아어의 회화책 한 권이 그의 전재산이다.
 거개 배에 취하여 악취에 코를 박고 드러누운 그 가운데에서 그만은 말끔한 정신을 가지고 노서아어 단어를 한마디 한마디 외워 간다.
 '가난한 노동자—베드느이 라보—쥐이.'
 '역사 이스토—리야.'
 '전쟁—보이나.'
 책을 덮고 눈을 감고 다시 한 마디 한 마디 속으로 외워 간다.
 '깃발—즈나—먀.'
 '아름다운 내일—크라시브이 자브트라.'
 창구멍같이 뽕 뚫린 선창에는 파도가 출렁출렁 들이친다.
 흐린 유리창 밖으로 안개 깊은 수평선을 바라보는 젊은 여자, 그에게는 며칠 전 항구를 떠날 때의 생각이 가슴속에 떠오른다.
 ─윈치가 덜컥덜컥 닻 감는 소리 항구 안에 요란히 울렸다. 닻이 감기자 출범의 기적 소리 뚜—, 하고 길게 울리며 배가 고요히 움직이기 시작하니 부두와 갑판에서 보내고 가는 사람 손 흔들며 소리 지르며 수건 날렸다.
 어머니도 오빠도 이웃 사람도 자기를 보내는 사람은 아무도 없었으나 배와 부두의 거리가 멀어지자 그에게는 눈물이 푹 솟았다. 어쩐지 다시 돌아오지 못할 길을 마지막으로 떠나는 것 같아서 배가 항구를 벗어나 산모롱이를 돌 때까지 정든 산천을 돌아보며 그는 눈물지었다. 눈물지었다! 눈물을 담뿍 뿜은 깊은 안개 선창 밖에 서리었고 갤 줄 모르는 애수 흐린 가슴속에 서렸다.

대모테와 마우재는 무언지 여전히 은근히 지껄이며 삼등 선실 안으로 들어와 각각 자리로 간다.

노서아어에 정신없던 청년은 마우재를 보자 웃음을 띠며 무언지 말하고 싶은 충동을 금할 수 없는 듯하다.

"루스키 하라쇼!"

"루스키 하라쇼!"

능치 못한 말로 되고말고 그는 이렇게 호의를 표한다.

마우재 역시 반가운 듯이 웃음을 띠며 그에게로 손을 내민다.

밤은 깊었다.

바다도 깊고 하늘도 깊고.

깊은 하늘 먼 한편에 별 하나 반짝반짝.

연해의 하늘에 굽이친 연봉도 깊은 잠 속에 그의 윤곽을 감추었다.

높은 마스트 위의 붉은 불 푸른 불이 잠자는 밤의 아련한 숨소리같이 빛날 뿐이요, 갑판 위는 고요하다. 고요한 갑판 난간에 의지하여 얕은 목소리로 수군거리는 두 개의 그림자가 있으니 대모테와 마우재이다.

인기척 없고 발자취 소리 끊어진 갑판 위에서 그래도 그들은 가끔 뒤를 돌아보며 무언지 은근히 의논한다.

　뱃전을 고요히 스치는 파도 소리가 때때로 그들의 회화를 끊을 뿐이다.

오리온과 임금 林檎

1

나오미가 입회한 지는 두 주일밖에 안 되었고, 따라서 그가 연구회에 출석하기는 단 두 번임에 불구하고 어느덧 그의 태도가 전연 예측치 아니하였던 방향으로 흐름을 알았을 때에 나는 놀라지 않을 수 없었다. 사람의 감정의 움직임이란 예측하기 어려운 것이지만 짧은 시간에 그가 나에게 대하여 그러한 정서를 품게 되었다는 것은 도무지 뜻밖의 일이었음을 나는 놀라는 한편 현혹한 느낌을 마지않았던 것이다.

하기는 나오미가 S의 소개로 입회하게 된 첫날부터 벌써 나는 그에게서 동지라는 느낌보다도 여자라는 느낌을 더 많이 받았다. 그것은 나오미가 현재 어떤 백화점의 여점원이요, 따라서 몸치장이 다소 사치한 까닭이라는 것보다도 대체로 그의 육체와 용모의 인상이 너무도 연하고 사치한 까닭이었다. 몸이 몹시 가늘고 입이 가볍고 눈의 표정이 너무도 풍부하였다. 그의 먼 촌 아저씨가 과거에 있어서 한 사람의 굳건한 ××으로서 현재 영어의 몸이 되어 있다는 소식도 S를 통하여 가끔 들은 나였건마는 그러한 나의 지식과 나오미의 인상과의 사이에는 한 점의 부합되는 연상도 없고 물에 뜬 기름 모양으로 서로 동떨어진 것이었다. 그것은 마치 같은 가지에 붉은 꽃과 푸른 꽃의 이 전연 색다른 두 송이의 꽃이 천연스럽게 맺히는 것과도 같은 격이었다. 그러나 연약한 인상이라고 그의 미래를 약속하지 못하는 법은 없을 것이다.

그러므로 진실한 회원이요, 믿음직한 동지인 S가 그를 소개하였을 때 우리는 그의 입회를 승낙하기에 조금도 인색하지 않았던 것이다.

그러나 차차 그를 만나게 될수록 동지라는 느낌은 사라져 가고 여자라는 느낌이 그에게서 받는 느낌의 거의 전부였다.

한편 나에게 대한 그의 태도와 행동은 심히 암시적이었다. 내가 그것을 깨닫게 된 것은 물론 다음과 같은 일이 있은 후로부터였지만.

나오미가 입회한 후 두 번째 연구회에 출석하던 날이었다. 오륙 인 되는 회원들이 S의 여공임을 비롯하여 학생 점원 등 층층을 망라한 관계상 자연 모이는 시간이 엄수되지 못하였고, 또 독일어의 번역과 내조하여 읽고 토의하여 가던 '×××'에 어려운 대문이 많았던 까닭에 분량이 많이 나가지 못하는 데다가 회를 마치고 나면 모두 피곤하여지는 까닭에 될 수 있는 대로 초저녁에 모여서 밤이 깊기 전에 파하는 것이 일쑤였다. 그날 밤도 일찍이 파하고 S의 집을 나오니 집의 방향이 같은 관계상 나는 또 나오미와 동행이 되었다.

"어떻소, 우리들의 기분을 대강은 이해할 만하게 되었소?"

회원들 가운데에서 피를 달리한 사람은 나오미 한 사람뿐이므로 낯익지 않은 그룹 속에 들어와서 거북한 부조화와 고독을 느끼지 않는가를 염려하여 오던 나는 어두운 골목을 걸어나오면서 그의 생각도 들어 보고 또 그를 위로도 할 겸 이런 말을 던졌다.

"이해하고 말고요. 그리고 저는 이 분위기를 대단히 좋아해요. 저를 맞아 주는 동무들의 심정도 좋고 선생님께 대하여서는 더구나 친밀한 느낌을 더 많이 품게 되었어요."

"그렇다면 다행이외다. 혈족에 대한 그릇된 편견으로 인하여 잘못을 범하는 예가 아직도 간간이 있으니까요."

"깨달음이 부족한 까닭이겠지요. 어떻든 저는 우리 회합에서 한 점의 거북한 부자유도 느끼지 않아요. 마음이 이렇게 즐겁고 좋아요."

진실로 즐거운 듯이 나오미는 몸을 가늘게 요동하며 목소리를 내서 웃었다.

미묘하게 움직이는 그의 시선을 옆얼굴에 인식하면서 골목을 벗어나오니 네거리에 나섰다.

늘 하는 버릇으로 모퉁이 서점에 들러 신간을 한 바퀴 살펴본 후 다시 서점을 나올 그때까지 나오미의 미소는 꺼지지 않았다.

서점 옆 과일점 앞을 지날 때에 나오미는 그 미소를 정면으로 나에게 던지면서 복잡한 표정으로 나를 쳐다보며 제의하였다.

"능금[林檎]이 먹고 싶어요!"

"능금이?"

그로서는 의외의 제의인 까닭에 나는 반문하면서 그를 바라보았다.

"신선한 능금 한 입 베어 먹었으면!"

나오미는 마치 나 자신이 한 개의 능금인 것같이 과일점의 능금 대신에 나를 똑바로 쳐다보며 바싹 나에게로 붙었다.

나는 은전 몇 닢을 던져주고 받은 능금 봉지를 나오미에게 쥐어 주었다.

걸으면서 나오미는 밝은 거리를 꺼리는 법 없이 새빨간 능금을 껍질째 버적버적 먹었다.

"대담하군요."

"어때요, 행길에서 능금─프롤레타리아답지 않아요?"

나오미의 하아얀 이빨이 웃음을 띠며 능금 속에 빛났다.

"금욕은 프롤레타리아의 도덕이 아니에요. 솔직한 감정을 정직하게 표현하는 것이 프롤레타리아가 아닐까요?"

그러나 밝은 밤거리에서 아름다운 여자가 능금을 버적버적 먹는 풍경은 프롤레타리아답다느니보다는 차라리 한 폭의 아름다운 모던 풍경이었다. 그만큼 아름다운 나오미의 자태에는 프롤레타리아다운 점은 한 점도 없으며, 미래에도 그가 얼마나한 정도의 프롤레타리아 투사가 될까도 자못 의문이었다. 너무도 아름답고 사치하고 모던한 나오미였다.

"능금 좋아하세요?"

"싫어하는 사람이 어디 있겠소."

"모두 아담의 아들이요, 이브의 딸이니까요. 자, 그럼 한 개 잡수세요."

나오미는 여전히 미소하면서 능금 한 개를 나의 손에 쥐어 주었다.

"그렇지요. 조상 때부터 좋아하던 능금과 우리는 인연을 끊을 수는 없어요. 능금은 누구나 좋아하던 것이고 또 영원히 좋은 것이겠지요. 공간과 시간을 초월하여 높게 빛나는 능금이지요. 마치 저 하늘의 오리온과도 같이 빛나는 것이에요."

"능금의 철학."

"이라고 해도 좋지요. 그러니까 프롤레타리아 투사에게라고 결코 능금이 금단의 과일이 아니겠지요. 밥을 먹지 않으면 안 되는 투사가 능금을 먹지 말라는 법이 어디 있어요."

나오미의 암시가 나에게는 노골적 고백으로 들렸다. 그러므로 나는 예민하게 나의 방패를 내들지 않을 수 없었다.

"그것이 진리임은 사실이나 문제는 가치와 효과에 있을 것이오. 그리고 또 우리에게는 일정한 체계와 절제가 있어야겠지요. 아무리 아름다운 능금이기로 난식을 하여서 그것이 도리어 계급적 사업에 해를 끼치게 된다면 그것은 값없는 짓이 아니겠소?"

2

이런 일이 있은 후로부터는 나는 웬일인지 항상 나오미와 능금을 연상하게 되어서 그를 생각할 때에나 만날 때에는 반드시 먼저 능금의 연상이 머릿속을 스치게 되었다.

그렇게 하여 때로는 그가 마치 능금의 화신같이 생각되는 때도 있었다. 물론 다음과 같은 일이 있은 후로부터는 그런 인상은 더욱 두터워 갔다.

두 주일 가량 후이었을까, 오랫동안 생각 중에 있던 어떤 행동에 있어서의 다른 어떤 회와의 합류 문제가 돌연한 결정을 지었던 까닭에 그 뜻을 회원들에게 급히 알려야 할 필요상 나는 그 보고를 가지고 회원의 집을 일일이 방문하지 않으면 안 되었다. 그날 저녁때 마지막으로 찾은 것이 나오미였다. 직접 그의 숙소가 아니요, 그의 일터인 백화점으로 찾은 까닭에 그 자리에서 그에게 장황한 소식도 말할 수 없는 터이므로 진열되어 있는 화장품 사이로 간단한 보고만을 몇 마디 입재게 전하여 줄 따름이었다.

그러나 낯선 손님도 아니요, 그렇다고 동지도 아니요, 마치 정다운 애인을 대하는 듯이 귀여운 미소를 띠며 귀를 바싹 대고 나의 보고를 고요히 듣고 섰던 나오미는 나의 말이 끝나자 은근한 눈짓을 하고 그 자리를 떠나면서 나에게 그의 뒤를 따르기를 청하였다. 영문을 모르는 나는 의아하면서도 시침을 떼고 그의 뒤를 따라 같이 올라가는 승강기를 탔다. 위층에서 승강기를 버린 나오미는 층층대를 올라가 옥상 정원에까지 나섰을 때에 다시 은근한 한편 구석 철난간으로 나를 인도하였다.

"무슨 일요?"

심상치 않은 일이 있은 것같이 예측되었기에 그곳까지 이르자 나는 조급하게 물었다.

"선생님께 드릴 것이 있어서요."

철난간에 피곤한 몸을 의지하여 흐트러진 머리카락을 쓸어올리는 나오미는 조금도 조급한 기색도 없이 천천히 대답하면서 나를 듬짓이 바라보았다.

"무엇이란 말요?"

"무엇인 듯해요?"

"글쎄……."

그러나 나오미는 거기서 곧 대답은 하지 않고 피곤한 듯한 손짓으로 이지러진 옷자락과 모양을 고치면서 탄식하였다.

"하루에 열 시간 이상의 노동을 하려니까 피곤해서 못 배기겠어요."

"그러니까 부르짖게 되지요."

"열 시간 이상 노동 절대반대―그러나 지내 보니까 이 속에는 한 사람도 똑똑한 아이가 없어요. 결국 이런 곳의 조직의 필요성은 아직 제 시기에 이르지 못한 것 같애요."

"그것은 그렇다고 해두고 지금 나에게 줄 것이 대체 무엇이란 말요?"

"참, 드릴 것을 드려야지요."

하면서 나오미는 새까만 원피스 주머니 속에 손을 넣었다.

"일전에 제가 선생님께 능금을 받았지요. 그러니까 저도 능금을 드려야지요."

바른손에는 한 개의 새빨간 능금이 들려 있었다.

"능금."

"왜 실망하세요? 능금같이 귀한 것이 세상에 또 있을까요?"

동의를 구하려는 듯이 나오미는 나를 반듯이 바라보았다.

"저곳을 내려다보세요. 번잡한 거리에서 헤매고 꾸물거리는 저 많은 사람들의 찾는 것이 결국 무엇일까요. 한 그릇의 밥과 한 개의 능금이 아닌가요. 번잡한 이 거리의 부감도(俯瞰圖)는 아름다운 능금의 탐색도(探索圖)인 것 같애요."

하면서 나오미는 거리로 향한 몸을 엇비슷이 틀면서 손에 든 능금을 높이 쳐들었다. 두어 올이 흐트러진 머리카락과 옆얼굴의 윤곽과 부드러운 다리와 손에 든 능금에 찬란한 석양이 반사되어 완연 그의 전신에서 황금빛 햇발이 발사되는 듯도 하여 그의 자태는 마치 능금을 든 이브와도 같이 성스럽고 그림같이 보였다.

"능금을 받으세요."

원피스를 떨쳐 입은 모던 이브는 단 한 개의 능금을 나의 앞에 내밀었다. 그의 자태와 행동에 너무도 현혹하여 묵묵히 서 있으려니 그는 어떻게 생각하였던지 한 개의 능금을 두 손 사이에 넣고 힘을 썼다.

"코카서스 지방에서는 결혼할 때에 한 개의 능금을 두 쪽을 내어서 신랑 신부가 그 자리에서 한 쪽씩 먹는다지요."

하면서 나오미는 두 쪽으로 낸 능금의 한 쪽을 나의 손에 쥐어 주고 나머지 한 쪽을 그의 입으로 가져갔다.

철난간에 의지하여 곁눈으로 저물어 가는 거리의 부감도를 내려다

보며 한쪽의 능금을 먹는 나오미의 자태는 아까의 성스러운 그림과는 정반대로 속되고 평범한 지상적(地上的) 풍경으로밖에는 보이지 않았다.

3

"그래 나오미는 어떻게 생각하오?"

"코론타이 자신 말예요?"

"보다도 왓시릿사에 대해서 말요."

"가지가지의 붉은 사랑을 맺어 가는 왓시릿사의 가슴속에는 물론 든든한 이지의 조종도 있었겠지만 보다도 뛰는 피와 감정에 순종함이 더 많았겠지요. 이런 점에 있어서 저도 왓시릿사를 좋아하고 찬미할 수 있어요."

"사업 제일, 연애 제이, 어디까지든지 이 신조를 굽히지 않고 나간 것이 용감하지 않소?"

"그러나 사업 제일이라는 것은 결국 왓시릿사에게는 한 개의 방패와 이유에 지나지 못하는 것이 아닐까요. 한 사람의 사나이로부터 다른 사나이에게 옮아갈 때 거기에는 사업이라는 아름다운 표면의 간판보다도 먼저 인의적인 좋고 싫다는 감정의 시킴이 있을 것이 아닌가요? 결국 근본에 있어서는 감정 제일, 사업 제이일 거예요. 사랑은, 그것이 장난이 아니고 사랑인 이상 도저히 사업을 통하여서만은 들 수 없는 것이요, 무엇보다도 먼저 피차의 시각(視覺)을 통해서 드는 것이니까요."

"그렇다고 왓시릿사의 행동을 갓다가 곧 감정 제일, 사업 제이로 판단하는 것은 좀 심하지 않소?"

"그것이 솔직한 판단이지요. 그렇게 판단하지 않고는 왓시릿사의 행동을 이해하기는 어려울 거예요. 그리고 왓시릿사 자신의 본심으로 실상은 그런 판단을 받는 것이 본의가 아닐까요. 결국 왓시릿사는 능금을 대단히 좋아하였고, 그 좋아하는 감정을 솔직하게 표현하였다고 할 수 있지요.

다만 그는 심히 약고 영리한 까닭에 그것을 표현함에 사업이라는 방패를 써서 교묘하게 그 자신을 캄플라지하고 그의 체면을 보존하려고 하였을 뿐이지요."

감격된 구변으로 인하여 상기된 나오미의 얼굴은 책상 위의 촛불을 받아 더 한층 타는 듯이 보였다. 진한 눈썹 밑에 열정을 그득히 담은 눈동자는 마치 동물과 같이 교활한 광채를 던지고 불빛에 물든 머리카락은 그 주위에 열정의 윤곽을 뚜렷이 발산하고 있지 않은가!

"결국 능금이구려."

"그러믄요. 능금이 아니고는 모든 것을 설명할 수 없지요."

"아, 능금……."

나는 나 자신의 의견과 판단도 있었지만 그것을 장황하게 말하기를 피하고 그 이야기에는 그만 끝을 맺어 버리려고 이렇게 짧은 탄식을 하면서 거짓 하품을 하려 할 때에 문득 나의 팔의 시계가 눈에 띄었다.

"시간이 훨씬 넘었는데 웬일일까?"

"글쎄요. 아마 공장에 무슨 변이 있나 보군요."

"다른 회원들은 웬일일꼬?"

연구회의 시작될 시간이 넘었고 또 그곳이 S의 방임에 불구하고 회원인 나오미와 나 두 사람이 먼저 와서 기다리고 있는 지도 이미 오래이고 코론타이의 화제가 끝났을 그때까지도 S 자신은 새로에 다른 회원들의 자태가 아직 한 사람도 안 보임이 이상하여서 나는 궁금한 한편 초조한 마음을 금할 수 없었다.

"공장의 기세가 농후하여졌다더니 기어코 폭발되었나 보군요."

"글쎄, S는 그래서 늦는 것 같은데……."

나는 초조한 한편 또 무료도 하여서 중얼거리며 S가 펴놓고 간 책상 위의 『로사』 전기에 무심코 시선을 던지고 무의미하게 훑어 내려갔다.

"능금이라는 말이지, 로사도……."

같이 쏠려 역시 로사의 전기 위에 시선을 던진 나오미는 이렇게 화재를 돌리며 말을 이었다.

"그가 본국에 돌아올 때에 사업을 위한 정책상 하는 수 없이 기묘한 연극을 하여 뜻에 없는 능금을 딴 일이 있었지만 그것도 실상은 속의 속을 캐어 보면 전연 뜻에 없는 능금은 아니었겠지요. 적어도 저는 그렇게 생각하고 싶어요."

나오미의 말에 끌려 새삼스럽게 나는 그와 같이 시선을 책상 위편 벽에 걸린 로사의 초상으로 — 전기를 끊기고 할 수 없이 희미한 촛불

속에 뚜렷이 어린 가난한 방 안과 그 속에서 로사를 말하고 있는 젊은 여자를 듬짓이 내려다보고 있는 로사의 초상으로—무심코 던지지 않을 수 없었다.

 그러자 웬일인지 돌연히! 의외에도 로사의 초상이 우리들의 시선을 거부하는 듯이 걸렸던 그 자리를 떠나서 별안간 책상 위에 떨어졌던 것이다.

 순간, 책상 모서리에 부딪친 초상화판의 유리가 바싹 부서지고 같은 순간에 화판 밑에 깔린 촛불이 쓰러지며 방 안은 어둠 속에 잠겨 버렸다.

 "에그머니!"

 돌연히 놀란 나오미는 반사적으로 나에게 붙었다.

 '그에게 대하여 공연히 불손한 언사를 희롱한 것을 노여워함이 아닌가.'

 돌연한 변에 뜨끔하여서 이렇게 직각적으로 느끼며 어찌할 바를 몰라 잠시 잠자코 있던 나는 그러나 더 놀라운 것을 당하였다. 별안간 목덜미와 얼굴 위에 의외의 따뜻하고 부드러운 촉감을 받았던 것이다. 피의 향기가 나의 전신을 후끈하게 둘러쌌다.

 다음 순간 목덜미의 부드럽던 촉감은 든든한 압박감으로 변하고 얼굴에는 전면 뜨거운 피를 끼얹은 듯한 화끈한 김과 향기가 슘차게 흘러오고, 입술에는 타는 입술이 와서 맞닿았다.

 그리고 물론 동시에 다음과 같은 떨리는 나오미의 애원하는 목소리가 후둑이는 그의 염통의 고동과 함께 구절구절 찢기면서 나의 귀를 스쳤던 것이다.

"안아 주세요! 저를 힘껏 힘껏 안아 주세요."

해바라기

1.

언제인가 싸우고 그날 밤 조용한 좌석에서 음악을 듣게 되었을 때, 즉시 싸움을 뉘우치고 녀석을 도리어 측은히 여긴 적이 있었다. 나날의 생활의 불행은 센티멘털리즘의 결핍에서 오는 것이 아닐까. 사회의 공기라는 것이 깔깔하고 사박스러워서 교만한 마음에 계책만을 감추고들 있다. 직원실의 풍습으로만 하더라도 그런 상스러울 데는 없는 것이 모두가 꼬불꼬불한 옹생원이어서 두터운 껍질 속에 움츠러들어서는 부질없이 방패만은 추켜든다. 각각 한 줌의 센티멘털리즘을 잃지 않는다면 적어도 이 거칠고 야만스런 기풍은 얼마간 조화되지 않을까—아닌 곳에서 나는 센티멘털리즘의 필요라는 것을 생각하면서 모처럼의 일요일도 답답한 것이 되기 시작했다. 확실히 마음 한 귀퉁이로는 지난날의 녀석과의 싸움을 되풀이하고 있었다.

싸움같이 결말이 늦은 것은 없다. 오래도록 흉측한 인상이 마음속에 남아서 불쾌한 생각을 가져오곤 한다. 즉 싸움의 결말은 그 당장에서 나는 것이 아니라 오래도록 마음속에서 얼마든지 계속되는 것이다. 창 밖에 만발한 화초포기를 철망 너머로 내다보면서 음악을 들을 때와도 마찬가지로 나는 녀석을 한편 측은히 여겨도 보았다. 별안간 운해가 찾아온 것은 바로 그런 때였다.

제 궁리에 잠겨 있던 판에 다따가 먼 곳에서 찾아온 동무의 자태는 퍽도 신선한 인상을 주었다. 몇 해 만이건만 주름살 하나 없는 팽팽한 얼굴에 여전히 시원스런 낙천가의 모습 그대로였다.

"싸움의 기억에 잠겨 있는 판에 하필 자네가 찾아올 법이 있나."

"싸움두 무던히는 좋아하는 모양이지."

"욕을 받구까지야 가만있겠나."

"싸웠으면 싸웠지, 기억은 뭔가. 자넨 아직두 그 생각하구 망설이는 타입을 벗어나지 못한 모양이야. 몇 세기 전의 퇴물림을. 개운치두 못하게 원."

"핀잔만 주지 말구……, 센티멘털리즘의 필요라는 건 어떤가?"

"센티멘털리즘으로 타협하잔 말인가? 싸우면 싸웠지 타협은 왜. 싸움이란 결코 눈앞에서 화다닥 끝나는 게 아니구 길구 세월 없는 것인데 오랜 후의 결말을 기다리는 법이지 타협은 왜……."

"자네 낙관주의의 설명인가?"

"낙관주의 아니면 지금 이 당장에 무엇이 있겠나. 방구석에 엎드려 울구불구만 있겠나."

운해는 더운 판에 저고리를 벗고 부채를 야단스럽게 쓰기 시작했다.

"내 낙관주의의 설명을 구체적으로 함세……. 봄부터 어떤 산업회사에 들어가 월급 육십 원으로 잡지 편집을 해주고 있네. 틈을 타서 영화회사 촬영대를 따라 내려온 것은 촬영 각본을 써주었던 까닭……."

간밤에 일행들과 여관에 들었다가 아침에 일찍이 찾아온 것은 묵은 회포를 이야기할 겸 내게 야외촬영의 참관을 권하자는 뜻이었다. 물론 이런 표면의 사정이 반드시 그의 낙관주의의 설명은 아닌 것이요, 그것을 터놓고 이야기하는 그의 태도가 낙관적일 뿐이다. 그의 처지를 설명하는 어조에는 오히려 일종의 그 스스로를 비웃는 표정조차 있었던 것이요, 그런 그의 태도 속에 나는 낙관의 노력의 자취를 역력히 보는 듯했다. 과거에 있어서도 문학의 세상과 인연이 없는 것은 아니어서 열정의 나머지를 기울여 평론도 쓰고 문학론도 해오던 그였다. 영화에 손을 댄 것도 결국은 막힌 심정의 한 개 구멍을 거기서 찾자는 셈이라고 짐작하면 그만이다.

그가 쓴 각본 「부서진 인형」속에 남녀 주인공이 강에서 배를 타다가 물 속에 빠지는 장면이 있다는 것이다. 그 장면의 촬영을 보러 가자고 운해는 식모가 날라 온 차를 마시고 나더니 나를 재촉한다. 물에 빠진 가엾은 남녀의 꼴을 보기보다도 내게는 나로서 강에 나갈 이유가 있기는 있었다.

"올부터 모래찜을 시작했네. 어떤 때엔 매생이를 세내서 고기두 더러 낚아 보고, 일요일마다 강에 안 나가는 줄 아나. 오늘은 망설이던 판에 뜻밖에 이렇게 자네에게 끌리게 됐을 뿐이지."

"됐어. 모래찜과 낚시질과."

운해는 무릎을 칠 듯이 소리를 높였다.

"강태공의 곧은 낚시를 물에 드리우는 그 일밖엔 우리에게 오늘 무엇이 남았나. 금방 세상이 두 동강으로나 나는 듯 법석을 하구 비관을 할 것은 없어. 사람 있는 눈치만 나면 언제까지든지 웅크리고 엎드리는 두꺼비를 본 적이 있나? 필요한 건 다른 게 아니라 그 두꺼비의 재주라네."

듣고 보니 늠성하고 일어서는 그의 자태가 그대로 두꺼비의 형용이었다. 오공이 같은 체격이며 몽종한 표정이 바로 두꺼비의 인상임을 나는 신기한 발견이나 한 것처럼 바라보았다. 옷을 갈아입고 같이 집을 나섰을 때 나는 더욱 그를 주의해 바라보며 짜장 두꺼비를 느끼기 시작했다.

운해가 동무들과 함께 전주를 다녀온 것이 5년 전이었다. 그가 막 전주서 올라왔을 때의 인상—그것이 내가 이 몇 해 동안 그에게서 받은 인상 중에서 가장 선명한 한 폭이기는 하나, 그러나 그때의 인상이 반드시 전주로 가기 전의 파들파들한 열정시대의 그것보다 초라한 것은 아니었으며, 오늘의 그의 인상이 또한 과히 그때에 떨어지는 것도 아니다. 생각건대 이 두꺼비의 인상을 그는 열정시대부터 벌써 육체와 마음속에 준비해 가지고 오늘에 미친 것인 듯도 하다. 물론 다만 소질의 문제만이 아니요, 노력의 결과 ……(원문 탈락)…… 없는 오늘 그가 그의 유의 철학을 마음속에 세우게 되었음으로 인해서 짜장 두꺼비의 형용을 가지게 된 것으로서 설명할 수 있을 듯하다.

"석재 소식 자주 듣나?"

거리에 나섰을 때 운해는 역시 같은 한 사람의 서울 동무의 이야기를 꺼냈다. 전주시대부터 운해와 걸음을 같이한 나와 보다도 물론 그와 더 절친한 사이에 있는 석재였다.

"녀석두 체질로나 기질로나 나와는 달라서 꼬물거리는 성질이거든. 요새 죽을 지경이지."

"두꺼비 되긴 어려운 모양인가?"

"직업두 웬만한 건 다 싫다구 집에서 번둥번둥 놀구만 있으려니깐 하루는 부에서 나와서 방어단원으로 편입해 버리지 않았겠나? 공교로운 일도 있지. 등화관제 연습날 밤 불꺼진 거리를 더듬고 걸으려면 방어단원들이 여기저기서 소리를 치면서 포도를 걸으라고 경계가 심하지 않은가. 나두 거리 복판을 걷다가 한 사람에게 호되게 꾸중을 받고 포도 위로 올라섰을 때 가로수 곁에 웅크리고 선 것이 누구였겠나? 어렴풋한 속에서도 그렇듯이 짐작되는 국방색 단원복과 모자를 쓴 것이 석재임을 알았을 때 얼마나 놀랐겠나. 자네에게 보이고 싶은 광경이었었네. 이튿날 벼락같이 찾아와서 하는 말이 단원복을 만드는데 십오 원이 먹혔는데, 그 십오 원을 만들기 위해서 다따가 하는 수 없어 츨츨한 책을 뽑아 가지구 고물 서점을 찾았다나……."

운해는 껄껄 웃었으나 석재의 자태가 너무도 선명하게 눈앞에 떠오르는 바람에 목이 눌리는 것 같아서 나는 웃으려야 웃음이 나오지 않았다.

"정직한 대신 사람이 외통골이래서 마음의 괴롬이 한층 더하거든."

"나두 집에 두꺼비나 길러 볼까."

농이 아니라 사실 내게는 운해의 탄력 있고 활달한 심지와 태도가 부러운 것이었다.

배로 강을 건너 반월도에 이르렀다.

강 위에는 수없이 배가 떴고 언덕과 섬에는 사람들이 들끓었다. 강 건너편에 운해의 일행인 촬영대의 일동이 오물오물 몰켜 있는 것이 보였으나 운해는 굳이 참견하러 갈 필요를 느끼지 않는 모양이었다.

섬의 풍경은 해방적이어서 사람들이 뒤를 이어 꼬여들건만 수영복을 입은 사람이 드물었다. 몸에 수건 하나 걸치는 법 없이 발가숭이 체로 강에 뛰어들었다가는 기슭에 나와 모래 속에 몸을 묻고들 했다. 거개가 장골들이었다.

"저것두 내 부러운 것의 한 가지."

운해는 내 시선의 방향을 더듬으면서 이쪽 저쪽에 지천으로 진열된 육체의 군상을 바라보았다.

"결국 저 사람들이 가장 잘 사는 사람들일는지두 모르네. 공상거리는 법 없이 날마다 고깃근이나 구워 먹구 모래찜을 하는 동안에 신경이 장작같이 무지러지거든."

그러나 굳이 모르는 그 사람들을 탄복할 것 없이 나는 운해 자신이 옷을 벗고 수영복을 갈아입었을 때 그의 장한 육체에 솔직하게 놀라지 않을 수 없었다. 목덜미가 떡메같이 굵고 배꼽은 한치 가량이나 깊은 듯하다. 그 어느 한구석 빈 데가 없이 옷을 입었을 때의 인상보다도 몇 갑절 충실하다.

"훌륭한걸!"

내 눈 안에 꽉 차는 그의 육체를 나는 그 무슨 탐탁한 물건같이도 아름답게 보았다.

"몇 관이나 되나?"

"열여덟 관이 넘으리. 저울에 오를 때마다 느니까."

"훌륭해. 그 육체 외에 더 바랄 것이 무엇이겠나. 자네 낙관주의라는 것두 결국은 그 육체에서 시작된 것인가 부네."

"육체가 먼전지 정신이 먼전진 모르나 요새 부쩍 몸이 늘기 시작한단 말야. 그렇다구 저 사람들같이 고기를 흔히 먹는 것두 아니네만, 월급 육십 원으로야 고긴들 마음대루 먹겠나? 결혼두 아직 못 하구 있는 처지에……."

결혼이란 말이 다따가 내게는 또 한 가지 신선한 인상을 가지고 들려왔다. 운해는 내 표정을 살피는 눈치더니 좀더 자세한 이야기가 있는 듯 자리를 내려서며 걷기 시작한다.

"실상은 오늘 자네에게 들리려고 한 중요한 이야기가 그 결혼의 일 건이구, 오늘 이 당장에서 자네에게 그 약혼자까지 선뵈려는 것이네."

하면서 운해는 섬 위를 이쪽 저쪽 살피는 눈치나 아직 그 약혼자가 나타나지는 않은 모양이었다. 금시초문의 그의 사정 이야기에 나는 정색하면서 그의 곁을 따라 걸었다.

"평생 독신으로 지낼 수도 없겠구 결혼하는 편이 역시 합리적이라구 생각한 까닭인데, 아무래두 집 한 채는 장만해야 할 테니 삼천 원은 들 터……, 자네두 알다시피 내게는 돈 삼천 원이 있을 리 있나? 규수는 바로 이곳 사람으로 현재 여학교에 봉직하고 있는 중이지만 결혼하면 서울로 데려가야 할 터. 이것이 한 가지의 곤란이구 당초에 동무의 소개로 알게 된 것이나 워낙 거리가 떨어져 있는 까닭에 연애니 무어니 하는 감정적 과정이 아직 생기지두 못한 채 타성으로 질질 끌어 오늘에 이른 것인데, 자네두 알다시피 내게 미묘하고 세밀한 연애의 감정이니 하는 것이 있을 리가 없구 무엇보다두 그런 쓸데없는 감정의 낭비를 극도로 경멸하는 내가 아닌가. 그런 까닭에 지금까지 약혼의 사이라는 형식으로 오기는 했으나 실상인즉 그를 아직두 완전히 모르고 또 이해도 못 하고 있다는 것이네. 연애니 뭐니 하구 경멸은 했으나 이런 어리석을 데가 있겠나? 지금 와서 결혼이 촉박하게 되니 비로소 불찰이 느껴지면서 마음이 황당해 간단 말이네. 결말이 짜장 어떻게 되는지 해서 마음이 설레고 불안해 간단 말야. 오늘두 사실은 자네와 한데 어울려 스스럽지 않은 분위기 속에서 그의 마음을 가늠도 보구 불안한 공기를 부드럽혀두 볼까 한 것이네. 자네에겐 폐가 될는지두 모르나 친한 사이에 허물할 것두 없을 법해서."

들고 보니 그가, 나를 찾았던 이유의 속의 속뜻도 비로소 알려지고, 그의 연애라는 것도 과연 그다운 성질의 유유한 것임을 느끼면서 나는 마음속에 생각하는 바가 많았다.

"낙관주의자두 연애에 들어선 초년병이네그려."

"너무 낙관했기 때문에 이제 와 이렇게 설레게 된 것인지두 모르지. 그러구 한 가지의 불안은······."

말을 끊더니 먼 하늘을 보며 빙그레 미소를 띠었다.

"그가 너무도 미인이라는 것이네."

"흠, 행복자야!"

"오거든 보게만 평양서두 이름이 높다네. 약혼자가 미인인 까닭에 느끼는 불안······. 자네 읽은 소설 속에 그런 경우 더러 없었나?"

"연애에 성공하기를 비네."

모래 위를 두어 고패나 곱돌아 물가를 오르내리는 동안에 짜장 그의 약혼자가 나타났다. 멀리 보트를 저어 오는 것을 운해가 눈빠르게 발견하고 내게 띄워 주었다. 배는 사람이 드문 물가를 찾아서 한 귀퉁이에 대었다. 운해가 쫓아가 그를 부축해서 내려 주고는 한참 동안이나 서서 이야기가 잦더니 이리로 걸어오는 것이었다. 아닌게 아니라 나는 별안간 눈이 번쩍 뜨이는 '이름 높은 미인'을 보고 인사하는 말조차 어색해졌다. 짙은 옥색 적삼 위에서 그의 눈과 코는 아로새긴 것같이 또렷하고 선명하다. 상스러운 섬의 풍속 속에서 그를 보기가 외람한 듯한 그런 뛰어난 용모였다.

"운해 군에게서 말씀 들었습니다만 쉬이 경사를 보신다구요."

나로서는 용기를 다해서 한 말이었으나 그에게는 그닷한 영향도 안 준 듯,

"글쎄요."

하고 고개를 약간 숙였을 뿐이었다.

글쎄요—이 말의 뜻을 생각하면서 두 사람의 모양을 바라볼 때 나는 그 속에 끼인 내 존재의 무의미한 역할을 깨닫기 시작했다. 운해의 부탁으로는 나도 한몫 끼여 스스럽지 않은 분위기를 만들고 불안한 공기를 부드럽혀 달라는 것이었으나, 두 사람의 모양을 바라볼 때 그것이 도저히 내 역할이 아님과 남의 연애 속에 들어가 잔말질을 함이 얼마나 쑥스러운 짓인가를 즉시 느끼게 되었다. 무엇보다도 그 약혼자가 결코 범상한 여자가 아님을 안 것이요, 그가 뿌리는 찬란한 색채와 자극이 너무도 큰 까닭에 그의 옆에 주책없이 머물러 있기가 말할 수 없이 겸연쩍었던 것이다.

"잠깐 물에 잠겼다 올 테니 얘기들 하구 계시죠."

운해가 빌듯이 붙드는 것이었으나 굳이 그 자리를 사양하고 물가로 나갔다. 걸으면서도 머릿속에 새겨진 두 사람의 인상의 대조가 너무도 선명하게 마음을 괴롭혔다. 두꺼비와 공작—별수없이 이것이다. 운해가 잘 아는 어색한 공기라는 것이 결국은 이 너무도 큰 대조에서 오는 것이요, 두 사람 사이의 비극—만약 그런 것이 온다고 하면—참으로 약혼자의 너무도 뛰어난 용모에서 시작된 것이라고 밖에는 생각할 수 없다. 내가 그렇듯 탄복한 십팔 관을 넘으리라는 탐탁하고 훌륭하던 운해의 육체건만 약혼자의 맑은 자태와 비길 때 그렇게도 떨어지고 손색 있어 보임이 웬일인지를 알 수 없었다. 기울어진 대조에서 오는 불길한 암시를 떨어버리려는 듯 나는 물 속에 텀벙 잠겨 깊은 곳으로 헤엄치기 시작했다. 모래 언덕에 앉은 두 사람의 자태가 차차 멀어지는 것을 곁눈질하면서 자꾸만 헤엄쳐 들어갔다.

해바라기

밤거리에서 단둘이 술상을 마주 대했을 때 운해는 낮에 섬에서의 내 행동을 책하며 결국 단둘이 앉았어도 별 깊은 이야기를 못 했다는 것을 고백하고 눈치가 어떻더냐고 도리어 내게 자기들의 판단을 맡기는 것이었다.

"글쎄."

나는 얼뺑뺑해서 이렇게 적당하게 대답해 두는 수밖에는 없었으나, 대답하고 나서 문득 그 한마디가 바로 그의 약혼자가 섬에서 내게 대답한 같은 한마디였음을 깨닫고 놀라지 않을 수 없었다. 시대에 민첩한 낙관주의자도 연애에는 둔하고 불행한 것인가 하고 마음속으로 동무를 가엾게도 여겨 보았다.

"막차로 일행들보다 먼저 떠나겠으나 자네 알다시피 이런 형편이니까 틈 있는 족족 내려는 오겠네. 즉 자네와 만날 기회두 많다는 것이네."

"부디 연애에 성공하구 속히 결혼하도록 하게."

축배인 양 나는 술잔을 높이 들어 그에게 권했다.

2

두어 주일 후었다. 일요일 오후는 되어서 운해는 두 번째 나를 찾았다. 내가 그때까지 집에 머물러 있었던 것은 그의 방문을 예측하고 있었던 까닭이요, 그의 찾아온 목적까지도 짐작하고 있었던 것이다. 영화 각본의 책임자로 촬영대 일행과 온 것도 아니요, 그렇다고 약혼자와의 결혼 때문에 온 것도 아니었다. 결혼—은커녕 가엾게도 그와 반대의 목적으로 온 것이다. 끝난 연애—놓쳐 버린 연애의 뒷 소식을 알리러 온 것임을 나는 안다.

"자넨 무서운 사람이네. 자네 신경 앞에는 모든 것이 발각되구 마는 것을 이제야 겨우 깨달았네. 그러면은 그렇다구 그때에 왜 그런 눈치 못 보여 주었나? 솔직하게 일러만 주었던들 다른 방책이 있었을 것을……."

두꺼비같이 덜썩 주저앉더니 운해는 원망하듯 늘어놓는다.

"나두 민망해서 못 견디겠네만 그러나 일이 그렇게 대담하게 될 줄야 뉘 알었겠나?"

"내가 비록 호인이기로 그렇게까지 눈치를 몰랐을까. 아침에 그 집에를 갔더니 되려 반가워하면서 내게 곡절을 물으려고 드는 것을 보니 집안 사람들두 까딱 모르고 지냈나 부데."

"대담한 계획이야."

"영원의 여성……, 나를 인도해 가지는 못할지언정 나를 버리고 가다니 무서운 세상이다."

주의해 보니 운해는 벌써 술잔이나 기울이고 온 모양이었다. 슬픈 표정이라기보다는 울적한 낯에 거나한 기운이 돌고 있었다. 그의 그런 심정을 나는 이해할 수 있으며, 그에게서 듣지 않아도 그의 사정을 거리의 소문으로 이미 잘 알고 있었던 것이다.

약혼자가 며칠 전에 달아난 것이다. 교직을 버리고 성악을 공부한다는 사람의 뒤를 따라서 동경으로 건너갔다는 것이다. 거리에는 크게 소문이 나고 구석구석에서 이야깃거리가 되었다. 공작같이 찬란하던 그의 용모의 값을 한 셈이다. 소식을 들은 순간 나는 섬에서 느낀 예감이 적중한 것을 느끼고 한참 동안 가슴이 설렘을 어쩌는 수 없었다. 운해를 위해서는 그지없이 섭섭한 일이기는 하나 엄숙한 사실 앞에는 하는 수 없는 노릇이다. 운해와의 약혼을 표면으로 내세우고, 그 그늘에서 참으로 즐기는 사내와 만나고 있었던 것이 짐작되며 섬에서의 그의 표정과 말투 속에 벌써 그것이 암시되어 있지 않았던가. 운해는 그것을 모르고 일률로 결혼의 길만을 생각하고 있었던 셈이다.

"내 사랑 끝났도다."

노랫조로 부르는 운해의 목소리는 그러나 반드시 비장한 것은 아니었다. 오장육부를 찌르고 뼈를 긁어내고—응당 그런 심경이어야 할 것이지만 운해의 경우는 반드시 그런 것이 아니고 그 어디인지 넉넉하고 심드렁한 태도조차 보였다.

"그러나 내 마음 편하도다."

사랑이 끝났으므로 참으로 그의 마음은 편한 듯도 보였다. 결국 연애도 그에게 있어서는 생활의 전부가 아닌 것일까. 그의 모든 생활의 다른 경우와 같이 간단하고 유유하게 정리할 수 있는 것일까—나는 그의 모양을 새삼스럽게 찬찬히 바라보았다.

밖에서 만찬을 같이 하려고 함께 집을 나오자마자 운해는 다시 걸음을 돌리면서 나를 집으로 끌어들였다. 불란서어나 독일어 책을 빌려 달라는 것이다.

"어학이나 시작하면 생활에 풀이 좀 날까 해서."

"기특하구 장한 생각이야."

나는 초보적인 독일어 책 몇 권을 뽑아 가지고 나와서 그에게 전했다.

"이히 바이스 니히트 바스 졸 에스 베도이텐 다스 이히 조 트라울리히 빈!"

큰거리에 나왔을 때 운해는 문득 언제 기억해 두었던 것인지 하이네의 시인 듯한 한 구절을 외우는 것이었으나, 노래의 뜻같이 반드시 슬픈 것이 아니요, 그의 어조는 차라리 한시라도 읊는 듯 낭랑한 것이었다. 흥에 겨워 몇 번이고 거듭 외웠다.

"이히 바이스 니히트 바스 졸 에스 베도이텐 다스 이히 조 트라울리히 빈!"

술이 고주가 된 위에 밤이 깊은 까닭에 이튿날 아침에 떠나 보낼 생각으로 나는 운해를 집으로 끌고 왔다.

나란히 자리를 펴고 누웠으나 담배를 여러 개째 갈아 물어도 좀체 잠이 오지 않았다. 고요하기에 그는 이미 잠이 들었으려니 하고 운해 편을 바라보았을 때 감긴 눈 속으로 한 줄기 눈물이 흘러 귓방울을 적시고 있는 것이다. 나는 가슴이 뭉클해지면서 얼굴을 반듯이 돌리고 말았다.

"자네 감상주의를 비웃었으나 오늘 밤은 내 차례네."

눈을 감은 채 목소리가 부드럽다.

"보배를…… 약혼자 말이네……, 내 얼마나 사랑했는지 아무두 모르리. 끔찍이두 사랑하기 때문에 어쩔 줄을 모르다가 결국 그를 놓치구야 말았네. 다른 그 누구와 결혼하게 되든지 간에 평생 그를 잊을 수는 없을 듯해."

"아직두 여자 생각하구 있었나? 술 취하면 눈물나는 법이니."

농으로는 받았으나 그의 심중을 모르는 바는 아니었다.

"지금의 이 심중을 한 마디로 표현할 수 없을까. 꼭 한 마디로, 자네 좀 생각해 보게."

나는 궁싯거리면서 생각하려고 애썼다. 그의 슬픈 심경의 적절한 표현이라는 것을 찾으려고 무한히 애를 쓰면서 시간을 보내나 종시 그것이 떠오르지는 않는 것이다.

밤이 얼마나 깊었을까, 그러나 나는 그런 헛수고를 할 필요는 도무지 없었던 것이다. 애쓰는 나를 버려 두고 운해는 혼자 어느 결엔지 잠이 들어 있었으니까. 눈물은 꿈에도 흘린 법 없듯 코고는 소리가 점점 높게 방 안에 울렸다.

3

다음 일요일 나는 운해의 세 번째의 자태에 접하게 되었다.

일주일 전과는 퍽도 다른, 아니 그 어느 때보다도 달라서 씻은 듯이 신선한 인상으로 나타났다. 쉴새없이 발전해 가는 유기체라고 할까. 나는 사실 그의 번번의 자태에 눈을 굴리는 것이나 그날의 인상이란 그 어느 때보다도 신선하고 당돌해서—참으로 나는 놀라는 수밖에는 없었다.

그의 대담하고 거뿐한 차림차림부터가 내 눈을 끌기에 족했다. 그런 차림으로 기차를 타고 거리를 지나온 것일까. 마치 소년 선수같이 신선한 자태가 아닌가. 넥타이 없는 샤쓰 바람에 무릎 위로 달롱 오르는 잠방이를 입고 긴 양말에 등산구두, 둥근 모자에 걸방을 진—별것 아니라 한 사람의 등산객의 차림인 것이나 그것이 다른 사람 아닌 바로 운해 군의 차림이기 때문에 물론 나는 신기하게 본 것이다. 손에 든 것도 자세히 보니 늘 짚는 단장이 아니고 피켈인 모양이었다.

"자넨 번번이 나를 놀랠려구만 나타나나. 이 담엔 대체 또 어떤 꼴로 찾아올 작정인가."

"필요에 따라서야 무슨 옷인들 못 입겠나. 자네가 무례하다구 생각해 주지 않는 것만 다행이네."

"필요라니 등산이 자네 목적 같은데 등산하러 평양까지 왔단 말인가?"

"등산은 등산이래두 뜻이 달러. 자네 들으면 또 놀라리."

"그 륙색인지 한 것 속에는 무엇이 들었나?"

걸빵을 내리더니 부스럭부스럭 봉투에 든 것을 집어냈다.

"놀라지 말게……, 광산으로 가는 길이네."

"광산!"

"중석 광산을 발견했어."

"미친 소리."

"자넨 눈앞에 보물을 두고두 방구석에서만 꼼질꼼질 대체 하는 것이 무엔가. 성천 있는 동무가 하루는 산에 나갔다가 이상한 돌을 주워서 곧 내게로 보내지 않았겠나. 나두 그런 덴 눈이 좀 밝거든. 식산국 선광연구소와 그 외 사사로운 광무소 몇 군데를 찾아서 감정을 해보니 아니나다를까, 중석이라는 거네. 함유량두 상당해서 육십 퍼센트는 된다지. 부랴부랴 광산과 조사실에서 대장을 열람했더니 아직두 출원하지 않은 장소란 말이네. 그것을 안 것이 어제 낮, 실제로 한 번 돌아보고 곧 올라가 출원할 작정으로 급작스레 밤차로 떠난 것이네. 형편에 따라서는 회사두 하루 이틀 쉴 생각이네."

봉투 속에서 나온 것은 몇 개의 까무잡잡한 돌멩이였다. 내 눈으로는 알 바도 없으나 납덩어리같이 윤택도 아무것도 없이 다만 은은하고 굳은 무게만을 가지고 있는 그것이 딴은 그 무슨 귀중한 뜻을 가지고 있으려니는 막연하나마 짐작되었다. 그의 흉내를 내서 나도 한 개를 집어 들고는 멋도 모르면서도 이모저모 살피기 시작했다.

"흰 것은 촬석영이네. 중석이란 원래 촬영맥에 붙어 있는 것이거든. 그 붙는 모양과 형식에도 여러 가지 구별이 있는 것이지만 어떻든 그 석영을 깨뜨리고래야 중석을 얻는 것이네."

운해의 설명도 내 귀에는 경 읽는 소리였다. 중석이란 명칭부터가 먼 세상의 암호로밖에는 생각되지 않았다.

"중석이란 대체 무엇 하는 것인가?"

"자네 무지에는 놀라는 수밖엔 없어. 중석두 모르구 오늘 이 세상을 살아간단 말인가……. 텅스텐 말이네. 철물 중에서 가장 강하고 견고한 것이기 때문에 요새 군수품으로 쓰이게 된 것인데 시세가 어느 정돈지 아냐? 한 톤에 평균 칠천 원이라네. 육십 퍼센트의 함유량이래두 사천 원이 되는 것이구, 단 십 퍼센트래두 칠백 원은 생기거든. 중석광이라구 이름만 붙으면 시작해두 채산이 맞는다는 것이네. 그러게 조선에만도 출원하는 수가 전에는 1년에 단 삼십 건이 못 되던 것이 요새 와서는 하루에 평균 삼십 건을 넘는다네. 지금 특수광 지대로 충청북도와 금강산을 세나 평안남북도의 지경 일대두 상당하구 성천 같은 곳도 장차 유망하지 않은가 생각하네."

"자네의 풍부한 지식과 세밀한 조사에는 놀라는 수밖엔 없으나 성천이 유망하다면 자네 얼마 안 가 백만장자 되게."

그의 설명으로 나는 적지 않이 계몽이 되어 중석에 대한 일반 지식을 얻기는 했으나 어쩐 일인지 모든 것이 꿈속 일같이만 생각되었다.

"문제는…… 지금 가보려는 산 일대가 정말 중석광 지댄가 아닌가 동무가 주운 이 돌이 원처에서 굴러온 것이나 아닌가, 중석 지대라면 얼마나 큰 범위의 것인가 하는 것인데, 전문가 아닌 내 눈으로 확실히야 알겠나만 가보면 짐작은 되리라고 생각하네. 참으로 유명한 것이라면 자네 말마따나 백만장자 될 날두 멀지 않네."

"제발 백만장자나 돼주게. 동무 가운데 한 사람쯤 백만장자가 있다구 세상이 뒤집힐 리는 없으니."

"오늘은 바뻐서 이렇게 한가하게 할 순 없어. 자네에게 한 가지 청은……."

운해는 주섬주섬 돌덩이를 봉투에 넣어서 륙색 속에 수습하고는 나를 재촉했다.

"오후 차까지 아직두 몇 시간이 있으니 자네 아는 광무소에 가서 자네 눈앞에서 한 번 더 감정시켜 보겠네. 앞장을 서서 광무소까지 안내를 하게."

여가가 있었던 까닭에 쾌히 승낙하고 같이 집을 나섰다.

오전의 산들바람을 맞으며 피켈을 단장삼아 내저으면서 걸어가는 운해의 자태는 일종의 독특한 매력을 가진 것이었다. 옷맵시가 오돌진 육체에 꼭 들어맞아서 평복을 입었을 때의 두꺼비의 인상과는 또 달라 한결 거뿐하고 출출한 것이었다. 걷어올린 소매 아래에 알맞게 탄 두 팔이 뻗치고 다리 아래가 훤히 터져서 보기에도 시원스러웠다. 무엇보다도 그 등산의 차림이야말로 그에게는 가장 잘 맞고 어울리는 차림인 듯도 했다. 그 차림으로 휘파람이나 한 곡조 길게 뽑으면서 걷는다면 도회의 가로수 아래서의 오전의 풍경으로는 그에 미칠 것이 없을 듯했다.

나는 친히 아는 사람의 광무소를 찾았다. 거기서 내가 다시 놀란 것은 젊은 주인의 즉석에서의 판단에 의해서 그것이 상당히 우수한 중석광이요, 함유량도 육십 퍼센트를 내리지는 않으리라는 확언을 얻은 것이다. 정확한 분석을 하려면 방아로 돌멩이를 찧고 가르고 해서 하루가 걸린다기에 그것을 후일로 부탁하고는 우선 그곳을 나왔으나 그 대략의 판단만으로도 그 자리에서는 족했고 나는 짜장 신기한 생각을 금할 수 없었던 것이다.

차시간을 앞두고 식당에 들어갔을 때 또 한 번 그를 따져 보았다.

"자네 정말 출원할 작정인가?"

"오만분지 일 지도 다섯 장과 출원료 백 원을 벼락같이 구해 놓고 내려왔네."

더 묻지 말라는 듯이 큰소리였다.

"뭘 그리 또 꼼질꼼질 생각하나? 군수공업으로 쓰인다니까 번민하는 모양인가? 아무걸루 쓰이든 광석은 광석으로서의 일을 하는 것이네. 그렇게 인색하고 협착한 것은 아니니 걱정할 건 없어."

"이왕이면 석재두 한몫 넣어 주지."

"암 출원하게 되면 녀석 한몫 안 끼게 될 줄 아나? 그렇지 않아두 일이 없어 번둥번둥하는 판인데 일만 되면 같이 산에 들어가 어련히 일보게 안 될까. 녀석뿐이겠나. 짜장 성공하게 되면 자네게두 응당 한몫 나눠 주겠네. 자네 일상의 원인 극장두 지을 테구, 촬영소두 꾸밀 테구, 문인촌두 세울 테구, 문학상 제도두 맨들 테구……."

"잡기 전부터 먹을 생각만."

"기적이라는 것이 있으려면 있게 되는 법이네."

"어서 남의 계획만 장하게 하지 말구, 자네 월급 육십 원 모면할 도리나 생각하게……. 육십 원이 화돼서 결혼두 못 하게 되지 않았나."

말하고 나서 나는 번개같이 뉘우쳤다. 무심히 던진 말이지만 결혼이라는 구절이 그의 마음의 상처를 다시 스칠 것은 당연하지 않은가.

"쓸데없는 소리에 밥맛 없어진다."

그러나 운해로서는 사실 그것이 농이었음을 알고 나는 안심했다.

"결혼이구 보배구 벌써 그 다음날부터 잊어버리기루 했었네. 연애가 생활의 전부가 아닌 게구, 결혼 문제 같은 것두 일생 일대의 중대

해바라기 263

사라고는 생각지 않네. 하려면야 앞으로도 얼마든지 기회가 있을 테구, 되려 한 번 실패가 새옹마의 득실루 더 큰 행복을 가져올는지 뉘 아나?"

반드시 그가 거짓말을 하고 있다고는 생각지 않았으나 보배 개인에게 대한 그의 특별한 심정을 묻지만 않는다면 대체로 그는 벌써 그 자신을 회복하고 바른 키를 잡은 것이 사실이었다.

"그까짓 연애가 다 무엔가. 속을 골골 앓구 눈물을 쭐쭐 흘리구."

사실 임박한 차시간에 역에 나가 표를 사가지고 폼에 들어갔을 때까지—그의 자태 속에서 지난날 괴롬의 흔적이라고는 한 점도 찾아볼 수 없었다. 연애란 어느 나라 잠꼬대냐는 듯이 상쾌한 그의 모양에는 다만 앞을 보는 열정과 쉴새없이 그 무엇을 꾸며 나가려는 진취적 기력만이 보일 뿐이었다. 잠시도 쉬는 법 없이 기차시간표를 세밀히 조사하면서 쓸데없는 잡스러운 밖 세상의 물건은 하나도 그의 주의를 끌지 않는 눈치였다.

차에 올라 창 옆에 자리를 잡은 그를 향해 나는 다시 한번 축원의 말을 던졌다.

"부디 성공하게. 갈 때 또 들르게."

차가 움직이기 시작할 때 그는 모자를 벗어서 창 밖으로 흔들어 보였다. 두루뭉수리 같은 그의 오돌신 머리가 그 무슨 굳센 혼의 덩어리같이도 보여 올 때 짜장 그는 광산으로 성공하게 되지 않을까 하는 찬란한 환상이 문득 가슴속을 스쳤다.

작품 해설 · 작가 연보

/ 김유정 편 / 채만식 편 / 이효석 편 /

김유정

작품 해설

뻘 밭 속의 진주, 유정裕貞의 웃음

　김유정(金裕貞 ; 1908-1937)은 1908년 강원도 춘천부 남면 실레 마을에서 태어났다. 그의 형제는 8남매였는데 맏아들 이후 김유정이 차남으로 일곱째였다. 그는 경제적으로 풍족한 집안에서 늦게 본 막내아들이라 가족의 귀여움을 받으며 자랐다. 하지만 원체 약한 체질이었던 데다가 말더듬 증상까지 보여 어린 시절이 마냥 행복하고 좋지만은 않았다.
　그의 집안은 춘천과 서울 양쪽에 집을 두고 재산을 관리했기 때문에 김유정도 어려서 서울로 거주지를 옮겼다. 그 후 김유정은 일곱 살과 아홉 살이라는 어린 나이에 각각 어머니와 아버지를 잃게 된다. 그것이 김유정의 생에 있어 불운의 시작인 셈이었다. 부모가 돌아가자 장자인 형이 재산을 물려받았는데 아버지와 불화(不和)했던 형은 난폭하고 방탕한 성격이었다. 결국 형은 유산을 모두 탕진하고 춘천 실레 마을로 낙향하고, 이후에 유정은 서울의 삼촌이나 누이 집을 전전

하며 생활한다.

김유정은 휘문고보에 입학하면서 안회남, 임화 등과 만나게 되고 그러면서 문학에 대해 새로이 눈을 떠간다. 한편 기생 박녹주를 연모(戀慕)해 온갖 방법을 동원해 구애하지만 끝내 실패하고 만다. 이러한 사정으로 김유정은 춘천으로 가 들병이들과 어울리며 엉망이 된 생활을 한다. 하지만 곧 고향 마을 사람들의 힘들고 모질지만 순박한 삶을 사랑하게 되며, 야학운동을 펼쳐 건강한 삶을 실천한다.

처음에 안회남의 권유로 쓰기 시작한 소설이 이즈음 본 궤도에 오르며, 마침내 1935년에 《조선일보》에 「소나기」가, 《중앙일보》에 「노다지」가 각각 당선됨으로써 작가 활동을 본격적으로 시작하게 된다. 뒤이어 「금따는 콩밭」《개벽》, 「떡」《중앙》, 「만무방」《조선일보》, 「산골」《조선문단》, 「봄봄」《조광》을 발표하며, 구인회의 멤버로도 활약한다.

그러나 앞서 이야기한 것처럼 김유정은 어린 시절부터 불우했고 작가로 등단한 후에도 그 사정이 크게 달라지지는 않았다. 안정된 거주지도 없이 생활고에 시달리며 폐결핵을 앓아야 했던 그의 생활 환경은 김유정 내면에 어두운 한 면을 차지하게 만들었다. 그러한 면은 유머러스해 보이는 그의 작품 한편에 언제나 슬픈 그림자로 숨겨져 있다.

현실인식 태도

김유정의 문단 생활은 2년여밖에 되지 않는다. 그는 그 동안 30여

편의 단편을 남긴다. 병과 가난 그리고 일제 점령하라는 암울한 시대 상황 속에서 이루어낸 소중한 작업이었다. 1930년대는 우리 현대문학이 탄탄한 자리를 잡아가던 시기였다. 그 중 언어 자체에 대한 관심은 가장 큰 특징이라고 할 수 있는데, 김유정의 작품에 있어서도 언어의 문제는 중요한 의미를 가진다. 특히 그의 작중인물들에 대한 묘사는 특유의 해학을 잘 살려낸 값진 성과로 평가된다.

김유정은 「봄봄」이나 「동백꽃」에서 어리석어 보이지만 착한 시골 사람들의 삶을 우스꽝스럽게 그리고 있다. 「봄봄」은 딸이 자라면 성례를 시켜준다는 명목으로 데릴사위를 들이고 일만 시키는 이기적인 장인과 그 장인에게 맞서는 사위의 입장이 전도되는 과정에서 웃음을 빚어내는 이야기이다. 하지만 이 인물들의 행동이 자아내는 웃음 뒤에는 한편 마름(장인)이라는 신분의 횡포가 얼마나 가혹한 것이었는지를 생각하게 하는 짙은 페이소스가 담겨져 있다.

「동백꽃」은 마름의 딸과 소작농의 아들이 사랑에 빠지는 이야기를 서정적인 배경을 곁들여 아름답게 보여주고 있다. 하지만 그 사랑의 이야기 뒤에는 지주와 마름, 그리고 소작농이라는 계급의 이해관계가 놓여 있다.

위의 두 소설에서 드러나는 바와 같이 김유정의 소설은 현실을 직접적으로 그리고 있지는 않지만 분명 시대의 어두운 면을 외면하였다고 할 수도 없다. 그러므로 김유정의 작품이 식민지 현실을 직시하지 않고 도피하려 했다는 평가하는 것은 잘못된 이해이다. 그의 작품이 불러일으키는 웃음은 마냥 즐겁고 유쾌한 웃음이 아니다. 간접적이고 우회적인 방법이지만, 김유정은 그 웃음 속에 분명 현실의 씁쓸한 일면을 담아 내고 있었던 것이다. 여기서 한 가지 짚고 넘어갈 것은 그의 대표작이 일제시대 농촌을 배경으로 하고 있다고 해서 다른 작품들의 경향도 그에 결부시켜 해석하려 해서는 안 된다는 것이다.

앞서도 말한 것처럼 김유정의 고향이 춘천이라고는 하나 유정의 생활터전은 서울과 춘천 모두였다. 그러므로 김유정의 도시를 배경으로 하는 소설이나 사소설적 성격을 지닌 소설을 살피는 것도 유정의 내면의 일부를 확인할 수 있는 또 하나의 길이 될 수 있다.

개인사의 표출

김유정은 상당한 재산가의 집에서 태어났지만 그것을 오래 누리지는 못했다. 그럴 수밖에 없었던 이유를 찾아볼 수 있는 작품이 「형」이다.

「형」에 나오는 형은 본래 불량한 성질을 가지고는 있었으나, 아버지에 대한 효성은 남다른 인물이다. 그런 효자가 마침내 아버지를 저버리게 되는 것은 아버지의 성격에서 근본적인 원인을 찾을 수 있다.

아버지는 돈 문제에 있어서 만큼은 어느 누구, 그것이 자식이라도 한 치의 여유를 두지 않는 사람이다. 조혼을 한 형은 나이가 들면서 아내 아닌 여자에게 사랑의 감정을 느끼게 된다. 그러면서 집 밖으로 돌게 되는데 이러한 편력은 젊은 시절의 아버지 역시 겪은 것이다. 이렇게 시작된 부자간의 불화는 날이 갈수록 더해 간다. 아버지는 앓고 있던 병세가 점점 악화되고 그에 비례하여 형의 성격은 점점 포악해진다. 급기야 아버지는 자신의 곁을 떠난 형을 향해 칼을 던져 증오를 표한다. 하지만 아버지의 죽음으로 이 불화는 마무리된다.

　이를 두고 김유정은 "내가 만일 이때에 나의 청춘과 나의 행복이 아버지의 시체를 따라갈 줄을 미리 알았더라면 나는 그를 붙들고 한 달이고 두 달이고 내리 울었으리라. 그러나 나는 사람을 모르는 철부지였다. 설움도 설움이려니와 긴치 못한 아버지의 상사가 두고두고 성가셨다."고 하였다. 형의 포악함과 방탕한 생활은 그치지 않고 더해 갔으며 결국 재산을 모두 탕진하고 가운은 기울어간다. 결국 작중 인물의 생애처럼 작자인 유정의 생애도 아버지의 죽음으로 행복을 빼앗기고 만 것이다.

부정적 현실 속의 해학성

　김유정은 가족사에서뿐 아니라 연애사에 있어서도 실패뿐이었다. 몇 번의 짝사랑을 하지만 모두 거절당하였다. 그가 자신의 연애담을 소설화한 것으로「두꺼비」를 들 수 있다.

　김유정의 첫사랑은 연상이었고 기생이었으며 남도 명창이기도 했던 박녹주였다. 이 소설에서 주인공은 기생 옥화와 그의 남동생인 두꺼비에게 철저히 이용만 당한다.「두꺼비」의 내용 중에도 나오지만,

실제로도 김유정은 박녹주에게 회신 없는 연애편지를 열심히 문장을 다듬어 보냈고, 때로는 혈서와 같은 과격한 방법까지 동원했다고 한다. 두꺼비는 그 편지를 전해준다는 이유로 주인공을 만나 그의 열정을 사정없이 이용한다.

그러나 결국은 우습고 과장된 두꺼비의 자살 소동을 통해 주인공은 지금까지 자신이 두꺼비에게 이용당한 사실을 깨닫는다. 그러나 이런 최악의 상황에서도 주인공은 희망을 잃지 않는다. 주인공의 희망은 옥화가 늙는 것, 세월이 지나는 것이다. 지금 옥화와의 연애는 실패했지만 미래를 꿈꾸는 주인공의 마지막 모습에서 김유정이 부정적 현실에서도 긍정을 보고 그것을 해학적으로 그려내고자 한 작가의식을 엿볼 수 있다.

「두꺼비」와 같은 맥락에서 볼 수 있는 작품이 「옥토끼」이다. 이 작품의 줄거리는 아주 단순하다. 별 하는 일도 없는 청년이 숙이를 사랑한다. 그래서 청혼을 하지만 숙이의 집에서는 청년보다 더 나은 사위를 얻고 싶은 마음에 그 청혼을 거절한다. 그러던 어느 날 청년에게 옥토끼 한 마리가 생긴다. 청년은 그 토끼를 숙이에게 주고 기르게 한다. 그런데 어느 날 숙이가 그 토끼를 잡아먹었다는 이야기를 듣는다. 청년은 처음에 화가 나 숙이를 찾아가 어떻게 된 것인지 따져 묻는다. 그러자 숙이가 사실을 시인하고 눈물을 흘린다.

청년은 화난 마음이 누그러지고 이 토끼 사건으로 말미암아 이제는 틀림없이 숙이가 자신의 아내가 되어줄 것이라는 희망을 품는다는 내용이다. 숙이를 아내로 맞고 싶지만 그럴만한 조건을 갖추지 못했던 주인공이 토끼 한 마리를 잃었다는 보상으로 결혼을 떠올리는 것이 이치에 썩 맞는 일이라고 생각되지는 않으나 조그만 희망을 떠올리고 만족하는 주인공의 모습이 「두꺼비」에 등장하는 주인공의 마지막 모습과 많이 닮아 있다. 그리고 이러한 희망은 김유정 문학에서 해학과 함께 주목되어야 할 측면으로 생각된다. 어두운 현실에서 이러한 희망조차 찾아내지 못했다면 살아내는 일이 더욱 힘들었을 것이기 때문이다.

뻘 밭 속의 해학성

김유정의 농촌을 배경으로 하는 작품에서 어리석은 인물을 많이 볼 수 있다면 도시 배경의 작품에서는 보통 사람보다 영악한 인물이 자주 등장한다. 「봄과 따라지」도 그런 인물을 주인공으로 삼고 있다.

열 살밖에 되지 않은 소년이 사람 많은 시장에서 구걸하는 모습이 이 소설의 주된 이미지라고 할 수 있다. 그리고 이 모양은 장타령을 하며 돌아다니는 거지 떼의 이미지와 중첩되기도 한다. 배는 고파 죽겠는데 겉으로는 흥에 겨운 타령을 해야 하는 작은 소년의 모습에서 우리는 삶의 신산(辛酸)을 맛볼 수 있다.

작중의 소년은 구걸에 실패하고 매까지 맞는데 때리는 사람에게 우정을 느낀다고 하고 있다. 이것은 여느 사람들의 현실 인식과 확연히 다른 것이다. 그렇다면 그의 작품이 담고 있는 웃음을 세상으로부터 받은 아픔에서 오는 깊은 쓰라림을 겪고 난 다음의 감정과 비슷한 것이라고 생각해 볼 수도 있을 것 같다. 김유정은 상처가 나 아프지만 아프다고 이야기하지 않는다. 겉으로는 괜찮은 듯, 아프지 않은 듯 웃어 보인다. 하지만 독자는 그 안에서 똑같은 상처로 아프다고 울부짖는 어떤 다른 이들의 표현보다 몇 갑절 더 아픈 고통을 느낄 수 있는 것이다.「봄과 따라지」에서 또 하나 덧붙일 것은 위에서도 잠깐 따라지들의 장타령을 이야기했지만 타령조의 음악성을 보여준다는 것이다.

위아래로 야시를 훑어본다. 날이 풀리니 거리에 사람도 풀린다. 싸구려 싸구려 에잇 싸구려, 십오 전에 두 가지, 십오 전에 두 가지씩. 인두 비누를 한 손에 번쩍 쳐들고 쟁그렁쟁그렁 신이 올라 흔드는 요령 소리. (후략)

인용문에서처럼, 시장의 장사꾼들 목소리를 곁에서 듣는 것 같이 사실적으로 묘사하고 있다. 전통적인 문학양식의 한 갈래인 판소리나 민요에서나 느낄 수 있는 가락이 현대의 문학 작품 안에서 조금도 어색하지 않게 표현되고 있다. 이와 같은 방식으로 귀를 잡혀 끌려가는 와중에 점점 걸음을 빨리 해야하는 상황을 아래 인용문과 같이 리듬감 있게 표현하고 있다.

땅땅 따아리 땅땅 따아리 띵띵 띠이 하던 멋있는 그 반주. 봄바람은 살랑살랑 불어오는 큰거리, (중략) 아아 아구 아프다. 재쳐라, 재쳐라, 얼른 재쳐라, 이때 청년이 땅땅 따아리 땅땅 따아리 떵떵 띠이 떵떵 띠이.

 이 소설의 계절적 배경은 봄이다. 봄 햇볕은 좋으나 뱃속은 비어 시장기로 괴로운 따라지의 모습은 다분히 역설적이다. 어린 따라지의 모습은 식민 치하 1930년대 도시의 모습을 상징적으로 나타내고 있는데, 하지만 여기서 무엇보다 중요한 것은 위에서 희망이라는 말로 나타낸 것이다.
 다시 말해서 배고프고 매맞는 거지 신세이지만 기죽지 않고 그 나름의 흥을 즐기며 살아가는 모습 말이다. 그것은 온통 뻘로만 가득 찬 뻘 밭의, 어느 조개 안에 숨어 있는 진주처럼 빛나는 웃음이라고 생각한다.
 「정조」에서 역시 영악한 인물을 모델로 하고 있다. 그 인물은 행랑어멈인데 이 여자는 주인에게 정조를 빼앗기고(사실은 의도적으로 접근했던 것이지만), 그것을 빌미로 주인에게 돈을 뜯어낸다는 것이 줄거리이다. 행랑어멈은 주인과 그 일이 있고 나서 기고만장해서는 자신의 본분도 할 일도 잊고 태만하게 굴어 주인 내외의 속을 뒤집어 놓는다.
 작중의 행랑어멈의 외양이 보잘 것 없음을 묘사하고 있는데, 이 소설에서 주인은 계집이면 덮어놓고 맥을 못 쓰는 사람으로 본처말고도 기생첩과 여학생 첩이 있으며, 아침때가 아니곤 늘 난봉 피우러 쏘다니는 인물로 묘사되고 있다. 주인의 행랑어멈에 대한 행동은 행랑어멈의 묘사에서 볼 때 분명 술김에 우발적으로 저지른 것이라고 할 수 있다. 그렇지만 행랑어멈의 입장은 근본적으로 다르다. 처음부터 계획적으로 접근하고, 뱃속에 가진 아이가 주인의 아이가 아님에도 주인의 아이인 것처럼 꾸민다.

행랑어멈을 집에 들일 때에도 시골서 살다 쫓겨 올라왔다 하니 불쌍한 마음에 거두어들였으나 나중에 알고 보니 서울서 자라도 어지간히 닳아먹은 계집이었다고 하는 부분으로 미루어 볼 때 전형적인 사기꾼적 기질이 농후한 인물로 보인다.

이 부부는 주인이 10원으로 예상했던 돈을 결국 200원까지 불려 장사밑천을 톡톡히 챙기고서야 그 집을 떠난다. 그런데 여기에서 몇 가지 의문점이 떠오른다. 행랑어멈은 왜 하필 정조를 파는 방법으로 사기를 쳤을까. 또 행랑어멈의 서방은 아내가 남에게 정조를 빼앗겼는데도 왜 아무런 거리낌을 갖지 않는 것일까. 잇속을 위해서라면 그까짓 정조쯤이야 우습게 내버릴 수 있는 것이라 생각했을까.

김유정 소설에서는 이렇게 남편이 아내의 정조를 팔아서라도 먹고 살 궁리를 하는 내용이 자주 등장하는데, 이는 우리 나라의 전통적인 관념으로는 여자가 정절을 저버리는 것은 최악의 순간에나 있는 일이다. 그러므로 그러한 모티프가 반복적으로 등장한다는 것은, 일제 식민지 치하의 우리 민족의 삶이 어떠했는지 간접적으로 보여주는 한 방법이었다고 이해해 볼 수 있겠다.

웃음과 울음의 공존

「슬픈 이야기」는 위의 경우와는 조금 다른 층위에서 생각해 보아야 할 소설이다. 이 소설에서의 갈등은 신당리라는 곳(이곳은 푼푼치 못한 잡동사니만이 옹기종기 몰린 곳으로 점잖은 짓이라고는 전에 한 번도 해본 일 없이 오직 저 잘난 놈이 태반인 곳)에 주인공이 사는 방과 마주해 있는 뒷집 건넌방의 부부의 부부싸움으로 주인공이 겪는 괴로움에서부터 시작하고 있다. 신당리에 사는 뒷집 남자는 13년이나 전차 운전사로 일하다가 전기회사 감독이 된 사람이다.

그런데 직급이 높아지더니 자신의 부인이 시골뜨기이기 때문에 자신의 체면을 깎는다고 생각한다. 그래서 여학생 장가를 들 생각으로, 부인을 친정으로 쫓아보내려고 그렇게 밤마다 싸우는 것이다. 이러한 사정을 듣고 주인공은 날을 잡아 뒷집 남자에게 그러면 쓰겠느냐 점잖게 충고를 한다. 그러자 그 뒤로는 뒷집 아내가 매를 맞는 죄목이 하나 더 얹힌다.

서방질을 했다는 것이다. 남자의 처남이 말하길, 자기 누이 부부의 일에 참견하면 할수록 누이가 더욱 곤란해진다며 주인공을 떠민다. 주인공은 신당리를 떠나기로 결심한다. 이러한 결정은 좋은 마음으로 남을 걱정하고 염려하여 한 행동의 의미를 왜곡하여 받아들이는 사람들에게 구태여 변명하지 않고, 분한 마음은 삭히고 그저 그들과 멀어지겠다는 것이다.

어떻게 말해도 지금 자신의 처지가 신당리 사람들의 뒷집 여자를 탐했다는 의심에서 벗어날 수 없을 것을 알고 있기 때문이다.

여기서 뒷집 부부는 「형」에서 형이 아내를 두고 새장가 들려 했던 이야기와 맞닿아 있다고 보여진다. 하지만 이 소설은 신당리라는 도시 배경 속에 새장가 문제를 거론함으로써 새로운 분위기를 내고는 있으나, 소설의 소재나 주제의식, 표현면과 같은 부분에서 다른 작품에 비해 특별한 가치를 두기는 어려워 보인다.

김유정 작품의 특징은 역시 해학성에 있다고 할 수 있다. 이 해학성의 근원이 우리의 전통 양식에서 비롯한 것임은 흥부전과 같은 판소리계 소설을 떠올려 본다면 어렵지 않게 이해할 수 있을 것이다. 가난하지만 희망을 버리지 않고 착하게 산 흥부와 어두운 식민치하 현실에서도 희망과 웃음을 갖고 착하게 살았던 김유정의 인물들(유정의 작중 인물들은 많은 사람들이 김유정의 고향인 강원도 춘천의 실레 마을에 실존하는 실재 인물이었다)은 많이 닮아 있다.

김유정의 소설 속에서 우리는 웃음과 울음이라는 상반된 감정을 동시에 느끼게 된다. 우리는 김유정 소설의 성격을 둘 중 어느 한 쪽에 더 힘을 실어 강조하고 단정지을 필요는 없다. 그 웃음과 울음은 같이 있어 더욱 빛나기 때문이다.

ᮗ 생각하는 갈대

- 김유정 소설의 가장 큰 특징은 해학성이다. 고전 작품 중에 해학성과 관련 있는 작품을 선택해 두 작품을 비교·설명해 보자.
- 「봄과 따라지」는 역설적인 제목이다. 이 역설이 의미하는 바를 작품 내용에 입각하여 설명해 보자.
- 김유정 소설에서 남편이 아내를 파는 상황 설정을 자주 볼 수 있다. 시대 상황과 관련지어 그러한 상황 설정을 옹호해 보자.
- 「두꺼비」와 「옥토끼」의 마지막 부분에서 보이는 작가의 세계인식 태도를 이야기해 보자.
- 「형」에서 아버지는 엽전 점을 치는데, 아버지와 형의 관계를 그 점괘에서 짐작할 수 있다. 이 부자간의 관계에는 어떤 문제점이 있는지 논리적으로 서술해 보자.

작가 연보

1908(1세) 1월 11일 강원도 춘성군 신동면 증리(실레)에서 부 김춘식, 모 청송 심씨와의 사이에서 2남 6녀 중 일곱째, 차남으로 출생. 천석꾼의 지주 집안으로 서울과 시골 양쪽에 모두 큰 집을 지니고 있었음.

1914(7세) 모친 사망.

1916(9세) 부친 사망. 4년 동안 한문 공부. 서울에 있는 안국동 집이 관철동으로 이사.

1920(13세) 재동공립보통학교 입학.

1923(16세) 휘문고보 입학. 안회남과 한 반에 있으며 친함. 관철동에서 숭인동으로 이사.

1926(19세) 휘문고보 3학년 마치고 휴학.

1927(20세) 휘문고보 4학년에 복학.

1928(21세) 형 유근의 가족이 춘천 실레로 이사. 유정은 봉익동 삼촌 집에 얹혀 지냄.

1929(22세) 휘문고보 5년 졸업(21회). 삼촌 집에서 사직동 둘째누님 유영 집으로 거처 옮김.

1930(23세) 연희전문학교 문과에 입학하였으나 6월에 학칙 제26조에 의거 제명처분 당함. 춘천 실레에 내려와 방랑생활. 들병이와 친해짐. 늑막염을 앓음. 안회남의 권고로 소설

을 씀.

1931(24세) 4월 보성전문학교 상과에 다시 입학. 그 후 자퇴함. 실레 마을에 야학을 열다.

1932(25세) 실레 마을에 금병의숙을 설립. 6월 단편 「심청」을 탈고. 충남 예산 등지의 금광을 전전함.

1933(26세) 단편 「소낙비」·「총각과 맹꽁이」·「산골 나그네」 탈고. 이석훈·채만식·박태원 등을 만남.

1934(27세) 단편 「정분」·「만무방」·「애기」·「노다지」·「소낙비」 탈고.

1935(28세) 《조선일보》 신춘문예에 「소낙비」, 《조선중앙일보》 신춘문예에 「노다지」가 각각 당선. 단편 「금 따는 콩밭」(《개벽》 3월호), 「금」(발표지 미상, 1월 탈고), 「떡」(《중앙》 6월호), 「만무방」(《조선일보》 7월), 「산골」(《조선문단》 7월호), 「안해」(《사해공론》 12월호) 등 발표. 구인회 후기 동인으로 참여. 이상과 깊은 친분을 가짐.

1936(29세) 「심청」(《중앙》 1월호), 「산골 나그네」(《사해공론》 1월호), 「봄과 따라지」(《신인문학》 1월호), 「두꺼비」(《시와 소설》 3월호), 「동백꽃」(《조광》 5월호), 「옥토끼」(《여성》 7월호), 「야앵」(《조광》 7월호), 「정조」(《조광》 10월호), 「슬픈 이야기」(《여성》 12월호) 등 발표.

1937(29세) 병이 깊어져 김문집이 병고작가 구조운동을 벌임. 단편 「따라지」(《조광》 2월호), 「땡볕」(《여성》 2월호), 「정분」

(《조광》 5월호), 미완성 장편「생의 반려」(《중앙》 8, 9월호)등을 발표. 경기도의 매형 유세준의 집에 옮겨 요양, 치료하다가 3월 29일 오전 6시 30분 사망.

1938(1주년) 단편집『동백꽃』(삼문사) 발간.

1939(2주년) 사후 발표된 소설로「두포전」(《소년》 1, 5월호),「형」(《광업조선》 11월호),「애기」(《문장》 12월호)가 있다.

1968(31주년) 김유정 31주기. 춘성군 의암호반에 김유정문인비 건립. 김유정기념사업회 발족.『김유정전집』(현대문학사) 발간.

1969(32주년) 김유정 32주기 추모제를 김유정 문인비에서 올리고 〈유정의 밤〉이 열림.

1975(38주년) 연극「봄봄」공연.

1978(41주년) 춘성군 실레 마을에 김유정 기적비 건립.

1984(47주년) 「땡볕」영화화.

1992(55주년) 『김유정―그 문학과 생애』발간. 문공부 우수도서 선정.

1994(57주년) 김유정 기념사업회에서『김유정 전집』(상·하 증보판) 발간.

작품 해설

채만식 소설의 사회(社會)와 풍자(諷刺)

　백릉 채만식(白陵 蔡萬植 ; 1902-1950)은 1902년 전북 옥구에서 태어났다. 중앙고보를 졸업하고 제일와세다고등학원 영문학과를 중퇴, 《동아일보》, 《조선일보》, 《개벽》 기자를 지냈다. 1924년 「새 길로」가 《조선문단》에 추천되어 문단에 등단한 이후 약 290여 편의 작품을 썼다.

　그는 1933년까지 《개벽》의 기자를 지내면서, 「사라지는 그림자」(1931)를 비롯, 「화물자동차」(1932), 「부촌」(1932) 등을 발표하여 동반자적인 경향의 작품을 쓰다가, 이후부터는 풍자적인 사회 소설을 썼다. 우리에게 세태풍자 소설가로 널리 알려진 그가 본격적으로 세태풍자 소설을 쓰기 시작한 것은 1933년 이후인데, 「레디메이드 인생」(1933)으로부터 시작하여 「소첩(小妾)」(1936), 그리고 「탁류」(1939)에 와서 절정을 이루고 있다.

　그는 작품 속에서 증오나 멸시의 대상으로 부각되는 부정적 인물의 태도나 행위를 희화화함으로써 아이러니의 효과를 내고 있는데, 이러한 작품으로 「태평천하」나 「남매」(1939) 등을 들 수 있다.

채만식 소설에 일관되게 흐르고 있는 주제는 사회이다. 그의 소설은 작가 의식의 중심 테마인 사회와 소설적 기교로 쓰여지는 풍자가 밀접한 관계를 이루고 있다. 그가 기법적으로 사용하고 있는 풍자는 작중인물의 의식과 사회적 모순 또는 불합리한 현상을 풍자한다.

일반적으로 풍자는 작가가 사회현상의 시시비비(是是非非)를 정공법으로 다루기 곤란한 경우 사용하며, 대부분의 풍자는 어리숙한 웃음 속에 숨겨져 날카롭게 허를 찌른다. 그러므로 풍자는 우회적인 수법이기 때문에 표면상으로는 유머나 해학, 혹은 자조의 웃음을 유발하기도 하는 것이다. 그렇다면 「미스터 방」, 「논 이야기」, 「민족의 죄인」을 통해서 그가 추구하고 있는 사회와 개인의 문제를 살펴보기로 하자.

무지한 인물의 사회인식에 대한 풍자

「미스터 방」(1946)은 변변찮은 서민 출신인 '방삼복'이 서울에서 출세를 해서 부(富)를 누리게 된 경위를 풍자한 소설이다. 방삼복은 귀동냥으로 익힌 짧은 영어 몇 마디로 해방 이후 미군 통역사로 일하게 된다. 그래서 붙여진 이름이 '미스터 방'이다. 작가는 백 주사를 통해 방삼복의 가난했던 시절을 이야기하면서 주인공의 과거 집안 내력을 들춘다. 백 주사의 눈에는 갑자기 팔자가 펴서 거들먹거리는 미스터 방의 모습이 아니꼽기도 한 것이다. 미군을 등에 업고 허장성세를 펴는 방삼복과 그에 빌붙어 이익을 챙기려는 백 주사의 아첨이 부각되어 있다. 이 인물들은 오로지 자신을 조롱하거나 자신에게 해를 입히는 사람들에 대한 개인적 보복심에 차 있다.

이런 인물들에게 당시 시대는 어떠한 의미를 가지는가. 그것은 방삼복의 인생처럼 한순간에 팔자가 고쳐질 수도 있는 그런 요행의 시대로서 기능하고 있다. 이런 혼란상은 구한말 시대부터 이어져 내려온 것임을 작가는 작중인물의 의식을 통해 늘 주지시키고 있다.

그러므로 채만식의 작중인물들은 늘 자신이 남들에게 행세하게 되는 바로 절호의 기회를 포착할 수 있는 때를 기다리고 있는 인물들로 나타나고 있다. 이러한 작가의 아니꼬운 시선은 결말부에 방삼복이가 마당에 양칫물을 뱉으면서 일어나는 해프닝을 마련해 놓고 있다.

고향 사람인 백 주사가 지켜보는 자리에서 미군에게 모욕을 당하는 장면은 방삼복의 허세에 치명적인 오점을 남기는 것이다. 이것은 지금까지 소설 전반부를 지배하고 있었던 방삼복의 기선이 꺾여지는 것을 의미하며 동시에 백 주사가 방삼복에게 아첨하며 부탁했던 일이 무의미한 것으로 추락하게 되는 순간이다.

이 지점에서 우리는 십수 년을 볼품없이 살았던 방삼복이 미스터 방으로 변모한 이후 보여주었던 번듯하게 보이는 겉치레의 모습 속에 숨어 있는 초라한 진실을 확인할 수 있다.

다음으로, 채만식 소설에 등장하는 인물들이 자신이 부상하게 될 때를 잠잠히 기다리고 있는 이유를 진술하고 있는 인물로 「논 이야기」(1946)의 '한 생원'을 들 수 있다. 한 생원은 일인(日人)들이 쫓겨갈 날을 기다리며 35년 간을 참아왔다고 당당히 진술하는데, 이 소설은 구한말의 부패한 사회상과 더불어 일인들에 의해 농토를 수탈당하는 농촌의 모습을 보여준다.

한 생원은 구한말 아버지 대에서부터 수난을 당한 이유로 권력층에 의해 주도되는 사회구조에 대하여 불신과 반감을 가지고 있다. 그런 이유로 8·15해방을 맞이하여도 자신에게는 별반 신통하지 않은 것이라고 생각한다. 한 생원의 왜곡된 사회의식은 힘없는 개인의 피해의식에서 생겨난 것이다.

그러므로 한 생원에게 의미 있는 것은 국가의 독립이 아니라 오로지 자신에게 맺혀 있는 개인적 감정을 씻고 보상받는 일이다. 그래서 일인들이 사유재산을 몰수당하고 모두 쫓겨갔다는 소식을 들은 한 생원은 비로소 쾌재를 부르게 된다.

그것은 구한말에도 신통치가 못했던 국가였지만 어찌됐든 주권을 찾은 새나라가 일인들로부터 토지를 빼앗아 원래 소유자에게 돌려주는 것이라고 생각했기 때문이다. 이처럼 한 생원의 독단적인 생각은 일인에게 토지를 빼앗겼던 것이 아니라 시세에 갑절이나 되는 후한 금액을 받고 토지를 팔아넘겼다는 데에서 모순을 찾아볼 수 있다. 그러므로 한 생원의 생각은 주위 사람들의 호응을 얻지 못하고 오히려 배척당하게 된다.

해방 이후에 이익을 본 사람은 한 생원처럼 뒷북치는 사람이 아니고, 일인 옆에서 일을 도와주던 친일파들이었다.

한 생원은 이에 대한 울분으로 자신은 다시 나라 없는 백성이라고 하며, 해방되던 날 만세 안 부르기를 잘했다고 말한다. 한 생원의 왜곡된 사회의식은 왜곡된 사회상을 그대로 나타낸다. 작가가 풍자하는 것은 한 생원의 잘못된 사고이기도 하지만, 그러한 사고를 형성하게 만든 사회이다.

작가가 구한말 시대를 소급해 올라가 전후사정을 상세히 언급하는 것은 모순된 시대 자체에 강조점을 두고 있기 때문인데, 그것은 개인이라는 것은 그 시대의 징후를 적나라하게 드러내는 사회적 단자(單子)일 뿐이기 때문이다.

시대의식, 민족의식에 대한 냉소적 반응

「미스터 방」이나 「논 이야기」의 인물들은 스스로 자각하지 못하고 작가의 손에 의해 피동적으로 움직이는 무지한 인물의 전형이었는데, 독자는 희화화된 작중인물의 허장성세를 통해 왜곡된 민족의식을 느낄 뿐이다. 이런 시각의 작가의식은 「민족의 죄인」(1948)에서 적극적 사회 비판의식으로 논의되고 있다.

「민족의 죄인」은 주인공이 한 지식인의 전형으로 등장하게 되어 자신의 행위와 주변의 시선의 대립에 의해 생겨나는 반성적 거리를 상정하고 있는 소설이다. 이 소설에 와서야 작가는 유식한 작중인물의 입을 통해 시대와 개인의 행위를 본격적으로 비판하고 있다.

「민족의 죄인」은 시대에 휩쓸려 본의 아니게 대일협력(對日協力)을 하게 된 민족반역의 양심적 문제를 거론하고 있다. '나'의 경우는 어떤 의도나 목적의식을 가지고 대일협력을 행한 것이 아니라 대부분 소심하게 일신의 편안함을 꾀하다가 억울하게 연루된 경우이다.

두 이데올로기가 대립된 사회에서 개인은 항상 선택의 순간을 당하게 마련이다. 감방 안에서 '나'는 인간으로서의 자존적 의식이 점점 무뎌져 가고 동물적 식욕만 드러내게 되는 자신을 경험한다. 이 소설은 개인의 안위를 위협하는 시대의 권력에 어떻게 반응하느냐의 문제를 노출시킨다. 결국 '나'는 '용맹하지도 못한 동시에 영리하지도 못한, 결국 본심도 아니면서 겉으로 복종이나 하는 용렬하고 나약한 자'의 부류에 속한 자신의 모습을 들여다보고 있다.

소설의 전반부를 이끌며 지탱해 온 이러한 '나'의 회의와 고민은 아들 앞에서 폭발하게 된다. '나'는 아들에게 개인 이기주의를 버리고 집단의 민족적 의기에 투합할 것을 강변한다. 그것은 '나'의 지난 과오를 반성하는 것이며, 동시에 아들의 참여를 통해 훼손된 양심을 보상받는 것이기 때문이다.

이상에서 살펴보았듯이, 채만식의 소설들은 급박하게 변화하는 시대의 변이를 교묘하게 타서 이익을 보는 개인과 그렇지 못한 개인의 모습을 풍자하고 있다. 하지만 등장인물들의 왜곡된 사회의식은 민족적인 차원에서 언급되기보다는 지극히 개인적인 차원에 머무르고 있다.

　채만식의 소설들은 주로 해방 이후부터 6·25전쟁 이전까지의 사회적 배경을 담고 있는데, 정치·사회적으로 혼란했던 과도기의 시대는 개인에게 사회적 부조리, 그 자체를 드러내 보여준다.

　그렇기 때문에 역사의식이 부재한 작중인물들에게 있어서 사회의식이라는 것은 개인의 실존 앞에 놓기 어려운 문제이다. 그럼에도 불구하고 우리는 채만식 소설의 풍자를 통해서 왜곡된 사회의식을 가진 개인의 허장성세를 읽을 수도 있지만 이와 함께 등장인물들을 통해서 그 시대 자체가 가지고 있는 모순된 모습도 적나라하게 엿볼 수가 있는 것이다.

∽ 생각하는 갈대

- 「미스터 방」에서 방삼복이 독립을 시원찮게 생각하는 이유를 찾아보자.
- 「논 이야기」에서 한 생원이 나라를 비꼬아 말하는 대목을 살펴보자.
- 「논 이야기」의 한 생원은 벌목하는 현장에 가서 영남과 대거리를 하는데, 한 생원과 영남 각각의 입장이 되어서 그 상황을 서술해 보자.
- 「민족의 죄인」에서 '나'가 낙향하여 농사를 짓고 살 결심을 하게 된 이유를 생각해 보자.

작가 연보

1902(1세) 전북 옥구군 임피면 취산리. 부 채규섭과 모 조쌍섭의 5남으로 출생.
1922(21세) 제일와세다 고등학원 문과 입학.
1923(22세) 중편 「과도기」 탈고. 와세다대학교 영문과 중퇴. 관동대지진으로 귀국.
1924(23세) 이광수 추천으로 《조선문단》에 「세 길로」를 발표하며 데뷔. 강화사립학교 교원.
1925(24세) 《조선문단》에 「불효자식」 발표. 동아일보 정치부 기자 입사.
1927(26세) 《현대평론》에 「백마강의 달놀이」 발표.
1929(28세) 《별건곤》에 「산적」 발표.
1930(29세) 《별건곤》에 「그 뒤로」, 수필 「나중삽화집」·「나폴레옹과 불란서의 기업」·「허허 망신했군」·「병조와 영복이」·「앙탈」, 희곡 「낙일」·「농촌 스케치」·「밥」 발표. 《조선》에 평론 「작가의 변—단평에 항의함」 발표.
1931(30세) 《개벽》 입사. 희곡 「그의 가정 풍경」·「사라지는 그림자」·「창백한 얼굴들」·「화물 자동차」·「조그마한 사업가」, 수필 「봄과 외투와」, 평론 「평론가에 대한 작가로서의 불복」 발표. 《별건곤》에 희곡 「미가 대폭락」 발표.

1933(32세) 《조선일보》에 장편「인형의 집을 나와서」연재,「팔려간 몸」·「레디메이드 인생」, 평론「백명이 한 개를 낳더라도 옳은 프로작품을」, 희곡「조조」, 수필「길거리에서 만난 여자」발표.

1934(33세) 희곡「영웅 모집」·「인텔리와 빈대떡」발표.《조선일보》에 탐정소설「염마」연재.「레디 인생」, 평론「사이비 평론 거부」·「작가로서 평론을 평론」발표.

1935(34세) 평론「나의 무력한 펜 한 개」, 수필「하일잡초」발표.

1936(35세) 조선일보사 사직. 창작에 전념. 희곡「심봉사」가 조선총독부의 검열로 미발표됨.「명일」·「언약」·「보리방아」, 중편「정거장 근처」, 평론「문학인의 촉감」, 수필「여름 풍경」발표. 콩트「부전딱지」탈고.《문예시감》에 평론「소설 안 쓰는 변명」,《조선중앙》에 평론「문단시감」발표.

1937(36세) 《조선일보》에「탁류」연재. 수필「유정과 나」, 희곡「흘러간 고향」·「제향날」, 평론「극평에 대하여」,「출판문화의 위기」, 중편「정거장 근처」·「얼어죽은 모나리자」·「생명」·「젖」발표.《조선》에 수필「점경」발표.

1938(37세) 《조광》에「천하태평춘」연재. 평론「작가의 한계」발표. 희곡「예수 나 안 믿었더면」·「황금원」탈고.「치숙」·「쑥국새」·「이런 처지」·「소망」발표.

1939(38세) 《매일신보》에「금의 정열」연재.『탁류』·『채만식 단편

집』 출간. 「정당한 평가」·「사이비 농민소설」·「전기와 소설의 한계」·「모방에서 창조로」·「정자나무 있는 삽화」·「패배자의 무덤」·「반점」·「남식」·「홍보씨」·「이런 남매」·「모색」·「상경 반절기」 탈고.

1940(39세) 『3인 장편집』「천하태평춘」→「태평천하」로 개제. 「차안의 풍속」·「순공 있는 일요일」·「냉동어」·「혹」·「회」, 희곡 「당랑의 전설」, 평론 「시대를 배경하는 문학」·「소설을 잘 씁시다」, 수필 「문학을 나처럼 하여서는」 발표. 《여성》에 「젊은 날의 한 구절」 발표.

1941(40세) 장편 『금의 정열』 출간. 「아름다운 새벽」 상재. 평론 「문학과 전체주의」·「근일」 발표. 『탁류』 재판. 조선총독부의 3판 금지처분. 「근일」·「집」·「사호일단」·「종로의 주민」·「병이 낫거든」·「해후」·「암소를 팔아서」·「강선달」·「덕원이 선생」·「차 중에서」·「고약한 사돈」 발표. 『문장』에 동화 「왕치와 소새와 개미와」, 희곡 「대낮의 주막집」, 시나리오 「무장삼동」 발표.

1942(41세) 《매일신보》에 장편 「아름다운 새벽」 연재. 「향수」·「삽화」 발표.

1943(42세) 중편 「배비장」, 장편 「어머니」를 조선총독부의 검열로 「여자의 일생」으로 개제.

1944(43세) 《매일신보》에 장편 「여인전기」 연재. 「처자」·「선량하고 싶던 날」, ·「실의공」 탈고.

1945(44세) 《한성시보》에 수필 「유감」 발표.

1946(45세) 「맹순사」·「역로」·「미스터 방」·「논 이야기」, 중편 「허생전」 발표. 단편집 「제향날」 출간.

1947(46세) 창작집 『잘난 사람들』 상재.

1948(47세) 장편 「옥랑사」 탈고. 「낙조」·「도야지」·「처자」·「민족의 죄인」·「아시아의 운명」 탈고. 미완의 장편 「청류」 집필. 『태평천하』 출간.

1949(48세) 중편 「소년은 자란다」 탈고. 『협동』에 장편 「심봉사」 연재. 소설집 『잘난 사람들』 출간. 장편 『탁류』 3판 출간. 「역사」·「늙은 극동선수」 발표. 『어린이 나라』에 동화 「이상한 선생님」 발표.

1950(49세) 폐환(肺患)으로 별세. 미완성 소설 「소」를 남김.

1973(23주년) 중편 「소년은 자란다」, 「과도기」, 희곡 「가죽버선」 등의 유작이 《문학사상》에 발표.

1976(26주년) 《문학사상》에 유고 「무장삼동」 발표.

1985(35주년) 군산 월명공원에 채만식 문학비 건립.

1986(36주년) 『탁류』(문학사상사) 출간.

1989(39주년) 『채만식 전집』(창작과 비평) 완간.

1999(49주년) 한국예술평론가협의회에서 '20세기를 빛낸 한국의 예술인' 문학분야에 선정.

2000(50주년) 군산시에서 채만식 문학상 제정. 채만식 문학관 완공.

2001(51주년) 『채만식 중단편 대표소설 선집』(다빈치) 출간.『탁류』
 한국문학번역지원대상 선정.
2002(52주년) 채만식 탄신 100주년 기념사업회 발족.

이효석

작품 해설

이효석 소설의 사회社會와 성애性愛

가산 이효석(可山 李孝石 ; 1907-1942)은 강원도 평창에서 태어났다. 경성제대 영문과를 졸업하고, 1928년 《조선지광》에 「도시와 유령」을 발표함으로써 사회개혁 성향이 강한 동반자작가(同伴者作家)로 문단에 데뷔하였다. 동반자작가란 프로문학 운동에 원칙적으로는 찬동하지만 적극적으로 가담하지 않는 자유주의적 성향의 작가를 말한다. 혁명 발생지인 러시아에서 동반자작가는 주로 우익계열의 지식인층으로 구성되었다.

동반자작가는 1925년대 전후의 신경향파 작가인 최서해·주요섭·이익상 등이다. 카프에서 인정한 동반자작가는 유진오와 이효석이다. 이들은 카프의 정식 맹원은 아니지만, 그 방침에 적극적으로 동조하면서 「마작철학」, 「노령 근해」, 「상륙」, 「북극사신」, 「깨뜨려지는 홍등」 등에서 도시의 소외된 서민들의 궁핍한 삶을 그려 빈부의 차이에 따른 사회의 모순과 갈등을 드러냈다.

그러나 「행진곡」, 「기우」, 「오리온과 임금」, 「독백」 등의 작품들을 기점으로 동반자작가를 청산하고 곧이어 순수문학모임인 구인회(九人會)에 참여하게 된다. 그리고 「돈(豚)」, 「수탉」, 「산」, 「들」, 「소라」, 「메밀꽃 필 무렵」 등의 향토색이 짙은 작품을 발표하여 초기의 경향성을 벗어나 자연적이고 심미적인 문학세계를 구축하였다. 한편, 「장미 병들다」, 「독백」, 「성화」, 장편 『화분』 등에서는 자유롭고 과감한 성(性)의 표현을 내보이기도 했다.

 이효석의 작품들은 대부분 자연의 서정성과 성적(性的) 본능의 순수성을 절묘하게 결합시키고 있다. 인간과 자연의 교감 혹은 합일은 독자적인 유토피아 세계를 지향한다. 「오리온과 임금」, 「메밀꽃 필 무렵」, 「돈」, 「북극점경」, 「산」, 「들」 등에서 드러나고 있는 자연과 인간의 원시적 만남은 반문명적인 아름다움을 내포하고 있다.

 36세에 요절한 작가 이효석은 문단에 데뷔한 이후 죽기 전까지 14년의 짧은 생애 동안 2편의 장편소설과 70여 편의 중·단편, 120여 편의 산문 및 평론을 발표했다. 특히 그는 단편소설에서 우수한 작품성을 보여 당대의 이태준, 박태원과 함께 대표적인 단편작가로 평가된다.

 「도시와 유령」(1928), 「노령 근해」(1931), 「오리온과 임금」(1932년), 「해바라기」(1938)는 다음의 두 가지 경향을 선명하게 드러내는 작품들이다. 이들 작품들은 초기의 좌익이념을 보이는 동반자작가적 경향과 그 이후의 자유연애와 성애(性愛)의 표현을 조심스럽게 시도하고 있는 경향을 보여준다. 이들 소설들은 단편미학의 절정으로 평가 되는「메밀꽃 필 무렵」보다 작품성은 떨어지지만, 이효석의 작품경향의 선회를 추론해 볼 수 있는 해당 기점에 각각 놓여 있는 작품들이기 때문에 이러한 측면에서 중요한 의의를 지니는 작품들로 볼 수 있다.

사회이념에 대한 낯선 진술

「도시와 유령」과 「노령 근해」는 이효석이 동반자작가로 활동할 당시의 좌익이념을 드러내는 소설들이다. 이 소설들은 작가가 인간의 성애(性愛)와 자연으로 시선을 돌리기 전, 한 젊은 문학도로서 표현하는 사회이념의 생경한 토로를 드러낸다.

먼저「도시와 유령」을 살펴보면, 이 소설은 도시의 한적한 동묘에 숨어 사는 빈민들의 실상을 폭로한 소설이다. 화자는 이슥한 밤 도시의 한적한 동묘에 숨어 사는 빈민들을 유령으로 알고 실신까지 했었던 자신의 어리석음을 부끄러워한다. 그러면서 술을 먹고 도시의 밤거리를 종횡무진 누비는 일부 부유층의 행동양태를 고발하고 있다.

하지만 이효석의 소설이 프롤레타리아적 이념 성향이 강했던 것에 비해서는 이 소설은 그 문학적 자실의 미숙성이 드러나고 있다. 그것은 이 소설이 프롤레타리아 계급의식을 문학에 기능적으로 사용한 혐의가 짙기 때문이다.

경향파 문학집단이 문학의 순수성이나 자율성을 배제하고 대신 사회적 기능의 효용성을 극도로 부각시켜 놓은 것은 주지의 사실인 바,

예외 없이 「도시와 유령」에서도 특히 결말부를 장식하는 작가의 변(辯)은 독자에게 불편함을 주고 있다. 곧 빈부의 모습을 대조적으로 교차시키며 독자의 각성을 선동하는 이념적 태도는 작품의 미학적 질을 반감시킨다.

1931년에 발표된 「노령 근해」는 「도시와 유령」보다 안정된 구도를 보이는 소설이다. 「노령 근해」는 조선을 떠나 노령 근해, 즉 러시아 해안으로 들어서는 배 안의 풍경을 그리고 있다. 배 안에는 각자의 꿈들을 품고 고국을 떠난 여러 층의 사람들로 나뉘어져 있고, 그들이 먹고 마시는 술판과 지하실 석탄고에 숨어서 러시아 땅에 닿기를 학수고대하는 괴청년의 모습이 대조되어 있다.

작가는 이들 작중인물의 의식을 통해 러시아를 이상향으로 설정해 놓고 있다. 배는 노령을 향해 가고 있고, 낯선 인물인 마우재(러시아 사람)가 등장해 있으며, 배 안의 사람들은 대부분 상인들로 먹고 마시는 일로 하루를 소일한다.

여기에서 작가는 「도시와 유령」에서 묘사했던 '육지의 그릇된 대조'를 배 안의 풍경으로 옮겨 놓았다. 갑판 위에 올라 바다를 즐기는 사람들과 불붙는 지옥 같은 기관실에서 일하는 화부들의 모습이 선명한 대조를 이루고 있다.

이 소설은 일정한 서사가 없는데, 서사가 없다는 말은 사건의 진행이 없음을 의미한다. 배 안의 풍경을 세 등분, 즉 갑판 위의 일반 사람들, 기관실의 노동자들 그리고 보이와 석탄고의 괴청년으로 나누어

소묘적으로 그려 보이고 있을 뿐이다. 아라사를 향해 빈부의 차가 없는 이상향을 꿈꾸며 배 안의 사람들은 나름대로 각자의 꿈에 들떠 있다. 이 작품에서는 「도시와 유령」에서 보이던 직설적인 작가의 변(辯)은 보이지 않는다.

단지 작중인물들의 대립된 모습을 차별적으로 그려 놓고 있는데 이는 자본주의 부조리에 대한 작가의 비판이 소설 형식을 통해 완곡하게 표현되어 있음을 뜻한다. 그러나 역시 이 작품에서도 서사적 필연성을 부여해 놓지 못한 채 러시아를 사상적 유토피아로 설정해 놓은 것으로 보아, 프로문학의 맹목적 추수주의(追隨主義)를 벗어나지 못하는 한계를 지니고 있다.

성애와 자연으로의 회귀

이에 비해 「오리온과 임금」은 좌익이념이 피상적으로 그려져 있을 뿐, 작중서사에 유기적으로 기여하지 못하고 있다. 하지만 이 소설을 기점으로 이효석은 프롤레타리아 이데올로기로부터 서서히 벗어나 성(性)과 자연(自然)으로 시선을 돌리기 시작한다. 다시 말해서 새빨간 능금과 나오미의 성애(性愛)를 병치시켜 표현함으로써, 이후 이효석이 좌익 이데올로기를 밀어낸 자리에 대신 자리잡게 될 성과 자연의 징후를 내보이고 있다는 말이다.

이 소설은 좌경파들로 구성된 연구모임에서 만난 나오미를 대상으로 하여, 그녀의 신선한 성애를 표현하고 있다.

나오미가 깨물어 먹는 능금은 단순한 과일이 아니고 인간의 본능적인 성애를 상징한다. 나오미는 능금이 하늘의 오리온과 같이 시공을 초월한 본능적인 미각적 욕구를 표상하는 것으로 보고, 작중화자인 '나'는 본능에 바탕을 두고 있는 진리라 할지라도, 그것의 가치와 효과에 따라 선취하거나 폐기하는 방법을 역설하고 있다. 나오미의 모습이 "능금을 든 이브와도 같이 성스럽고 그림같이 보였다."고 진술하는 것에서 볼 수 있듯이, 화자는 나오미의 성적인 암시와 행각에 감각적으로 이끌리고 있음을 알 수 있는데 이것은 이 소설에서 프롤레타리아 이념이 단지 피상적인 틀을 제시해 주고 있을 뿐임을 증명해 주는 것이다.

결국 이 소설의 서사가 드러내는 바는 정치적 사업과 개인적 사랑 사이의 감정적 줄타기이며, 소설의 결말부에 로사의 초상이 떨어지는 사건을 흘려놓아 남녀의 성애가 정치적 사업에 우선하는 인간의 본능적이고 운명적인 것임을 암시하고 있다.

「해바라기」역시 「오리온과 임금」에서처럼 좌익 이념은 전혀 찾아볼 수 없고, 어긋난 연애에 대한 단상들이 맹목적인 사랑의 열병으로 묘사되고 있다. 「오리온과 임금」이 나오미라는 한 여성의 행동양태를 세밀히 따라간 소설이라고 한다면, 「해바라기」는 운해라는 한 인물의 삶의 태도를 사업과 사랑의 두 가지 측면에서 고찰한 소설이다.

작중화자인 '나'는 삭막하게 대립되는 사회적 풍토 속에 감추어진 인간애의 감정을 센티멘탈리즘으로 정의한다. 친구와의 불화에 상심해 있는 '나'의 소심함을 질책하는 운해는 시대에 민첩한 낙관주의자로 등장한다.

센티멘탈리즘을 운운하는 '나'에게 '운해'는 세상을 두 동강이 내는 듯한 사상의 법석들 속에서 필요한 건 분위기에 따라 기민하게 움직이는 두꺼비의 재주라고 말하는데, 두꺼비의 철학을 가지고 있는 운해의 활달한 성품도 짝사랑의 열병 속에서는 여지없이 수동적이고 나약한 모습을 드러내고 만다.

'나'의 감상주의를 비웃던 운해는 사랑의 실패를 당한 자신의 감상(感傷)을 토로하게 되고 그러다가 곧 기운을 차리고 광산업에 대한 청사진을 가지고 '나'를 찾아온다. 운해는 연애의 감상주의를 다시 비판하며 광산으로 떠나는 열차에 오른다. 광산업에 대한 돌연한 환상이 연애의 비관을 극복하기 위한 대안으로 제시되어 있는데, 이것은 로맨스의 환상과 광맥의 환상이 하나로 부합해 있는 한 인물의 연애담에 지나지 않는 것이다.

상술한 네 작품들은 모두 프롤레타리아 이념이나 성애의 측면에서 사상적으로 미숙한 면모를 드러내고 있다. 「도시와 유령」과 「노령 근해」에서 보여지는 계급의식은 문학의 내적인 구조에서 미숙한 면을 보이며, 「오리온과 임금」과 「해바라기」에서는 사회적 의식의 향방이 안정되어 있지 못해 그 혼란을 본능적 애정으로 치환해 놓고 있는 구조로 되어 있는데, 이 소설들은 사회적 이데올로기를 배제하고 개인적인 성의 관점으로 파악해야 한다.

이후 「메밀꽃 필 무렵」과 같은 난숙한 경지에 이르기까지 이효석의 작가적 고민은 상기한 소설들을 통해 긴 여정을 돌아나온 것으로 생각된다. 「오리온과 임금」에서도 드러나고 있지만, 이후 이효석의 성애(性愛)는 자연의 본령적인 색감과 절묘하게 어울린 동물적 감각으로 추구되고 있다.

도시적 사회의 부정성(不淨性)에 반하는 성과 자연은 구원의 모티프로 작용하는 것이다. 그러나 성과 자연은 사회이념에 능동적으로 반응하는 사상물은 아니고 다만 인간 사회의 심미적인 감각과 생래적인 감정에 머물러 있는 상태를 표현한다. 「산」, 「들」, 「메밀꽃 필 무렵」에서 원시적 신비를 환기하던 성애의 탐미성이 「성화」, 「독백」, 「장미 병들다」, 「화분」 등에서는 무절제한 퇴폐적 경향을 노출하기도 한다. 이효석이 프롤레타리아 이념의 사회에서 전향한 자연과 성애는 일정한 모랄을 거세한 그 자체로 원시적인 탐미성을 드러내는 것이다.

ᕰ 생각하는 갈대

- 「도시와 유령」의 결말에 사족처럼 붙여진 작가의 변은 독자에게 말하는 것이데, 그것에 대한 자신의 견해를 서술해 보자.
- 「노령 근해」에서 기관실에서 일하는 인부들을 찾아서 그들의 입장을 생각해 보자.
- 「오리온과 임금」에서 나오미가 왓시릿사를 평가한 말을 통해 느낄 수 있는 것을 써 보자.
- 「해바라기」에서 '나'가 운해와 그의 약혼녀를 빗댄 동물을 찾아 보자.
- 「해바라기」에서 운해가 발견한 중석은 어떤 광물이며, 마지막 장면까지 '나'의 시선을 붙들고 있는 운해의 기질을 본문을 참고로 해서 서술해 보자.

작가 연보

1907(1세) 강원도 평창군 봉평면. 부 이시후와 모 강홍경의 장남. 호는 가산(可山).
1910(4세) 서울에서 교편을 잡고 있던 부친에게로 이사.
1912(6세) 평창에서 서당을 다니며 한문공부를 함.
1914(8세) 평창공립보통학교 입학.
1920(14세) 평창공립보통학교 졸업. 경성제일고보 입학.
1923(17세) 체홉, 토마스만, 맨스필드, 사샤 기트리의 희곡집 등의 문학서에 심취.
1925(19세) 《매일신보》(1.18)에 시 「봄」 발표. 《매일신보》(2.1)에 콩트 「여인」 발표. 경성제일고보 졸업. 경성제국대학 예과 입학.
1927(21세) 경성제국대 영문과 진학. 《청년》(3월)에 「주리면」 발표.
1928(22세) 《조선지광》(7)에 「도시와 유령」 발표.
1929(23세) 《조선지광》(6)에 「기우」, 《조선문예》(6)에 「행진곡」, 『중외일보』에 시나리오 「화륜」 발표.
1930(24세) 경성제국대 영문과 졸업. 《삼천리》에 「하루빈」·「약령기」, 《조선일보》에 「서고에 비친 도시의 일면상」·「마작철학」, 《신흥》에 「기원후의 비이너스」, 《대중공론》에 「깨뜨려지는 홍등」·「상륙」, 《신소설》에 「추억」·「북

극 사신」 발표.

1931(25세) 나진고등여학교를 졸업한 이경원과 결혼. 부인의 고향인 함북경성으로 낙향. 《대중공론》에「노령 근해」,『삼천리』에「북극통신」,《동광》에「과거 1년간의 문예」,《동아일보》에「출범시대」,《신흥》에「오후의 해조」,《동광》에「프레류드」발표. 소설집『노령 근해』(동지사) 발간.

1932(26세) 함북경성농업학교 영어교사. 《삼천리》에「오리온과 임금」,「북극점경」,《비판》에「첩자를 질타함」,《삼천리》에 수필「무풍대」발표.

1933(27세) 《조선문학》에「돈(豚)」,《조선일보》에「창작활동의 왕성과 비평의 천재를 기대」·「쏘포크레스로부터 고리귀까지」,《삼천리》에「수탉」·「가을과 서정」·「10월에 피는 능금꽃」,《신여성》에「주리야」,《매일신보》에「북위 42도」,《동아일보》에「단상의 가을」발표. 〈구인회〉회원.

1934(28세) 평양 숭실전문학교 교수. 《중앙》에「수난」,《삼천리》에「일기」,《중앙》에「근독단평」,《월간매신》에「두 처녀상」·「이등변 삼각형의 경우」,《조선일보》에「낭만·리얼 중간의 길」,《매일신보》에「마음의 의장」발표.

1935(29세) 《조선문단》에「성수부」,《조선일보》에「성화」·「해부도」·「지협의 가을」·「뎃상」·「설화체와 생활의 발명」,《삼천리》에「즉실주의의 길로」,《동아일보》에「북

국추신」,《중앙》에「여름삼제」·「계절」발표.

1936(30세) 숭실전문학교 교수.《중앙》에「분녀」·「발발이」·「모기장」,《삼천리》에「산」,『신동아』에「들」·「제작과 시절」·「동해의 여인」,《조광》에「메밀꽃 필 무렵」,「내가 꾸미는 여인」·「영서의 기억」·「6월에야 봄이 오는 북경성의 춘정」·「그때 그 항구의 밤」·「각 작상에 나타난 가을풍경」·「생활의 기억」·「고요한 동의 밤」·「인간산문」,《중앙》에「발발이」·「모기장」,《여성》에「전원교향곡의 밤」·「석류」·「처녀해변의 결혼」·「사랑하는 까닭에」,《조선일보》에「뛰어들 수 없는 거울 속 세상」,「청포도의 사상」,《조선문학》에「작가 노오트에서」,「수필록」,《사해공론》에「고사리」·「천사와 산문시」,《학등》에「내가 지금 중학생이라면」발표.

1937(31세) 《여성》에「성찬」·「에돔의 포도송이」·「거리의 목가」,《조광》에「개살구」·「계절」·「인생관」·「늪의 신비」·「풍토기」·「남창영양」·「나의 십년계획」·「문화강좌」·「스크린의 여왕에게 보내는 편지」·「朱乙의 地峽」·「인물 있는 가을 풍경」,《조선문학》에「마음에 남는 풍경」,《백광》에「낙엽기」·「삽화·「쇄사」,《조선일보》에「현대단편소설의 상모」·「춘화의장」·「채롱」,《사해공론》에「HOTEL 부근」,《동아일보》에「기교문제」·「나의 수업시대」·「막(幕)」발표.

1938(32세) 《조광》에 「해바라기」, 《삼천리》에 「장미 병들다」·「문사가 말하는 명영화」·「서한문」·「미른의 아침」, 《야담》에 「가을과 산양」, 《농민조선》에 「소라」, 《조선영화》에 「문학과 영화」, 《광업조선》에 「공상구락부」, 『조선문학독본』에 「낙엽을 태우면서」, 《박문》에 「낙랑다방기」 발표.

1939(33세) 대동공업전문학교 교수. 작품집 『성화』(삼문사), 『화분』(인문사) 출간. 《여성》에 「수선화」, 「향수」, 《문장》에 「산정」·「황제」·「역사」·「상하의 논리」, 《인문평론》에 「일표의 공능」·「창작여담」, 《조광》에 「여수(旅愁)」, 「화분」·「문운강성의 변」·「R의 소식」, 《박문》에 「첫 고료」, 『매일신문』에 「마랴 막달라」 발표. 소설집 『해바라기』(학예사) 간행.

1940(34세) 부인과 차남 영주 사망. 기림리로 이사. 《매일신문》에 「벽공무한」·「창공」, 《조광》에 「문학진폭 옹호의 변」·「화초」·「작중인물지」, 《박문》에 「오식」, 《문장》에 「가마의 십년」·「상하의 논리」, 《여성》에 「이성간의 우정」, 《삼천리》에 「창작생활」·「생활의 산어」·「애독서」·「朱乙가는 길에」, 《신세계》에 「계절의 낙서」, 《동아일보》에 「조선적 성격의 반성」, 《문예》에 「은은한 빛」, 《문장》에 수필 「노마의 10년-나의 문학 10년기」, 《삼천리》에 수필 「괴로운 길」 발표.

1941(35세) 『이효석 단편선』, 장편 『벽공무한』(박문서관) 출간. 《국민문학》에 일본어로 된 「엉겅퀴의 노」, 《춘추》에 「산협」, 「사랑의 판도」, 《문장》에 「라오 코웬의 후예」, 《신세계》에 「한식일」, 《조광》에 「녹음의 향기」, 《삼천리》에 「북경호일」·「초향암으로」·「소요」, 《삼천리》에 수필 「신체제하의 여의 문단활동」, 수필 「명작 잃은 작가 감회」, 《신세기》 수필 「한 식구」 발표.

1942(36세) 《춘추》에 「풀잎」, 《삼천리》에 「일요일」, 《조광》에 「書」·「세월」, 《매일신보》에 「문학과 국민성」 발표. 결핵성 뇌막염으로 사망. 경기도 파주시 통일동산 안장.

1943(1주년) 《춘추》에 유고 「만보」 발표. 작품집 『황제』(박문서관) 출간.

1954(11주년) 소설집 『화분』(문연사) 출간.

1971(28주년) 『이효석 전집』(삼성사) 출간.

1982(40주년) 소설집 『어느 끝없는 이야기』(원음출판사) 출간.

1984(42주년) 『화분』(동서문화사) 출간.

1986(44주년) 『메밀꽃 필 무렵』(민중서각) 출간.

1993(51주년) 강원도 평창 이효석 흉상 제막.

2000(58주년) 효석문학상 제정.